A QUÍMICA QUE HÁ ENTRE NÓS

KRYSTAL SUTHERLAND

A QUÍMICA QUE HÁ ENTRE NÓS

KRYSTAL SUTHERLAND

Tradução
Luisa Geisler

GLOBO Alt

Título original: *Our Chemical Hearts*

Editora responsável **Sarah Czapski Simoni**
Capa **Theresa Evangelista**
Imagens da capa **Gandee Vasan/Getty Images e View Stock/Getty Images**
Diagramação **Eduardo Amaral**
Projeto gráfico original **Laboratório Secreto**
Preparação **Erika Nogueira**
Revisão **Tomoe Moroizumi e Erika Nakahata**

**Texto fixado conforme as regras do Acordo Ortográfico da Língua Portu-
guesa (Decreto Legislativo nº 54, de 1995).**

CIP-BRASIL. CATALOGAÇÃO NA PUBLICAÇÃO
SINDICATO NACIONAL DOS EDITORES DE LIVROS, RJ

S967q
Sutherland, Krystal
A química que há entre nós / Krystal Sutherland ; tradução Luisa
Geisler. - 1. ed. - São Paulo : Globo Alt, 2017.
272 p. ; 23 cm.

Tradução de: Our chemical hearts
ISBN 978-85-250-6240-6

1. Ficção americana. I. Geisler, Luisa. II. Título.

16-37378   CDD: 813
                                  CDU: 821.111(73)-3

1ª edição, 2017
1ª reimpressão, 2019

Direitos de edição em língua portuguesa para o Brasil adquiridos por
Editora Globo S. A.
R. Marquês de Pombal, 25 – 20.230-240 – Rio de Janeiro – RJ – Brasil
www.globolivros.com.br

Para minha família, por tudo, para sempre.

CAPÍTULO 1

Sempre pensei que o momento em que você conhece o grande amor da sua vida fosse mais parecido com os filmes. Não idêntico a momentos cinematográficos, é óbvio, com câmera lenta, cabelo esvoaçando na brisa e uma trilha sonora instrumental bombástica. Mas eu imaginava que ao menos haveria algo, sabe? O coração saindo pela boca. Um puxão na alma onde *algo* de dentro diz: "Puta merda. Lá está ela. Até que enfim, depois de todo esse tempo, lá está ela".

Não houve nada disso quando Grace Town entrou dez minutos atrasada na aula de teatro da sra. Beady, na tarde da segunda terça-feira do último ano. Grace era o tipo de pessoa que causava uma impressão em qualquer cômodo em que entrasse, mas não pelos motivos que geram afeto instantâneo e eterno. Ela tinha altura, corpo e beleza medianos, todas as coisas que deveriam ter facilitado que ela se enturmasse em uma nova escola de ensino médio sem nenhum dos estereótipos dramáticos que em geral estão presentes em narrativas assim.

Mas três coisas em Grace se destacavam, antes que sua normalidade pudesse salvá-la:

    1. Grace estava vestida da cabeça aos pés em roupas de garoto. Não o tipo de look *tomboy* ou skatista, mas roupas masculi-

nas reais, que eram grandes demais para ela. O jeans que era para ser *skinny* estava preso por um cinto. Apesar de ainda ser meados de setembro, ela usava um suéter com uma camisa xadrez, um gorro e um longo colar de couro com um pingente de âncora.

2. Grace parecia imunda e doente. Quer dizer, eu já tinha visto viciados em drogas que estavam com uma cara melhor do que a que ela tinha naquele dia. (Eu não tinha visto muitos viciados em drogas de verdade, mas eu havia assistido a *A escuta* e *Breaking bad*, o que totalmente conta.) O cabelo loiro estava bagunçado e mal cortado, sua pele estava amarelada, e tenho quase certeza de que, se eu a tivesse cheirado em qualquer ponto durante aquele dia, ela federia.

3. Como se isso tudo não fosse suficiente para estragar de fato as chances de ela se enturmar em uma nova escola, Grace Town andava com uma bengala.

E foi assim que aconteceu. Foi assim que a vi pela primeira vez. Não houve nenhuma câmera lenta, nada de brisa, nada de trilha sonora e, definitivamente, nenhum coração saindo pela boca. Grace mancou para dentro da sala dez minutos atrasada, em silêncio, como se fosse a dona do lugar, como se estivesse na nossa classe há anos, e talvez porque ela fosse nova ou porque ela fosse esquisita, ou porque a professora conseguia notar apenas de olhar para ela que uma pequena parte de sua alma estava ferida, a sra. Beady não disse nada. Grace se sentou em uma cadeira no fundo da sala de teatro com paredes pretas, sua bengala descansando entre as coxas, e não disse nada para ninguém por toda a aula.

Olhei para ela mais duas vezes, mas no final da aula eu já tinha me esquecido de que ela estava lá, e ela foi embora sem ninguém notar.

Então esta, com certeza, não é uma história de amor à primeira vista.

Mas esta é uma história de amor.

Bom.

Mais ou menos.

CAPÍTULO 2

A primeira semana do último ano, antes da aparição súbita de Grace Town, tinha passado tão rotineiramente quanto o ensino médio pode ser. Haviam acontecido apenas três escândalos de menor importância até o momento: um aluno do segundo ano tinha sido suspenso por fumar no banheiro feminino (se você vai ser suspenso por alguma coisa, pelo menos faça algo que não seja clichê), um suspeito anônimo tinha postado no YouTube vídeos de uma briga no estacionamento após a aula (a administração estava pirando por causa desse) e havia rumores circulando de que Chance Osenberg e Billy Costa tinham transmitido uma DST um para o outro depois de fazer sexo sem proteção com a mesma garota (eu gostaria de estar inventando essa, caros leitores).

Minha vida havia permanecido, como sempre, completamente livre de escândalos. Eu tinha dezessete anos de idade, um garoto esquisito e magricela, do tipo que você contrataria para atuar como um jovem Keanu Reeves se já tivesse gastado a maioria do orçamento com efeitos especiais ruins e serviços de bufê para a equipe. Nunca tinha sequer fumado um cigarro passivamente e ninguém, graças a Deus, havia me abordado em relação a transar sem camisinha. Meu cabelo escuro batia nos ombros e eu tinha começado a gostar bastante de usar uma das jaquetas esportivas dos anos 1980 do meu pai. Você poderia dizer que eu era algo parecido a uma mistura de Summer Glau masculino com Severo Snape. Subtraia o nariz adunco, acrescente algumas covinhas e, ei, *presto*: a receita perfeita para um Henry Isaac Page.

Eu estava, naquele momento, também desinteressado por garotas (ou garotos, caso você esteja se perguntando). Meus amigos tinham começado e terminado relacionamentos adolescentes dramáticos por quase cinco anos agora, mas eu não tinha tido sequer uma quedinha de verdade por alguém. Claro, houve Abigail Turner no jardim de infância (eu a beijei na bochecha quando ela não estava esperando; nosso relacionamento decaiu com rapidez depois disso), e eu tinha tido uma obsessão em me casar com Sophi Zhou por pelo menos três anos do início do ensino fundamental, mas depois que cheguei à puberdade foi como se tivessem apertado um botão dentro de mim, e em vez de me tornar um monstro sexual dominado por testosterona como a maioria dos caras na minha escola, fui malsucedido em encontrar qualquer pessoa que eu quisesse na minha vida desse jeito.

Eu estava feliz de me concentrar nos estudos e conseguir as notas de que precisava para entrar em uma universidade semidecente, que é o motivo pelo qual provavelmente não pensei em Grace Town de novo por pelo menos alguns dias. Talvez eu nunca tivesse entrado, se não fosse pela intervenção de um tal sr. Alistair Hink, professor de inglês.

O que sei sobre o sr. Hink ainda está muito reduzido ao que alunos de ensino médio sabem sobre seus professores. Ele exibia uma caspa terrível, que não teria sido tão perceptível se ele não insistisse em usar golas olímpicas pretas todos os dias, cuja cor claramente contrastava com a da fina poeira branca em seus ombros como neve caída no asfalto. Pelo que eu conseguia identificar de sua mão esquerda nua, ele não era casado, o que provavelmente tinha muito a ver com a caspa e com o fato de que ele se parecia muito com o irmão do Napoleon Dynamite, Kip.

Hink também era apaixonado pela língua inglesa com ferocidade, tanto que em uma ocasião, quando minha aula de matemática acabou cinco minutos mais tarde e, assim, consumiu parte da lição de inglês, Hink chamou a atenção do professor de matemática, sr. Babcock, e deu a ele uma palestra sobre como as artes não eram menos importantes do que matemática. Muitos estudantes riram dele entredentes — eles estavam destinados, em sua maioria, a carreiras em engenharia ou ciência ou atendimento ao consumidor, suponho —, mas, ao olhar para trás, consigo localizar com precisão aquela tarde sufocante na sala de aula de inglês como o momento em que me apaixonei pela ideia de me tornar um escritor.

Eu sempre fora bom em redação, em colocar palavras juntas. Algumas pessoas nascem com um ouvido para música, algumas pessoas nascem com um talento para desenhar, algumas pessoas — gente como eu, acho — têm um radar embutido que as informa onde a vírgula tem que entrar em uma frase. Em termos de superpoderes, intuição em gramática está bem no final da escala de glória, mas fazia eu me dar bem com o sr. Hink, que por acaso também era o responsável por dirigir e organizar o jornal estudantil em que eu tinha me voluntariado desde o segundo ano, na esperança de um dia me tornar editor.

Foi mais ou menos na metade da aula de teatro da sra. Beady, que ocorre todas as quintas-feiras, durante a segunda semana de aula, que o telefone tocou e Beady o atendeu.

— Henry, Grace. O sr. Hink gostaria de vê-los em sua sala após a aula — ela disse depois de conversar com ele por alguns minutos. (Beady e Hink sempre foram amigos. Duas almas nascidas no século errado, em que o mundo gostava de tirar sarro de pessoas que ainda pensavam que arte era a coisa mais extraordinária que a humanidade já produzira ou produziria.)

Concordei com a cabeça e não olhei para Grace de propósito, mesmo que pudesse notar com minha visão periférica que ela estava me encarando do fundo da sala.

A maioria dos adolescentes que é chamada para a sala de seus professores depois da aula imagina o pior, mas, como eu disse, eu era, de maneira trágica, imune a escândalos. Eu sabia (ou esperava saber) por que Hink queria me ver. Grace tinha sido uma prisioneira em Westland High por apenas dois dias, tempo que dificilmente seria suficiente para transmitir tricomoníase a outro aluno e/ou dar qualquer tipo de surra depois da aula (embora ela *de fato* carregasse uma bengala e parecesse brava com frequência).

Por que o sr. Hink queria ver Grace era — como quase tudo sobre ela — um mistério.

CAPÍTULO 3

Grace já estava esperando do lado de fora da sala de Hink quando cheguei lá. Mais uma vez ela vestia roupas masculinas, coisas diferentes desta vez, mas parecia muito mais limpa e saudável. Seu cabelo loiro tinha sido lavado e escovado. Fazia uma diferença considerável na aparência dela, mesmo que ter cabelo limpo fizesse com que ele caísse em mechas irregulares em torno dos ombros, como se ela o tivesse cortado sozinha com um aparador de grama enferrujado.

Sentei ao lado dela no banco, consciente por completo de meu corpo, tanto que me esqueci de como sentar de modo casual e tive que arranjar meus membros de propósito. Não conseguia acertar a postura, então meio que caí para a frente em uma pose desajeitada que fazia o pescoço doer, mas eu não queria me mover de novo porque conseguia ver que ela estava olhando para mim do canto do olho.

Grace se sentava com os joelhos apertados contra o peito, a bengala encaixada entre eles. Ela lia um livro com páginas esfarrapadas da cor de dentes manchados de café. Eu não conseguia ler o título, mas via que era cheio de poemas. Quando ela me pegou espiando por cima do seu ombro, eu esperava que ela fechasse o livro ou o girasse num ângulo em que eu não conseguisse ver, mas, em vez disso, ela o virou um pouco na minha direção para que eu pudesse ler também.

O poema que Grace estava lendo, imaginei que várias vezes seguidas porque a página tinha dobras na margem, manchas de comida e estava de um modo geral em mau estado, era de um cara chamado Pablo Neruda, de quem eu nunca tinha ouvido falar. O título era "A dança", o que me intrigou, então comecei a ler, mesmo que Hink não tivesse ainda conseguido me fazer gostar de poesia.

Dois versos em particular tinham sido destacados:

amo-te como se amam certas coisas obscuras,
secretamente, entre a sombra e a alma.

Hink saiu da sala naquele momento, e Grace fechou o livro num estalo antes que eu pudesse terminar.

— Ah, bom, vejo que já se conheceram — disse Hink quando nos viu juntos.

Levantei depressa, para tirar meu corpo da posição esquisita em que eu o tinha colocado. Grace vacilou até a ponta do banco e se ergueu devagar, distribuindo o próprio peso com cuidado entre a bengala e a perna boa. Eu me perguntei pela primeira vez quão grave era aquela lesão. Por quanto tempo ela tinha estado assim? Ela havia nascido com uma perna ruim ou algum acidente trágico a atingira na infância?

— Bem, podem entrar.

A sala de Hink ficava no fim de um corredor que poderia ter sido considerado moderno e atraente em algum ponto no começo dos anos 1980. Paredes rosa-claras, iluminação fluorescente, plantas artificiais dolorosamente óbvias, aquele linóleo esquisito que deveria parecer granito, mas na verdade era feito de centenas de pequenos pedaços de plástico preenchidos com plástico laminado transparente. Segui Hink, meus passos mais lentos do que de costume, porque queria que Grace caminhasse do meu lado. Não porque eu quisesse que ela, tipo assim, *caminhasse do meu lado*, sabe, mas pensei que ela poderia gostar disso, que poderia ser uma coisa legal de se fazer, ela poder andar no mesmo ritmo que outra pessoa. Mas, mesmo quando meus passos se mostravam lentos a ponto de enlouquecer, ela ainda ficava para trás, mancando a dois passos de distância de mim, até que pareceu que estávamos em uma corrida para ver quem conseguia andar mais devagar. Hink estava a dez passos de distância de nós a essa altura, então me apressei e a deixei para trás, e devo ter parecido um completo maluco.

Quando chegamos à sala de Hink (pequena, sem graça, pintada de verde; tão deprimente que me fazia pensar que era provável que ele participasse de um clube da luta nos fins de semana), ele nos recebeu e fez gestos para que nos sentássemos nas duas cadeiras em frente à sua mesa. Franzi a testa enquanto nos sentávamos, me perguntando por que Grace estava ali comigo.

— Vocês dois estão aqui, é claro, por causa de suas habilidades excepcionais de redação. Quando chegou o momento de escolher os editores-chefes para o jornal, não consegui pensar em nenhuma outra dupla melhor que…

— Não — disse Grace Town, interrompendo, e sua voz foi tamanho choque para mim que só então percebi que era a primeira vez que eu a ouvia falar. Ela tinha essa voz forte, clara e profunda, tão diferente da imagem fragmentada e tímida que ela exibia.

— Desculpe, como assim? — disse Hink, claramente tomado de surpresa.

— Não — repetiu Grace, como se fosse explicação suficiente.

— Eu… eu não entendo — disse Hink, seu olhar estalando para mim com uma expressão suplicante. Eu praticamente conseguia ouvi-lo gritar em silêncio por ajuda, mas tudo que eu podia fazer era dar de ombros.

— Não quero ser editora. Muito obrigada, de verdade, por pensar em mim. Mas não — Grace apanhou sua mochila do chão e se levantou.

— Srta. Town. Grace. Martin me falou de você especificamente antes do começo do ano letivo e me pediu para olhar seus trabalhos ainda de East River. Você ia assumir como editora do jornal dos alunos, imagino, se não tivesse mudado de escola. Não é isso?

— Eu não escrevo mais.

— É uma pena. Seu trabalho é lindo. Você tem um talento natural para palavras.

— E você tem um talento natural para clichês.

Hink estava tão chocado que ficou boquiaberto.

Grace suavizou um pouco.

— Desculpe. Mas são só palavras. Elas não querem dizer nada.

Grace olhou para mim com um tipo de expressão de desaprovação que eu não estava esperando e não entendi, então lançou a mochila sobre os ombros e mancou para fora. Hink e eu ficamos sentados ali em silêncio, tentando processar o que havia acabado de acontecer. Demorei uns bons dez segundos para perceber que estava bravo, mas, uma vez que percebi, também apanhei minha mochila, me levantei rápido e caminhei até a porta.

— Podemos falar disso amanhã? — eu disse a Hink, que devia ter adivinhado que eu iria atrás dela.

— Sim, sim, é claro. Venha me ver antes da aula — Hink me enxotou e corri pelo corredor, surpreendendo-me ao notar que Grace não estava lá. Quando abri a porta mais ao fundo e deixei o edifício, ela estava quase saindo da área da escola. Ela conseguia se mover rápido pra caramba quando queria. Acelerei atrás dela e, quando estava perto o suficiente para ser ouvido, gritei:

— Ei!

Ela se virou por um instante, me olhou de cima a baixo, fixou o olhar em mim e depois seguiu andando.

— Ei — eu disse sem ar quando enfim a alcancei e acompanhei o passo dela.

— O quê? — ela perguntou, ainda caminhando rápido, a ponta de sua bengala estalando contra o asfalto a cada passo. Um carro atrás de nós buzinou. Grace apontou com violência para a bengala e então a sacudiu para eles. Eu nunca tinha visto um veículo se mover de uma maneira que eu descreveria como envergonhada.

— Bom... — eu disse, mas não consegui encontrar as palavras para dizer o que queria. Eu era um escritor decente o bastante, mas falar? Com sons? Da minha boca? Isso era um inferno.

— Bom o quê?

— Bom, eu não tinha planejado a conversa depois desse ponto.

— Você parece puto.

— Eu estou puto.

— Por quê?

— Porque as pessoas se matam trabalhando por anos para chegar a editor, e você aparece do nada no começo do último ano, tem a vaga oferecida numa bandeja de prata e recusa?

— Você se matou trabalhando?

— Pode acreditar. Tenho bajulado Hink, fingindo que sou um torturado escritor adolescente que se identifica de verdade com Holden Caulfield desde que eu tinha, tipo, quinze anos.

— Bom, parabéns. Eu não entendo por que está bravo. Em geral existe apenas um editor de qualquer forma, não é? O fato de eu recusar não afeta você de maneira alguma.

— Bom... quer dizer... por que você recusou?

— Porque não quero fazer isso.

— Mas...

— E comigo ausente, você vai poder tomar todas as decisões criativas e deixar o jornal bem do jeito que você provavelmente tem visualizado nos últimos dois anos.

— Bom... acho que sim... mas...

— Então, veja bem, você não tem como sair perdendo. De nada, aliás.

Prosseguimos em silêncio por mais alguns minutos, até que minha raiva tivesse se dissipado por completo e eu não conseguisse mais me lembrar com exatidão por que eu a tinha perseguido para começo de conversa.

— *Por que* você ainda está me seguindo, Henry Page? — disse ela, enfim parando no meio da rua, como se não se importasse com o fato de que um carro poderia vir e se chocar contra nós a qualquer instante. E percebi que, apesar de nunca termos sido apresentados e nunca termos falado antes de hoje, ela sabia meu nome e sobrenome.

— Você sabe quem eu sou? — perguntei.

— Sim. E você sabe quem eu sou, então não vamos fingir que não sabemos. Por que você ainda está me seguindo?

— Porque, *Grace Town*, eu caminhei para muito longe da escola e agora meu ônibus provavelmente já foi embora, e eu estava procurando uma maneira tranquila de sair da conversa, mas não encontrei uma, então me resignei ao meu destino.

— Que é?

— Caminhar em geral nessa direção até meus pais notificarem meu desaparecimento e a polícia me encontrar nas periferias da cidade e me levar pra casa.

Grace suspirou:

— Onde você mora?

— Bem ao lado do Cemitério Highgate.

— Está bem. Venha até minha casa. Deixo você lá.

—Ah. Incrível. Obrigado.

— Sob a condição de que você prometa não forçar esse troço todo de editora.

— Está bem. Nada de forçar. Você quer recusar uma oportunidade fantástica, isso é decisão sua.

— Bom.

Era uma tarde úmida no suburgatório, as nuvens acima de nós tão sólidas quanto cobertura de bolo, os gramados e árvores ainda brilhantes, naquele verde dourado do final do verão. Caminhamos lado a lado no asfalto quente. Houve mais cinco minutos de silêncio constrangedor em que procurei e procurei por uma pergunta para fazer a ela.

— Posso ler o resto daquele poema? — eu enfim disse, porque parecia a opção menos ruim. (Opção um: Então... você é, tipo, uma *cross-dresser* ou algo assim? Não que tenha algo de errado nisso; só estou curioso. Opção dois: O que tá rolando com a sua perna, cara? Opção três: Você é definitivamente algum tipo de viciada em drogas, certo? Quer dizer, você acabou de sair da reabilitação, não é? Opção quatro: posso ler o resto daquele poema?)

— Que poema? — ela disse.

— O do Pablo qualquer coisa. A dança. Ou seja lá qual for o nome.

— Ah. Sim. — Grace parou e me estendeu a bengala, girou a mochila para a frente do corpo, pescou o livro surrado e o empurrou em minhas mãos. Ele caiu aberto em Pablo Neruda, então eu soube com certeza que era algo que ela tinha lido muitas vezes. Era para o verso sobre amar coisas obscuras que eu seguia voltando.

amo-te como se amam certas coisas obscuras,
secretamente, entre a sombra e a alma.

— É lindo — eu disse a Grace enquanto fechava o livro e o devolvia a ela, porque era mesmo.

— Você acha? — Ela olhou para mim com esse olhar de genuíno questionamento no rosto, os olhos levemente apertados.

— Você não acha?

— Acho que é isso que as pessoas dizem quando leem poemas que não entendem. É triste, acho. Não lindo. — Eu não conseguia ver como um poema de amor perfeitamente bom era triste, mas, de novo, meu relacionamento amoroso mais próximo era meu laptop, então não disse nada. — Aqui — Grace disse enquanto abria o livro de novo e arrancava a página com o poema nela. Eu me encolhi como se estivesse sofrendo uma dor física. — Você deveria ficar com ele, se gostou. Ler poesia bonita é uma perda de tempo no meu caso.

Peguei o papel da mão dela, dobrei e o enfiei no bolso, metade de mim horrorizada por ela ter ferido um livro, a outra metade de mim exultante por ela ter me dado de tão bom grado algo que claramente significava muito para ela. Eu gostava de pessoas assim. Pessoas que conseguiam se separar de posses materiais com pouca ou nenhuma hesitação. Como Tyler Durden. "As coisas que você possui acabam possuindo você" e tudo o mais.

A casa de Grace era exatamente o tipo de lugar em que eu esperava que ela morasse. O jardim tinha crescido demais, cheio de ervas daninhas, a grama se multiplicando de um jeito selvagem há algum tempo. As cortinas nas janelas estavam fechadas, e a casa em si, que tinha dois andares e era feita de tijolos cinza, parecia estar cedendo como se estivesse deprimida com o peso do mundo. Na entrada da garagem, havia um carro solitário, um pequeno Hyundai branco com um adesivo dos Strokes no para-brisa traseiro.

— Fique aqui — ela disse. — Tenho que pegar as chaves do carro.

Assenti e fiquei parado sozinho no gramado da frente enquanto a esperava. O carro, como tudo o mais a respeito dela, era estranho. Por que ela caminhava (ou mancava, na verdade) quinze minutos até a escola todos os dias se tinha carteira de motorista e um veículo à disposição? Todos os outros alunos do último ano que eu conhecia estavam enlouquecidos com o privilégio de dirigir até o shopping ou o McDonald's durante o almoço, escapando dos confins da área escolar. E então, durante as tardes, ignoravam a linha de ônibus e dirigiam direto para casa, para comida e PlayStations e calças de moletom deliciosas, deliciosas e confortáveis.

— Você tem carteira de motorista? — Grace disse atrás de mim. Eu me assustei um pouco, porque nem sequer a tinha ouvido sair da casa, mas lá estava ela, sacodindo as chaves do carro com o dedo mindinho. Elas, também, tinham parafernália dos Strokes presa a elas. Eu nunca tinha ouvido muito o som deles antes, mas tentei me lembrar de procurá-los no Spotify quando chegasse em casa.

—Ah, sim. Tirei alguns meses atrás, mas não tenho um carro ainda.

— Bom. — Ela jogou para mim as chaves, caminhou para o lado do carona no carro e pegou o celular. Depois de mais ou menos vinte segundos, ela levantou os olhos da tela, as sobrancelhas erguidas: — E então? Vai destrancar o carro ou não?

— Você quer que *eu* dirija?

— Não, eu achei que seria hilário dar as chaves pra você e ficar parada aqui até alguém inventar teletransporte. Sim, Henry Page, quero que você dirija.

—Ahn, tudo bem, acho. Estou meio enferrujado, mas certo. Tudo bem.

Destranquei o carro, abri a porta e me sentei no banco do motorista. A parte de dentro do carro tinha o cheiro dela, o cheiro almiscarado e masculino de um garoto adolescente. O que era muito confuso para mim, para dizer o mínimo. Liguei o motor — até então, tudo certo — e respirei fundo.

— Vou me esforçar ao máximo pra não nos matar — eu disse. Grace Town não respondeu, então eu ri da minha própria piada, um único e desajeitado "ha", e coloquei o carro em marcha a ré.

Minha avó teria parecido mais descolada dirigindo do que eu no caminho para casa. Eu me inclinava sobre o volante, suando, hiperconsciente de que eu a) estava dirigindo o carro de outra pessoa, b) não tinha dirigido nenhum carro por meses e c) tinha passado na minha prova da autoescola por um triz porque o avaliador era meu primo de segundo grau com uma ressaca violenta, e tive que parar três vezes para deixá-lo vomitar na rua.

— Você tem *certeza* de que passou na prova de direção? — Grace disse, inclinando-se para conferir o velocímetro, que revelava que eu estava oito quilômetros abaixo do limite de velocidade.

— Ei, eu só tive que subornar *dois* oficiais. Eu *fiz por merecer* minha carteira. — Juro que poderia quase tê-la visto sorrir. — Então você vem da East River, hein?

— É.

— Por que mudou de escola no último ano?

— Gosto muito de aventuras — disse ela, seca.

— Bom, nós somos uma instituição particularmente emocionante. De verdade, consigo ver nosso apelo.

— Hink parece ser uma figura. Aposto que ele se mete em todo tipo de bobagem.

— A alma da festa, aquele cara.

E então, graças a Deus, acabou. Parei na frente da minha casa e relaxei os dedos do volante, ciente pela primeira vez da força com que eu tinha tensionado os músculos.

— Acho que nunca tinha visto alguém dirigir com os nervos tão tensos desde... Você precisa de um minuto pra se acalmar? — ela disse.

— O que posso dizer? Sou um rebelde sem causa.

Eu esperava que Grace deslizasse para o banco do motorista, mas ela me disse para desligar o carro. Nós dois saímos, entreguei-lhe as chaves e ela trancou a porta como se tivesse a intenção de entrar. Hesitei. Eu deveria convidá-la para entrar? Mas então ela se virou para mim e disse:

— Certo. Tchau. Vejo você amanhã. Ou talvez não. Quem sabe onde vou estar — e ela começou a mancar pela rua na direção completamente oposta da que tínhamos vindo.

— Não tem muito pra esse lado além de uma vala para água da chuva e um cemitério a uma quadra de distância. — (O cemitério era perto o suficiente para que sua proximidade tivesse resultado em muitas sessões de aconselhamento durante o ensino fundamental por causa de um período breve, porém intenso, em que eu estava convencido de que o fantasma do meu bisavô, Johannes van de Vliert, estava tentando me matar.) Grace não disse nada, não olhou para trás, apenas ergueu a mão que não segurava a bengala como quem diz *eu sei* e seguiu andando.

Eu a observei, completamente confuso, até ela desaparecer na outra esquina.

— *Hola*, irmãozinho — disse minha irmã, Sadie, no momento em que fechei a porta da frente atrás de mim.

— Caramba, Suds, você me assustou — eu disse, com as mãos sobre o peito. Sadie tinha doze anos a mais do que eu, era uma neurocientista célebre e, em geral, considerada tanto a filha de ouro quanto a ovelha negra da família. Tínhamos uma aparência muito semelhante: cabelo escuro, olhos levemente arregalados, covinhas ao sorrir. Só que Suds era *um pouco* mais estilosa que eu, com seu piercing no septo, braço fechado com tatuagens e dreadlocks elaborados, todos souvenires de seus anos adolescentes roqueiros.

— Não tinha te visto ou ouvido falar de você em, tipo, dois dias, garoto. Estava começando a pensar que mamãe e papai tinham matado e enterrado você em uma cova rasa. — Essa era, é claro, uma mentira estratégica. Suds estava passando por um divórcio bastante merda do seu marido doutor bastante merda, o que queria dizer que ela ficava cerca de noventa por cento do tempo que não passava no hospital em nossa casa.

— Sadie, não seja ridícula — papai disse da cozinha, vestido em seus trajes habituais de camisa havaiana, shorts masculinos curtos e óculos escuros. (Seu senso de moda tinha diminuído com rapidez depois de ele ter transferido sua oficina de carpintaria para o quintal, três anos atrás. Com toda honestidade, era um milagre encontrá-lo em algo que não fosse pijama.) Sadie e eu herdamos o cabelo dele. Ou pelo menos eu imaginava que tínhamos. A sempre presente barba por fazer no seu queixo era escura, mas ele tinha sido careca na maior parte da minha vida. — Nós faríamos a cova dele ter pelo menos um metro ou um metro e meio de profundidade. Nós não cometemos assassinatos toscos nesta casa.

— Toby e Gloria podem confirmar essa informação — Sadie disse, referindo-se a um evento seis anos antes do meu nascimento, que envolvia um par de peixinhos dourados, inseticida e a acidental e prematura morte de seus bichinhos aquáticos.

— Vinte e três anos, Suds. Já passaram vinte e três anos desde que seus peixes morreram. Você algum dia vai esquecer isso?

— Não até eu ter minha vingança! — Sadie gritou em tom dramático. Uma criança começou a chorar na parte de trás de casa. Sadie suspirou. — Você imaginaria que depois de três anos eu começaria a me acostumar com essa coisa toda de maternidade, mas sigo esquecendo a porcaria do garoto.

— Vou trazer ele — eu disse, largando minha mochila e atravessando o corredor para onde Ryan normalmente dormia no antigo quarto de Sadie. A criança fora, muito como eu, um acidente e uma surpresa. Mamãe e papai haviam planejado ter apenas um filho: doze anos depois de terem Sadie, ficaram presos comigo.

— Ryan, cara, o que houve? — eu disse quando empurrei a porta para encontrar meu sobrinho de dois anos e meio, de quem meu pai cuidava nos dias de semana.

— Henwee — ele balbuciou, esfregando os olhos. — Cadê mamãe?

— Vamos lá, levo você até ela.

— Quem é a garota, falando nisso? — Sadie perguntou assim que voltei pelo corredor segurando a mão de Ryan.

— A garota?

— A que trouxe você para casa. — Ao pegar Ryan no colo, Sadie tinha esse sorriso fino e torto no rosto. Eu havia visto aquela expressão muitas vezes antes, quando ela era uma adolescente. Sempre significava problemas.

— Ah. Grace é o nome dela. Ela é nova. Perdi o ônibus, então ela me ofereceu uma carona.

— Ela é bonita. De um jeito meio esquisito, meio Janis Joplin, como se fosse morrer aos vinte e sete anos.

Dei de ombros e fingi que não tinha notado.

CAPÍTULO 4

Uma vez que Ryan estava acomodado, desci para o porão, o qual Sadie tinha transformado em sua caverna adolescente de perversidade mais de uma década atrás (e eu a herdara quando ela foi para a faculdade). Não era sofisticado. Meio que parecia um abrigo do pós-apocalipse de partículas radioativas. Nada na mobília combinava, o piso de concreto estava coberto com um patchwork de imitações de tapetes persas, a geladeira era mais antiga que meus pais, e havia, na parede, uma cabeça de alce que passara por uma taxidermia porca. Todo mundo afirmava não saber de onde ela viera, mas eu tinha uma suspeita furtiva de que Sadie a havia roubado quando adolescente, e meus pais estavam ou muito envergonhados ou muito impressionados para devolvê-la a seu dono legítimo. Talvez os dois.

Meus dois melhores amigos já estavam, como sempre, lá embaixo, jogando *GTA V* no meu PS4. Eles eram, em ordem de aparência (neste caso, sentados no sofá):

- Murray Finch, dezessete anos, australiano. Alto, bronzeado e musculoso, com cabelo loiro encaracolado até os ombros e um bigode puído adolescente. Os pais dele tinham imigrado para os Estados Unidos uns seis anos atrás, mas Muz ainda soava (de propósito) como Steve Irwin e dizia gírias e expressões australianas como "dia" (para *bom dia*), "drongo" e "juro" com regularidade. Ele tinha a forte opinião de que *Crocodilo Dundee* havia sido a melhor coisa que aconteceu para os australianos. As garotas o adoravam.

- Lola Leung, dezessete anos. De pele, olhos e cabelos escuros (curtos e repicados). Minha vizinha de porta desde sempre e autodefinida como uma "ameaça tripla da diversidade": meio chinesa pelo lado do pai, meio haitiana pelo lado da mãe e cem por cento gay. Desde que me lembro, La tinha sido "selecionada aleatoriamente" para aparecer na frente e no centro de todos os materiais promocionais da escola, incluindo, mas não limitados à capa do anuário, ao outdoor do lado de fora da escola, ao site oficial e até aos marcadores de página que eram distribuídos na biblioteca. Ela também foi meu primeiro beijo três anos atrás. Duas semanas depois ela saiu do armário e começou uma relação de longo prazo e de longa distância com uma garota chamada Georgia, de uma cidade vizinha. As pessoas continuavam achando que minhas habilidades de beijo eram o motivo pelo qual ela começou a jogar no outro time. Eu ainda estava tentando não ficar ofendido. (Garotas também a adoravam.)

Ao pé das escadas, eu me inclinei no balaústre e os observei.

— Amo como, apesar de eu não ter chegado ao ônibus e havendo possibilidades de eu estar morto e/ou morrendo, vocês dois ainda acharam apropriado vir à minha casa, comer minha comida e jogar meus jogos sem mim. Meu pai chegou a notar que eu não estava com vocês?

— Sejamos honestos — Lola disse, virando-se no sofá para me lançar um sorriso. — Justin de fato nos ama mais do que ama você.

— Quem é a mina, parceiro? — disse Murray sem tirar os olhos da tela, em que ele estava arrastando um tanque por cima de uma fila de carros de polícia. — Vi você sair atrás dela como um camarão cru.

— Segure as gírias, Canguru Jack — eu disse, atravessando o cômodo para ligar o velho computador iMac de Sadie, que ainda estava, depois de quase duas décadas de uso, arquejando com vida. — Não tem nenhuma garota americana ingênua por perto para você conquistar. — Murray era, na maior parte do tempo, capaz de falar como um ser humano normal, mas ele descobriu, em algum ponto da vida, que soar como um colono do outback desértico australiano o fazia parecer amável para as criaturas do gênero feminino. Às vezes ele esquecia de desligar.

Havia apenas uma pasta na área de trabalho do iMac, com o título: "Fotos para desaparecido/funeral/equipes de busca", que continha fotos atraentes de todo mundo na sala (e também de Sadie), para utilização caso qualquer um de nós desaparecesse/morresse/virasse um criminoso procurado. Nossos pais tinham instruções estritas de acessar as fotos e fornecê-las para a mídia antes que os jornalistas fossem fuçar no Facebook e escolhessem fotos aleatórias e infelizes em que tivéssemos sido marcados contra nossa vontade.

— Muz traz uma questão bastante válida, no entanto — La disse. — Quem era a garota estranha atrás de quem você saiu correndo? Você pensou "Aqui, enfim uma que não conseguirá escapar", e aí ela provou que você estava errado?

— Ha-ha. Não consigo acreditar que vocês dois viram isso. — Peguei uma lata de Coca da geladeira e voltei para o computador, no qual o Facebook estava carregando um doloroso pixel de cada vez. — O nome dela é Grace Town. Ela é nova. Hink ofereceu para ela o cargo de editora, mas ela recusou, então fiquei furioso e fui atrás dela.

— O nome dela é Grace Town? Como *Gracetown*, a cidade? — disse Murray enquanto também abria uma lata de Coca e tomava um gole. — Caramba. Pobre garota.

Lola já estava em pé.

— Hink não ofereceu o cargo de editor pra você? Aquele *desgraçado*. De jeito nenhum vou fazer o design daquela newsletter supervalorizada se você não estiver no comando.

— Não. Calma. Ele deu o cargo a nós *dois*, mas ela recusou porque, segundo ela, "não escreve mais". A maneira como ela disse isso foi tão sinistra.

—Ah — disse Lola. Murray a puxou de volta para o sofá. — Talvez coisas ruins aconteçam quando ela escreve. Ah! Talvez as coisas que ela escreve virem realidade? Ou talvez ela tenha uma maldição vodu, então cada palavra que escreve quebra um osso na perna dela e é por isso que anda com uma bengala?

— Vamos dar uma espiada no bom e velho Face, não é mesmo? — Murray disse. — Nada como um pouco de perseguição on-line para esclarecer essas coisas.

— Já estou trabalhando nisso. — Quando digitei o nome de Grace na barra de busca e cliquei em procurar, uma lista de todas as pessoas que conhecia com "Grace" no nome apareceu. Sadie Grace Elizabeth Smith foi a primeira, seguida de Samantha Grace Lawrence (fizemos o ensino fundamental juntos), Grace Park (algum tipo de parente distante) e Grace Payne (eu não fazia ideia de quem era). Abaixo delas havia uma lista de combinações exatas: quatro ou cinco Grace Towns genuínas, nenhuma com quem eu tinha amigos em comum, e apenas uma que vivia na minha área geográfica.

Ajeitei o corpo:

— Nenhuma delas é ela.

— Espera, e aquela ali? — Lola disse, apontando.

Cliquei na foto de perfil da Grace Town geograficamente mais próxima, uma garota de vestido vermelho com batom vermelho e cachos grandes no cabelo loiro cor de mel. Ela sorria com brilho, os olhos fechados, a cabeça inclinada para trás numa gargalhada, as linhas fortes de sua clavícula eram visíveis sob a pele. Demorou vários segundos até qualquer um de nós a reconhecer. Porque *era* ela. Era a mesma Grace Town que tinha me trazido para casa. Os lábios eram os mesmos, o formato do rosto.

— *Puta merda* — Murray disse. — Os malucos deviam estar em cima dela como gaivotas num peixe.

— Tradução: ela é uma fêmea atraente que provavelmente recebe muita atenção de machos — disse Lola. — E lésbicas. — Ela fitou a tela depois de um momento, inclinando-se para mais perto. — Caramba. Ela tem aquela coisa meio Edie Sedgwick. Essa garota é estupidamente gata.

E ela era. No Facebook, Grace Town era toda esguia e bronzeada, com o tipo de membros que faz você pensar em palavras como *grácil* e *cisne* e *meu deus do céu, cara*. "Deve ser uma foto antiga", pensei, mas não. Segundo a data que tinha sido postada, fazia pouco mais de três meses que Grace a tinha mudado. Passei pelas outras cinco fotos de perfil públicas, mas cada uma delas contava a mesma história. Nenhuma delas tinha sido tirada há mais do que alguns meses, mas a pessoa nelas era muito diferente da que eu conhecera. O cabelo era muito mais longo, até a cintura, e caía em curvas suaves e limpas. Havia fotos dela na praia, fotos dela com maquiagem, fotos dela sorrindo esse sorriso incrivelmente amplo, do tipo que modelos sorriem em propagandas quando estão superemocionadas de comer salada. Não havia bengala ao lado dela, nenhum círculo escuro perto dos olhos, nenhuma camada sobre camada de roupas de homem.

O que tinha acontecido com ela nos últimos três meses que a deixara tão mudada e abalada?

Sadie então nos chamou para cima, para ajudar papai a terminar o jantar antes de mamãe chegar da galeria de arte da qual era curadora na cidade. ("Graças a Deus. Eu poderia mastigar o descanso de um abutre", Murray disse.) Nós nos esquecemos rápido do mistério de Grace Town por algumas horas enquanto comíamos e lavávamos a louça e assistíamos a Netflix juntos, como era nossa rotina de quinta-feira à noite. Foi apenas depois de me despedir de meus amigos e descer outra vez para o porão que notei a tela do pobre iMac ainda arquejando com vida e pensei nela de novo, mas, uma vez que pensei, fui fisgado.

Não escovei os dentes aquela noite. Não tomei banho nem troquei as roupas com as quais fui para a escola, nem me despedi de Sadie e Ryan quando enfim foram embora, por volta da meia-noite. Em vez disso, fiquei no porão e passei o resto da minha noite ouvindo cada música que os Strokes tinham no Spotify.

You say you wanna stay by my side, murmurava Julian Casablancas. *Darlin', your head's not right.*

Se eu fosse mais velho ou mais sábio, ou se tivesse prestado mais atenção nos sentimentos adolescentes dramáticos que meus amigos haviam descrito para mim na primeira vez que sentiram uma queda por alguém, eu talvez não tivesse diagnosticado erroneamente a sensação incandescente e compressora no meu peito como uma indigestão de quatro chimichangas de frango fritas demais que eu jantara em vez do que realmente era: uma aflição muito mais séria e muito mais dolorosa.

Aquela foi a primeira noite que sonhei com Grace Town.

CAPÍTULO 5

Quando bati na porta aberta de Hink na manhã seguinte, antes das aulas, ele sorriu e acenou para que eu entrasse.

— Bom trabalho convencendo Town a aceitar o emprego, Henry — ele disse. — Foi muito gentil de sua parte. Ela passou por situações difíceis, a coitada.

— Espera, ela vai aceitar? — eu disse.

— Ela veio me ver meia hora atrás para me contar que você a tinha feito mudar de ideia. Não sei o que você disse pra ela, mas surtiu efeito.

Ergui as sobrancelhas:

— Ela disse que *eu* a fiz mudar de ideia?

— Vocês dois deveriam começar a planejar sua primeira edição o quanto antes. Dezembro parece estar muito longe, mas vai chegar rápido. Eu meti o maior medo em alguns alunos do penúltimo ano de inglês ontem, então vocês devem receber um monte de redatores juniores voluntários para ajudá-los. Sobretudo os que precisam de atividades extracurriculares para passar raspando numa faculdade, então não posso garantir que vão enviar algo legível, mas é um começo.

— O que você quer dizer com "passou por situações difíceis"?

— Ah, você sabe. Mudar de escola no último ano. Sempre difícil. De qualquer forma, vá se preparar no seu escritório. Os detalhes de login estão num post-it em frente ao computador. Town já está lá. E Leung também. Vocês já se conhecem, certo? — Hink me lançou o olhar que as pessoas sempre me lançavam quando sabiam que eu tinha sido o último homem a colocar meus lábios nos lábios de Lola Leung antes de ela se despedir oficialmente das espécies masculinas.

— Sim. — Limpei a garganta em vez de fazer o que queria fazer, que era dizer *Ela sempre foi lésbica! Você não sabe como a biologia humana funciona?* — Lola é minha vizinha.

— Vizinha. Sim, é claro. Não precisam de apresentações, então. Vá se ajeitar no seu escritório e vamos ter uma reunião no início da semana que vem para começar com a primeira edição. — Hink se virou para retomar o que quer que estivesse fazendo na tela do seu computador (agendando clubes de luta? Haicais?) como se não tivesse acabado de lançar uma granada surpresa do tamanho da Grace.

Virei e caminhei entorpecido até o pequeno escritório em que a equipe do jornal estudantil trabalhava. Era um aquário. A parede paralela ao corredor era toda de vidro e a porta (também de vidro) não trancava, presumidamente para prevenir a ocorrência de qualquer coito adolescente raivoso na mobília, uma estratégia que tinha falhado miseravelmente com o editor do ano anterior, que costumava fazer sexo com a namorada no sofá com regularidade. Agora havia, graças a Deus, uma manta cobrindo as manchas suspeitas que tinham se acumulado no estofamento até o começo das férias de verão.

Lola estava sentada em frente ao Mac reservado para o designer, seus pés com botas pesadas sobre a mesa enquanto olhava roupas no site da ASOS e chupava um pirulito. Grace estava sentada atrás de uma pequena mesa encostada na parede de vidro, distante da mesa do editor. Imaginei que ela tivesse sido enfiada na sala em algum momento na última meia hora, em um esforço para acomodar a súbita mudança de ideia de Grace Town.

— Ei — eu disse, enquanto entrava na sala, sentindo um baque estranho e desconhecido de empolgação ao vê-la. Havia algo profundamente confuso a respeito de olhar para Grace, como aquele sentimento que você tem quando vê uma foto colorizada da Guerra Civil ou da

Grande Depressão e percebe, pela primeira vez, que as pessoas nela eram reais. Exceto que era ao contrário, porque eu tinha visto a Grace colorizada no Facebook, e aqui estava a versão em sépia — a versão difícil de captar —, fantasmagórica e cinzenta na minha frente.

Grace assentiu com a cabeça sem falar.

— *Hola, hombre!* — Lola disse, acenando a mão com o pirulito na minha direção, sem tirar os olhos da tela.

Eu me sentei na mesa do editor. Liguei o computador do editor. Fiz login na conta do editor. Saboreei, por um momento, o sentimento que eu tinha trabalhado dois anos para obter.

Fui logo interrompido quando Grace se virou na sua cadeira do computador para me encarar.

— Não vou escrever nada. É esse o acordo. Nem editoriais. Nem artigos de opinião. Você quer algo dito, diga você mesmo. Vou ajudar você com tudo o mais, mas não escrevo nem uma palavra.

Lancei um olhar lateral para La, que se concentrava muito em fingir ignorar nossa conversa. A teoria da maldição vodu começava a parecer cada vez mais plausível.

— Posso lidar com isso. Espero que nem eu escreva muito, na verdade. Hink disse que iria conseguir uns alunos do penúltimo ano como voluntários.

— Já falei com Hink. Vou ser editora assistente. Você trabalhou por isso por anos; deve ser o seu filho.

— Certo.

— Bom.

— Então, ah, acho que você deveria ler nossas políticas e procedimentos, nossas diretrizes editoriais e nosso contrato. Estão todos salvos na pasta compartilhada. — Lola e eu lemos isso quando nos voluntariamos no jornal no ano anterior. — Você já tem um login?

— Hink me deu um antes de você entrar.

— Você está pronta, então.

— Direto ao ponto. Gosto disso. — Grace se virou de volta em sua cadeira, abriu a pasta compartilhada, encontrou os documentos que eu tinha mencionado e começou a ler.

Lola fez um giro lento e deliberado de trezentos e sessenta graus em sua cadeira giratória, seus olhos arregalados e as sobrancelhas erguidas, mas balancei a cabeça para ela e ela suspirou e retornou para o site de roupas.

Não havia muito a fazer naquela primeira manhã exceto o planejamento, então coloquei minha playlist do Spotify no modo aleatório. A primeira música a tocar foi "Hey", dos Pixies. *Been trying to meet you,* murmurou Black Francis. Aumentei um pouco o volume e cantarolei junto do ritmo enquanto acessava meu e-mail (pensando em como eu deveria mesmo rever *O diabo veste Prada* agora que era editor, pegar umas dicas) até pescar um pequeno movimento com o canto do olho. Levantei o olhar para encontrar Grace Town movendo os lábios: *If you go, I will surely die,* ela cantou silenciosa e distraidamente, percorrendo as trinta páginas do documento de políticas e procedimentos do jornal sobre tópicos que não éramos autorizados a cobrir (nada de sexo, nada de drogas, nada de rock'n'roll, nada relevante para a vida de adolescentes em geral etc.).

— Você conhece Pixies? — perguntei a ela depois do primeiro refrão.

Grace ergueu os olhos e me olhou por cima do ombro, mas não falou de imediato.

— Você me conheceu num momento muito estranho da minha vida — disse ela por fim. Quando não respondi, ela inclinou a cabeça de leve para o lado e disse: — *Clube da luta?* "Where is my mind"?

— Eu sei. Entendi. *Clube da luta* é, tipo, um dos meus filmes favoritos.

— Meu também.

— Mesmo?

— Sim. Por que você está tão surpreso?

— A maioria das garotas — comecei. Lola ergueu a mão rápido.

— Tome *muito* cuidado com o que vai dizer a seguir, Henry Page — ela disse. — Pouquíssimas coisas boas saem de frases que começam com "a maioria das garotas".

— Isso é verdade — Grace concordou.

— Ah. Bem. Eu ia dizer que muitas, não a maioria, mas muitas das garotas que conheço não gostam de *Clube da luta*.

— Eu gosto de *Clube da luta*, seu intolerante — Lola disse.

— A maioria das garotas não gosta de filmes inteligentes? — Grace disse. — Ou garotas que *de fato* gostam de *Clube da luta* são flocos de neve especiais e, portanto, são melhores do que o resto de suas companheiras?

— Oh, Deus, não, não é isso que eu quis dizer. As garotas aqui, elas provavelmente nem sequer viram *Clube da luta*, entende? Elas nem sequer assistiram.

— Eu sou uma mulher e vi *Clube da luta* — Lola disse.

— Aí está. Das duas mulheres na sala, cem por cento assistiu ao *Clube da luta*. A sua estatística de "a maioria das garotas" talvez precise ser reavaliada.

— Vou parar de falar agora — eu disse —, assim vou vomitar menos do patriarcado pra fora da boca.

Grace sorriu:

— Estamos zoando com você, Henry.

Houve um instante de silêncio — eles se tornariam uma fixação constante em nossas conversas —, no qual tentei com desespero fazer o diálogo seguir muito depois do seu ponto natural de morte.

— Por que você mudou de ideia? — eu disse rápido.

Grace me encarou, os vestígios de seu sorriso murchando.

— Eu não sei — ela disse enfim. Bem naquele momento, o sinal para o primeiro período soou e, embora tecnicamente não precisássemos ir por ser horário destinado para o jornal, Grace se levantou e guardou suas coisas e saiu da sala.

— Você ouviu isso? — eu disse para La depois de Grace sair. — Ela gosta de Pixies *e* de *Clube da luta*.

— Tenho bastante certeza de que eu gosto de Pixies e *Clube da luta*, seu saco gigantesco de esterco com babaquice.

— É, mas você é uma lésbica torpe que rouba primeiros beijos de garotos e então para sempre os emascula ao sair do armário duas semanas depois.

— Falando nisso, esqueci de te contar uma coisa. Esses dias, Madison Carlson me perguntou quão ruim de beijo você tem que ser pra fazer uma garota parar de gostar de todos os homens pra sempre.

— Espero que você tenha explicado com educação que a orientação sexual é predeterminada e que você já era lésbica ao me beijar.

—Ah, não. Eu falei pra ela que você tem o pênis torto e que depois de vê-lo eu nunca mais pude cogitar ver outro.

— Obrigado, cara.

— Disponha — Lola disse enquanto ela também se levantava e guardava as coisas. Na porta, ela parou e olhou de volta para mim, a cabeça inclinada na direção que Grace Town tinha ido. — Eu gosto dela, Henry. Tem, eu não sei… alguma coisa nela.

Assenti com a cabeça e não respondi, mas, porque Lola era minha melhor amiga e porque nós nos conhecíamos por toda a vida, ela sorriu. Pois, mesmo sem falar, mesmo sem palavras, ela sabia exatamente o que aquele aceno de cabeça significava: *Eu gosto dela também.*

CAPÍTULO 6

Naquela tarde, depois da minha última aula, quando soou o sinal, saí da sala de aula e, socando meus livros na mochila, quase trombei de cara em Grace Town. Não percebi até mais tarde que ela deveria ter perguntado a Lola onde ficava meu armário. Eu com certeza nunca tinha contado a ela, e o único outro humano com o qual eu a tinha visto interagir tinha sido o sr. Hink, que tampouco sabia.

— Henry — ela disse.

— Olá — eu disse devagar.

— Você quer uma carona pra casa?

— Tudo bem.

— Mas você ainda precisa ir dirigindo.

— Uh. Certeza?

Grace se virou sem dizer mais nenhuma palavra e seguiu pelo corredor sem conferir se eu a estava seguindo (eu estava, é claro). Quando chegamos ao campo de futebol, ela acelerou, o que fez com que seu mancar ficasse muito mais evidente, tornando seus movimentos levemente selvagens. Era um caminhar que apenas poderia ser descrito com precisão como tipo do Alastor "Olho-Tonto" Moody. Eu me apressava a cada cinco passos para acompanhar o ritmo dela. Perto do final do terreno da escola, olhei para trás, para onde Lola e Murray esperavam (como sempre) na fila do ônibus para pegar uma carona até minha casa. Acenei. Os dois ergueram o braço direito e me saudaram em uníssono. Grace Town não viu, graças a Deus.

Já na rua, o silêncio era quebrado apenas ocasionalmente pela passagem de um carro e pelo estalo regular da bengala de Grace no asfalto, até que ela por fim falou:

— Então, qual é a sua história, Henry Page? — disse ela. Havia, mais uma vez, um tom subjacente de raiva que eu não entendia, como se Grace estivesse desapontada comigo por algum motivo. — Quero todos os detalhes sangrentos.

— Eu, ahm. Bem. — Fiquei em pânico. — Gosto de piñas coladas e de tomar chuva sem querer, como a música? — disse num tom fraco.

— Você não acha estranho que, sempre que alguém pede que você se descreva, você tem um branco? Deveria ser a coisa mais fácil do mundo, quer dizer, você é você, mas não é fácil.

— É. Acho que sim. Mas também é como perguntar pra alguém "Como foi na Europa?" depois de passarem três meses lá, sabe? Tem muito terreno pra cobrir.

— Isso é verdade. Vamos limitar? Me deixe fazer uma pergunta.

— Certo.

— Vai ser muito pessoal, então se sinta livre pra não responder se não quiser.

— Uh... tudo bem — eu disse, me preparando pra perguntas sobre minha orientação sexual ou sobre minha predileção antinatural por usar o casaco preto do meu pai mesmo no calor, o que parecia ser, ao conhecer estranhos, os dois caminhos de investigação mais populares.

— Qual sua cor favorita?

Não era o que eu esperava.

— Ahn... — Eu nunca tive realmente uma cor favorita. Ou talvez eu tivesse muitas na minha lista. Todas as cores tinham direitos igualitários, até onde eu sabia. — Não dou tratamento preferencial a nenhuma cor. E você?

— Azul como o vestido de *Alice no País das Maravilhas*.

— Então, tipo, azul-celeste?

— Não, de maneira *nenhuma*. Odeio azul-celeste e azul-bebê e azul-ardósia, mas o azul de *Alice no País das Maravilhas* é perfeito.

— Esse é o nome técnico pra esse tom, então? É assim que eles colocam no círculo cromático?

— Bom, acho que você também poderia dizer que é o azul retrô cor de carro dos anos 1950, mas Alice é mais fácil. Consigo lidar com a situação se ouvir azul-escovinha no lugar.

— Você pensou muito a respeito disso.

— Gosto de ter respostas prontas pra quando as pessoas me perguntam sobre mim mesma. Quer dizer, se eu não sei quem sou, como é que outra pessoa deveria saber?

Exauri meu cérebro, tentando arrancar alguma coisa do vazio negro que ele parecia se tornar quando Grace Town estava num raio de três metros.

— Verde. Verde é minha cor favorita.

— Isso é completamente chato.

— Certo. Aquele tipo de verde desbotado e ácido da cor dos olhos da minha irmã quando ela está no sol. Meu sobrinho tem a mesma cor. Essa é minha favorita.

— Melhor.

Uma pausa.

— Você vai me perguntar mais alguma coisa?

— Não. Acho que não vou.

— Esse foi o jogo mais estranho de verdade ou consequência que já joguei.

— Não era um jogo de verdade ou consequência. Eu só queria fazer uma pergunta.

Quando chegamos à casa de Grace, fizemos o mesmo procedimento do dia anterior. Esperei do lado de fora no gramado enquanto ela entrava em casa e pegava as chaves. Eu dirigia o carro dela até minha casa, me despedia, então eu a observava ir embora caminhando na direção errada, descendo uma rua que não ia levar a lugar algum. Assim que passei pela porta, me odiei por não a ter convidado para entrar. Assim que desci os degraus até o porão, me lembrei por que isso seria uma má ideia.

— Bom, cave um buraco e me enterre nele — Murray disse, me dando um tapinha nas costas no pé da escada. — Se você não achou uma mina se oferecendo pra você.

— Ela só me deu carona pra casa — eu disse.

— Ai, meu santo Deus — Lola disse enquanto eu largava minha mochila e me atirava no sofá. — Com certeza tem alguma coisa surgindo aí, Page.

Murray pulou no meu colo, uma quantidade obscena de massa muscular esmagando minhas pernas enquanto ele passava os braços em torno do meu pescoço e pressionava sua testa contra a minha.

— Tem certeza de que não tem nada acontecendo? Porque nós podemos ter espiado vocês dois da janela encardida do porão e visto vocês perdidos no olhar um do outro.

— Gente, vocês dois precisam se acalmar — eu disse enquanto tentava afastar Murray, sem muito sucesso. — Ela é uma esquisitona total. Acho que ela está solitária e não fez muitos amigos ainda, então ela se apegou a mim porque fui legal com ela.

— Mas você não foi legal com ela — La disse, franzindo a testa. — Você a perseguiu pelo campo enquanto gritava obscenidades pra ela.

— Isso é um exagero bem grande.

— Mas ela ficou caída por essa paixão flamejante — Muz disse, seu cabelo balançando enquanto ele pressionava os punhos no meu coração. — O desejo veemente dele pela vida.

— Ela não *ficou caída* por mim. Não acho que ela sequer goste de mim de verdade. Ela me encara muito. É muito confuso.

— Convide-a pra passar a tarde aqui na segunda-feira depois da aula — Lola disse, coçando o queixo. — Traga ela pra cova dos leões. Deixe que *a gente* seja juiz disso.

— Só se o Murray prometer não ficar fazendo essas merdas — Muz agora estava esfregando o cabelo por todo o meu rosto, peito e braços. — Será que você... Ugh, Murray. Vai, sai daqui!

— Estou deixando meu cheiro no meu território! — ele insistiu. — Não posso perder você!

Olhei para Lola.

— É por isso que estou sozinho.

La balançou a cabeça:

— Eu juro que não é.

Então soltei o corpo e deixei que Murray me untasse com sua juba oleosa, certo de que, se Grace algum dia testemunhasse as esquisitices que aconteciam neste cômodo, ela sairia correndo para longe.

O que parecia um motivo bom o suficiente para nunca, nunquinha *mesmo*, convidá-la.

Mais tarde naquela noite, quando a ralé já tinha ido embora, entrei no perfil do Facebook de Grace Town no iMac e deixei a seta do mouse flutuar por cima do botão de "Adicionar aos amigos" por cerca de dez minutos, até eu enfim fechar os olhos e clicar. Meu coração batia com violência ao ver a notificação de "Solicitação de amizade enviada", mas só tive que esperar alguns segundos até ter a resposta. *Grace Town aceitou sua solicitação de amizade. Escreva na linha do tempo de Grace.*

Era natural que eu fuçasse em toda a sua página, mas tudo, tirando aquelas poucas fotos de perfil disponíveis em modo público, tinha sido apagado da linha do tempo. Nenhuma atualização de status. Nenhum check-in. Nenhum evento da vida. Nenhuma foto em que foi marcada. Tirando seus 2879 amigos (como alguém pode conhecer tanta gente assim?!), Grace Town era um fantasma virtual.

Depois que Grace havia deixado o escritório naquela manhã, eu comecei a enviar e-mails para empresas de relações públicas pela cidade, vendo se alguma delas deixaria qualquer um dos redatores juniores porcarias do *Westland Post*, como o jornal tinha sido chamado quando começou, nos anos 1980, entrevistar alguma das bandas porcarias que eles representavam. Parecia ser um motivo bom o suficiente para começar uma conversa com ela.

HENRY PAGE

Só queria te contar que reservei os integrantes do Plastic Stapler's Revenge para uma entrevista semana que vem.

GRACE TOWN

Que emocionante. Sempre tive muita vontade de ouvir as ideias urgentes de itens de papelaria vingativos. Quando?

Não tenho certeza ainda. Alguns dos nossos voluntários do penúltimo ano devem começar a sair dos seus buracos em breve. Prevejo que exatamente duas pessoas analfabetas e o gato selvagem que mora no forro do escritório da diretora Valentine vão de fato se voluntariar pra ajudar. Vou ver se qualquer um deles está à altura da tarefa.

Excelente. Reúna alguns escravos. Ordene que façam nossa vontade. (Minha aposta está no gato.)

Adoro que temos escravos.

Você acha que é assim que Kim Jong-un se sente?

É tudo parte do processo de lavagem cerebral.

Estamos construindo um exército.

Primeiro Westland High... depois o mundo.

Bebam o Kool-Aid, meus escravos! É delicioso!

Isso.

E como você está? Está se ajustando bem?

As pessoas estão sendo legais?

Você ficou triste de sair da East River ou ficou meio que dividida?

A maioria dos meus amigos já tinha se formado. Isso deixou a saída mais fácil, mas, ainda assim, sinto falta deles.

O pessoal da East River de fato tem uma reputação de saber se divertir. Uns veteranos não foram presos ano passado por construir e depois dirigir uma mesa de piquenique motorizada pelo campus da escola?

Não gosto de dizer isso, mas... #YOLO

Vou deixar essa passar, mas só dessa vez.

Nunca mais. Eu juro.

Muito bem. Fico feliz que temos um acordo.

joga fora a ideia para artigos regulares sobre YOLO

Ei, se você fica feliz em colocar seu nome nisso, vá em frente.

Não, não. Estou bem.

A conversa acabou ali. Grace ainda ficou on-line por mais uma hora, mas eu não consegui pensar em mais nada para dizer, então deixei assim mesmo.

Havia, é claro, métodos de descobrir coisas a respeito de pessoas de outras escolas, se você tivesse essa inclinação. Madison Carlson, em particular, parecia dirigir um serviço de comércio de bens e informações interescolares tão grande e tão complexo que ela poderia ter tentado entrar no comércio do Silk Road. O namorado de Madison frequentava a East River, o que aparentemente lhe dava acesso às vidas da elite na East River (tentei me lembrar de pedir a ela que escrevesse uma coluna estilo *Gossip Girl* para o jornal). Mas o que Madison dava, Madison tomava. Se eu fizesse uma pergunta casual sobre a vida anterior de Grace Town, o rumor de que eu, tipo, talvez, meio que gostava dela seria espalhado pela escola inteira em um dia.

Grace Town, por enquanto, teria de permanecer um mistério.

CAPÍTULO 7

Na segunda-feira à tarde, depois de o último sinal soar, Grace já estava esperando na frente do meu armário. Como ela conseguia sair mais cedo da sua aula do último período com tanta frequência suponho que jamais saberei, mas depois daquele dia ela sempre estava lá quando eu saía.

— Carona? — ela disse, sua expressão e seu tom traindo o fato de ela estar (confusamente?) infeliz de me ver, como se esperasse que eu não estivesse lá naquele dia.

— Claro — eu disse com cautela.

Então começou a rotina que iria moldar nosso relacionamento. Nós caminhávamos até a casa dela juntos, Grace ficando furiosa com qualquer carro que buzinasse para sairmos do caminho. Ela me fazia esperar no gramado grande demais enquanto pegava as chaves lá dentro. Uma vez que as encontrava, ela as jogava para mim e me fazia dirigir para casa. No carro, ela ou olhava fixamente para a frente, sem falar, com rosto inflexível, ou me fazia perguntas como:

— Qual sua música favorita?

E eu dizia coisas como:

— Por que essas perguntas são tão difíceis de responder?

E ela dizia coisas como:

— Porque neste momento você está tentando pensar em uma música que seja legal e socialmente aceitável de dizer que é sua favorita. Em geral, alguma com um mínimo de vinte anos de idade, porque qualquer coisa mais nova que isso é, em geral, considerado lixo pop.

— Bom, agora que sei que você está me julgando, não vou conseguir escolher nada.

— Esse é o objetivo de conhecer mais uma pessoa. Julgá-la.

— Então você *está* me julgando de verdade agora?

— Sempre. Olha, me diz uma música que faça você sentir algo.

— Certo. "Someday", dos Strokes — eu disse, me lembrando da noite em que pegara no sono com a banda favorita de Grace tocando ao fundo.

— Escolha arriscada. Definitivamente, não tem vinte anos de idade ainda, mas é alternativa o suficiente para que você talvez consiga se safar.

— Qual é a sua? "Stairway to heaven"? "Smells like teen spirit"? Alguma coisa que seja tão incrível quanto clássica, suponho?

— "She will be loved", do Maroon 5.

— Isso… não é o que eu estava esperando.

— O que posso dizer? Sempre que a ouço, ela me lembra de ser feliz.

Nossa. Se essa era a ideia dela de uma música feliz, o que ela ouvia quando estava triste? Marchas fúnebres?

— Onde você ouviu? Eles ainda *tocam* isso no rádio? Alguém ainda *ouve* rádio?

— Ha-ha.

— Não uma música dos Strokes, então?

— Como assim?

— Os Strokes? Você parece ser uma grande fã também. — Grace ainda franzia a testa como se não entendesse. — Você tem adesivo deles no seu carro. Seu chaveiro. É a tela de fundo do seu celular.

— Ah, sim. Os Strokes. Isso. Eu tinha um amigo que era um grande fã. Ele costumava ouvir o som deles o tempo todo.

— Seu amigo gostava tanto de Strokes que você colocou adesivos no seu carro?

— É o carro antigo dele, na verdade.

— E o seu celular?

— É o telefone antigo dele também.

— Certo.

Depois que saímos do carro, eu disse, em um impulso:

— Quer entrar?

Grace disse:

— Por quê?

E eu disse:

— Ahn. A gente podia, tipo, passar um tempo junto e tal? Eu não sei, tipo, se você quiser?

— Eu tenho um lugar pra ir à tarde.

— Claro. Sim. Notei isso. Bom, vejo você amanhã, então.

Grace suspirou:

— Me encontre aqui quando o sol tiver se posto.

— Por quê?

— Você não quer passar um tempo junto?

— Ahn, sim, acho.

— Então vamos passar tempo junto. Hoje à noite. Quando o sol tiver se posto, me encontre aqui. Certo?

— Nós vamos, tipo, fazer algo ilegal ou...? É só que a coisa toda depois do pôr do sol parece meio diabólica.

Grace sorriu seu sorriso cansado.

— Vejo você hoje à noite, Henry Page. — Então ela se virou e mancou pela rua e desapareceu na esquina.

Por algum motivo, não contei aos meus amigos habitantes do porão que Grace me encontraria naquela noite. O que quer que estivesse acontecendo entre nós era muito tênue, muito frágil, não era o tipo de coisa para ser discutido e dissecado por um grupo de pessoas. Porque, no fundo, acho que eu honestamente acreditava que não levaria a nada e não queria ter que lidar com a vergonha inevitável que viria se eu contasse aos meus amigos que cheguei muito perto de quase gostar de uma garota e o resultado foi que ela não gostava de mim. Então fingi me sentir mal, e eles foram, de má vontade, para suas casas, com suas famílias, comer seus próprios jantares em vez de ficar sendo zumbis aproveitadores como eram normalmente.

Depois que foram embora, tudo que me restava era contar para os meus pais.

Agora, eu sei que a maioria dos adolescentes deveria odiar os próprios pais, ou no mínimo pensar que eles são pouco descolados ou algo assim, mas sempre admirei minha mãe e meu pai por qualquer coisa. Meus pais tiveram uma dessas histórias de amor à primeira vista, dessas perturbadoras tipo filmes da Disney antes de *Frozen*. Eles se conheceram em um KFC (certo, então talvez não seja *tão* Disney) depois da aula quando mal eram pré-adolescentes. Papai, sendo a criancinha arrogante que imagino que era, pediu minha mãe em casamento ali mesmo (oferecendo um pedaço de frango frito em vez de um anel de noivado — definitivamente, definitivamente, *nada* Disney).

É provável que você tenha lido histórias assim antes, sobre pessoas de antigamente fazendo pedidos de casamento no primeiro encontro e tudo o mais. Só que essa é real. E funcionou. Eles só se casaram onze anos depois, mas nunca namoraram ninguém, exceto um ao outro daquele dia em diante. Eles escaparam para se casar na Índia no dia de Natal, quando mal tinham terminado a faculdade, os dois vestidos em roupas de banho e pintados com hena. Eu tinha uma foto Polaroid deles alimentando elefantes com mangas. Então o amor deles era incrível. Diz muito sobre a receita secreta de frango do coronel Sanders.

Mas não era o aspecto Nicholas Sparks tão-perfeito-que-meio--que-deixa-você-enojado que eu mais amava neles. Era a maneira como eram. Eu tinha visto adolescentes consumidos pelos hormônios que não estavam tão inconsequentemente apaixonados quanto meus pais e — em vez de me deixar cheio de vontade de vomitar, como poderia acontecer — eu amava o amor deles.

Eles haviam sido hippies quando Suds era criança, uma artista e um carpinteiro vivendo em um depósito abandonado. Talvez a experiência infernal de criar Sadie até a idade adulta tenha arrancado qualquer tipo de resistência de seus sistemas, mas eles nunca tinham sido nada além de incrivelmente abertos e descolados comigo.

Então quando eu disse à minha mãe, Daphne, logo que ela chegou em casa da galeria:

— Mãe, vou sair hoje à noite e não sei que horas chego em casa ou aonde vou. Não tenho cem por cento de certeza, mas eu posso talvez estar me envolvendo em atividades ilegais.

Ela apenas respondeu:

— Uma aventura, hein? Excelente. Eu estava começando a me preocupar com você. Sadie tinha sido presa três vezes na sua idade, e olhe como ela se saiu.

— Obrigado, mãe. Eu sabia que você me apoiaria.

— Em qualquer coisa, exceto homicídio e uso de substâncias proibidas que requeiram seringas.

— Ah, bom, porque tinha pensado em ver se você queria investir nesse negócio de laboratório móvel de metanfetamina em que tenho trabalhado nos últimos meses.

— É claro, querido. Prepare uma planilha atraente e vou dar uma espiada nos números. Você precisa de transporte para fuga de emergência das suas atividades possivelmente ilegais na noite de hoje?

— Não tenho certeza ainda. Posso ir te avisando? Não devo demorar muito. Não quero deixar você e papai acordados.

— Se eu não atender meu telefone, só peça para a polícia deixar você em casa. Vamos fingir deixar você de castigo por um mês.

— Obrigado, mãe.

Ela beijou minha testa:

— Mas falando sério. Não infrinja nenhuma lei. E me ligue se precisar, certo?

— Pode deixar.

A tarde passou devagar demais depois disso e então, nos minutos antes do pôr do sol, rápido demais. De súbito, estava escuro e eu caminhava rumo à porta da frente, gritando tchau para meus pais, revirando meus pensamentos por maneiras de começar conversas, perguntas que eu poderia fazer a Grace para manter o diálogo rolando. Eu sempre ficava em pânico na frente dela, meu cérebro virando uma cova aberta vazia de forma cavernosa que não conseguia fornecer pensamentos úteis para se salvar.

Do lado de fora, o carro de Grace desaparecera, como havia acontecido nas outras duas tardes que ela tinha me levado para casa na semana passada. Esperei perto da caixa de correio, tremendo com a surpreendente brisa fria de final de tarde. Cinco minutos se passaram até eu captar uma ponta de movimento com o canto dos olhos. Uma figura pequena e escura estava em pé no fim da minha rua, acenando para mim na escuridão. Daquela distância, eu não conseguia ver seu rosto, apenas o contorno de seus ombros tão amplos que eram estranhos. Não era a silhueta de algo que eu queria seguir na escuridão. Quando não me movi, Grace exagerou seu movimento, usando o braço e a bengala para me chamar rumo a ela. Corri até lá, fechando o zíper da minha jaqueta por causa do frio. Conforme me aproximei, consegui ver que ela ainda estava vestida em sua indumentária masculina típica, coberta com uma jaqueta de futebol americano que ficava tão grande nela que poderia usar como vestido. Ela tinha dirigido até a casa para pegá-la e então caminhou todo o trajeto de volta até aqui?

— Você tem um cartão de ônibus? — ela perguntou quando eu estava próximo o suficiente para ouvir. Sem olá. Nunca olá.

— Não comigo agora, não, desculpe.

— Tudo bem. Vou ser sua esposa ricaça e pagar sua passagem.

— Aonde vamos?

— Você vai ver.

— Desde que a gente, tipo, não saia do estado nem nada assim.

— Você vai ver.

E, então, em vez de começar a subir o final da rua, Grace se virou e tomou o caminho no meio da grama alta onde a rua acabava.

— É sério isso? — eu disse. — Tem um barranco por aí. É uma vala pra água da chuva.

— Atalho — foi tudo que Grace disse, mergulhando mais na escuridão.

— Quer dizer, você está bem, com a sua perna e tudo o mais? — gritei atrás dela, sem saber se era politicamente correto ou não chegar a *mencionar* que eu tinha *notado* que ela mancava. — O terreno é muito irregular!

— *Atalho!*

Então Grace começou a afastar a grama com pancadas da bengala, como se fosse uma exploradora retalhando para abrir caminho por uma selva. Segui a trilha que ela marcou pela folhagem, ficando próximo o suficiente para, caso ela tropeçasse, eu pudesse segurá-la, mas, mesmo com o mancar mais nítido, ela nunca tropeçou.

Seguimos a vala por dez minutos, jogando conversa fora sobre o jornal, até que o barranco nos levou à estrada principal perto de um ponto de ônibus. Nós paramos e aguardamos um ônibus sob uma luz fluorescente, eu meio que esperando que fosse um Greyhound intermunicipal que nos faria atravessar metade do país, mas Grace fez sinal para um que ia para a cidade. Ela pagou minha passagem como disse que faria, e então nos sentamos nos assentos reservados para deficientes, o que Grace disse que era (e eu cito) "uma das vantagens de ser uma aleijada".

A cidade à noite era espetacular. Gosto muito de montanhas e florestas e rios claros como vidro, mas existe alguma coisa a respeito de um milhão de luzes brilhando à noite em uma cidade no escuro que simplesmente me pega. Talvez porque me lembre a galáxia.

Quando descemos do ônibus, Grace me levou imediatamente para a loja de conveniências mais próxima.

— Vamos precisar de lanches — ela disse. — Eu pago.

— Você é muito gentil comigo. Siga cuidando de mim dessa maneira e vou me tornar um homem domado. — Escolhi alguns M&M's e Coca-Cola.

Grace escolheu um pacote de batatas chips sabor sal e vinagre (o que, eu sei que soa estranho, simplesmente *combinava* com ela com perfeição), uma Vitaminwater e uma baguete de pão branco barata. Então caminhamos. Caminhamos por tanto tempo que comecei a pensar que *isso* era passar o tempo junto e que nós não tínhamos um destino de verdade, mas Grace não me deixou comer meu lanche, apesar de meus protestos.

Por fim, ela parou em uma cerca alta de ferro com uma cerva viva grossa crescendo do outro lado e disse:

— Ta-dã.

— É uma... cerca. Quer dizer, é uma cerca muito legal. E admiro o acabamento. Mas é uma cerca.

— O que está além da cerca é o motivo por que viemos.

— Que é?

— Estou tão feliz que você perguntou. Além desta cerca está um dos segredos mais bem guardados desta cidade. Você sabia que antes de construírem o metrô, uma linha de locomotivas a vapor costumava passar bem pelo distrito comercial?

— Não sabia, mas agora que você mencionou suponho que faz sentido.

— Atrás da cerca está a última locomotiva da cidade. Está permanentemente fechada para o público por anos.

— Então por que estamos aqui?

Grace manteve uma expressão completamente séria enquanto colocava o pão no chão, segurou a bengala com a mão direita como uma lança e a arremessou por cima da cerca viva.

— Opa. É melhor eu ir buscar — ela disse. Então ela subiu com um pé na cerca com a perna boa e se arrastou para cima.

— O que você está *fazendo*? — eu disse.

— Entrando em propriedade privada, é óbvio. Vamos.

— E se alguém chamar a polícia?

— Vou dizer a eles que eu atraí e seduzi você para infringir a lei.

— Aham. Como se isso fosse funcionar.

— Vamos, Henry. Você tem cabelo brilhante e covinhas, e eu me visto como Aileen Wuornos. — Ela fez uma pausa para respirar enquanto subia a cerca. — A polícia *vai* acreditar em você. Você nunca infringiu a lei antes?

— Eu atravessei a rua sem olhar para os lados uma ou duas vezes.

— Que rebelde.

— E estive envolvido em pelo menos três incidentes de menores de idade bebendo.

Com um resmungo final e um gemido de dor ao colocar o peso na perna ruim, Grace subiu no alto da cerca. Ela tinha feito aquilo antes.

— Henry.

— Eu quero muito ir para a faculdade.

— Suba a cerca.

— Você sabe que atravessei dezessete anos da minha vida sem sofrer pressão dos pares? Meus pais me avisaram a respeito disso no ensino fundamental, mas eu nunca passei por isso. Estava começando a acreditar que era um mito.

— Henry Page. Suba. A. Cerca.

— E, tipo, é de fato uma descrição precisa do que é. Estou me sentindo muito pressionado pelo meu par neste momento.

— Henry, me passe aquela droga de baguete e então arraste sua bunda aqui pra cima agora mesmo!

— Certo! — Joguei o pão, então envolvi as barras de ferro com as mãos e me ergui, o que era difícil, porque eu não conseguia mais sentir as pernas por causa do que eu imaginei ser um ataque de pânico iminente. — Ai meu Deus, ai meu Deus, ai meu Deus — eu disse de novo e de novo conforme subia. Grace desapareceu do outro lado da cerca.

— Vou ser preso. Nunca vou para a faculdade. Vou ser um criminoso. Meus pais vão me matar.

Uma vez que cheguei no alto das barras de ferro, ficou claro que não tinha um jeito fácil de descer para o outro lado, então eu meio que montei na cerca viva e depois rolei. Não foi uma boa ideia. Caí no chão, com força, perdi o equilíbrio e acabei de joelhos. O riso frio de Grace só poderia ser descrito com precisão como um cacarejo, o tipo de som rouco mais apropriado a um corvo do que a um ser humano.

— Você soa como uma vilã da Disney — eu disse ao me levantar e limpar a sujeira das roupas, o que só fez Grace cacarejar mais.

— Estou te avisando, criança. Se eu perder a calma, você perde a cabeça! Entendeu?! — disse Grace. — Parabéns, Henry. Você está oficialmente entrando em propriedade privada.

Olhei para os lados. Com exceção de algumas poucas árvores peladas por causa do frio, ou por possivelmente estarem mortas há muito tempo, parecia ter pouca coisa naquele lado além de um campo aberto.

— Onde fica essa estação de trem misteriosa de que você fala?

Grace apontou com a bengala e partiu na minha frente.

— Logo descendo a ladeira.

E lá estava. Menos de dez segundos caminhando e um edifício pequeno e iluminado com lâmpadas de vapor de sódio entrou no campo de visão, aninhado na escuridão.

— Parece uma cripta — eu disse.

— Bom, é uma cripta. No sentido filosófico. Todas as construções antigas se tornam criptas quando não têm mais uso. Um santuário para um tempo que já morreu.

— Você é muito esquisita, Grace Town.

— Eu sei.

— Não me importo.

— Eu sei.

Quando alcançamos a construção, chegamos a um portão alto no mesmo padrão elaborado da cerca.

— Venha — disse Grace. — Estamos apenas em propriedade privada no momento. Agora é hora de quebrar e invadir.

— Grace, não, vamos lá, isso é mesmo... — eu disse, mas os portões abriram num sacolejo sob seu toque, e ela passou por eles olhando pra trás para mim e piscando.

— Eles não estão trancados há anos.

Caminhamos por um pequeno túnel sombrio e saímos em uma única plataforma aberta que era, surpreendentemente, iluminada do alto por lâmpadas de vapor de sódio. A estação estava em um estado muito melhor do que eu esperava que estivesse. Estava em grande parte sem grafite e nenhuma vegetação tinha tomado conta do interior.

— Ahn, em termos de edifícios abandonados, este aqui parece estar em condições bem não abandonadas — eu disse. O teto era uma série de arcos altos feitos de vidro fosco, o piso era de mármore xadrez

em preto e branco, as paredes da construção, feitas de azulejos verde-
-esmeralda e branco casca de ovo. — Tem certeza de que esse não é
um set que sobrou de O grande Gatsby ou algo assim?

— É um local histórico, então mesmo que as pessoas não sejam
mais autorizadas a entrar aqui, eles tentam manter tudo bem cuidado.
Vamos, você não viu a melhor parte ainda. — Grace se ajoelhou diante
da porta da estação, um pedaço de madeira ornado pintado em vermelho, e começou a abrir a fechadura com um grampo de cabelo.

— Certo, agora, isto é quebrar e invadir.

— A melhor coisa sobre locais históricos é que — houve um ping
quando a fechadura se abriu — todos os objetos são originais de época.
Cadeados de cem anos de idade são brincadeira de criança.

— Você tem consciência de que está levemente assustadora neste
momento?

Grace me ignorou, ligou a lanterna do celular e entrou no escuro. Eu
a segui por uma série de cômodos vazios em breu total, cada vez mais
para dentro das entranhas do prédio antigo, até que chegamos a uma
escada em espiral de ferro fundido que se contorcia para dentro do chão.

— Olhe para cima — Grace disse quando começamos a descer
as escadas. Acima de nós havia outro teto de vidro abobadado, mas
um dos painéis estava rachado, revelando assim um borrifo de estrelas
brancas. Uma visão rara na cidade.

Não conseguimos descer toda a escadaria porque o porão estava
inundado. Grace se sentou no antepenúltimo degrau, tirou os sapatos e colocou os pés na água. Então ela arrancou um pedacinho do
pão que tinha comprado e o jogou na água. Ele flutuou na superfície por alguns segundos antes de eu ouvir um blup e ele ser sugado
para baixo.

— O que diabos foi isso? — eu disse, dando marcha a ré nas escadas.

— Calma, são só peixes. Venha se sentar aqui. Fique sentado bem
imóvel e eles virão até você.

Pareceu muito com a cena do compactador de lixo em Star Wars,
mas eu já tinha ido tão longe, então fiz o que ela disse. Desci as escadas. Tirei meus sapatos. Eu me sentei ao lado dela, tão perto que

nossas roupas roçavam quando um de nós se movia. Coloquei meus pés na água fria. Fiquei imóvel. Não falei. Observei Grace arrancar mais pedaços de pão e deixá-los flutuar sobre nossos dedos dos pés. Alguns minutos passaram, e então os peixes vieram, esses pequenos, com listras prateadas, mais ou menos do tamanho da palma da minha mão. Eles se lançavam para perto e para longe de nossas pernas, seus corpos escorregadios se esfregando em nossos tornozelos. Grace colocou mais pão e mais peixes vieram, até toda a água em torno de nós estar viva com prata.

— Isso é incrível — eu disse, mas Grace me silenciou com um *shiu* para que eu não assustasse os peixes. Fiquei quieto e apenas assisti aos bichos, e assisti a ela, e tentei não pensar em quão suaves os lábios dela seriam se eu a beijasse.

Quando o pão acabou, Grace se inclinou para trás nas escadas com os braços atrás da cabeça, então fiz o mesmo.

— Você já teve uma namorada, Henry? — ela disse.

A pergunta colocou meu coração em curto-circuito.

— Ah, não, não de verdade.

— Por que não?

— Eu... ahn... Merda, eu não sou nada bom em compartilhar essas coisas.

— Notei. Por que isso? Pensei que você fosse escritor.

— Exato. Sou escritor. Eu poderia ir para casa e escrever um ensaio para você sobre por que nunca tive uma namorada, e seria incrível. Mas eu... meio que sou ruim contando histórias quando não estão no papel.

— Então você rascunha tudo? Filtra tudo?

— Bom, soa deprimente quando você fala desse jeito, mas sim. Acho que sim.

— Isso é horrível. Você perde a crueza, a verdade de quem é se você passa tudo por uma peneira antes.

— Acho que você tem razão. Se crueza é o que você quer, pelo menos. A não ser que ponha no papel, eu me esforço para transmitir exatamente a mensagem que quero passar.

— Por que não tenta?

— Como?

— Me dê a versão não editada de por que você nunca teve uma namorada. Ponha pra fora.

— Porque... tantos motivos. Porque eu tenho dezessete anos. Porque eu não me importo em ficar sozinho. Eu gosto, na verdade. Estive cercado por adolescentes que estão sempre entrando e saindo desses relacionamentos tóxicos e dramáticos, e isso nunca teve nenhum apelo para mim. Quero o que meus pais têm. Amor extraordinário.

— Você entende que está perdendo um monte de coisas ótimas ao escolher ser dessa maneira, não é? Às vezes você não sabe que as coisas serão extraordinárias até que elas são.

— Bom, sim. Quer dizer... acho que sim.

— Desde que você esteja ciente. Essa foi uma primeira versão decente, aliás. Você pode revisar sua resposta e me dar na próxima vez por escrito, se sentir necessidade.

— Vou manter você atualizada. Quem sabe eu mande um ensaio para você nos próximos dias.

— Certo, Henry Page, eu fiz três perguntas para você até agora. O número mágico. É sua vez de me perguntar algo.

— O que eu deveria perguntar a você?

— Perguntar o que perguntar a mim meio que estraga o propósito do jogo. Pergunte alguma coisa que quer saber.

— O que aconteceu com sua perna?

Grace virou a cabeça para me encarar. Estávamos apenas a centímetros de distância. Eu conseguia sentir o calor de seu hálito nos meus lábios.

— *Essa* é uma pergunta chata.

— Por quê?

— Porque a resposta não tem nenhuma relevância para mim como ser humano. Aqui estou eu perguntando a você coisas profundas sobre sua cor e música favoritas e sobre sua solteirice, e você vai direto para as coisas físicas óbvias.

— Posso perguntar outra coisa, se você quiser.

Grace olhou para as estrelas.

— Eu sofri um acidente de carro tipo três meses atrás. Foi ruim. O carro capotou sete vezes. Passei mais ou menos um mês no hospital depois disso, colocando pinos e enxertos de pele e coisas do tipo na minha perna. E por uma semana eu fiquei inconsciente a maior parte do tempo, por uma semana eu quis morrer para acabar com a dor. E então, começou a melhorar. Aprendi a caminhar de novo. Tenho uma série de cicatrizes deformadas. Não, você não pode ver. Respondi todas as suas dúvidas?

— Que droga.

— É, de verdade. Mas tudo acontece por um motivo e toda essa baboseira, blá-blá-blá. — Ela revirou os olhos.

— Você não acredita que tudo acontece por um motivo?

Grace bufou.

— Olhe para cima, para aquilo lá, Henry. Olhe para aquilo lá e me diga, com honestidade, se você acha que nossas vidas são qualquer coisa além de uma cascata ridícula de probabilidades aleatórias. Uma nuvem de poeira e gás forma o nosso planeta, uma reação química cria a vida, e então todos os nossos ancestrais homens das cavernas vivem apenas o tempo suficiente para transar um com o outro antes de terem mortes terríveis. O universo não é o lugar mágico que as pessoas pintam. É lindo de doer, mas não existe mágica ali, só ciência.

Encarei as estrelas por mais um tempo, boa parte dele pensando em sexo de homens das cavernas.

— Como você descobriu esse lugar, aliás?

Grace se sentou um pouco mais reta, abriu as batatas chips e começou a comer.

— Um amigo me trouxe aqui anos atrás, quando éramos crianças. Nós dois éramos encrenqueiros e vir aqui fazia a gente se sentir rebelde. Costumávamos vir aqui o tempo todo e conversar por horas. Agora eu venho aqui sempre que quero ser lembrada de quão insignificante eu sou na grande escala do universo.

— Parece muito divertido.

— O espaço sideral é a melhor cura para tristeza que conheço.

— Se sentir insignificante não é exatamente uma ótima cura para infelicidade.

— Claro que é. Quando olho para o céu de noite, eu me lembro de que não sou nada além das cinzas de estrelas mortas há muito tempo. Um ser humano é um conjunto de átomos que se junta em um padrão ordenado por um breve período de tempo e então se desmorona outra vez. Encontro conforto na minha pequenez.

— Não acho que você está na mesma página que o resto da humanidade, Town. Você deveria estar apavorada com o esquecimento, como o resto de nós.

— A melhor coisa que o universo já nos deu é saber que vamos todos ser esquecidos.

— Ah, por favor. Ninguém *quer* ser esquecido.

Grace se inclinou para trás de novo e olhou para o céu. A citação "Amei demais as estrelas para temer a noite" me veio à mente. Minha espinha estremeceu de leve enquanto eu a observava.

— Eu meio que gosto da ideia — ela disse. — Que quando morremos, apesar de qualquer dor ou medo ou vergonha que experimentemos durante a vida, apesar de qualquer desgosto ou pesar, nós podemos ser dispersados de volta ao nada. Isso me faz sentir corajosa, saber que vou receber um quadro em branco no final. Você tem um breve vislumbre de consciência para fazer o que quiser, e então, ela é devolvida ao universo de novo. Não sou religiosa, mas até eu consigo apreciar que isso é redenção, na maior das escalas. Esquecimento não é assustador; é a coisa mais próxima da absolvição genuína de um pecado que consigo imaginar.

— Meu Deus. Não me espanta que Hink quisesse você no jornal.

— Viu? Às vezes coisas boas saem de primeiros rascunhos.

— Aposto que sua redação é incrível. Por que você parou?

— Ah, você sabe. O clichê de sempre. Transtorno de estresse pós-traumático, suponho. Muito chato, em termos de enredo.

Eu quis dizer *Você é meio que extraordinária, quer dizer, seriamente esquisita, mas também extraordinária*, só que em vez disso soltei:

— Que pecados uma garota de dezessete anos precisa absolver?

— Você se surpreenderia. — Grace se aprumou, um sorrisinho malicioso no rosto. — Você quer saber um segredo sombrio do meu passado?

— Meu Deus, eu sabia. Você enterrou um corpo aqui, não foi? — eu disse enquanto ela se levantava, estendia a mão e me puxava para levantar. — Quem foi? Um morador de rua aleatório? Um professor de sua antiga escola? É por isso que você mudou de escola?

Caminhamos juntos, devagar, ela ainda segurando a minha mão, e na metade da subida da escada em espiral, ela se agachou para me mostrar algo raspado no metal.

— Eu fui, uma vez, uma vândala. — Ela moveu as mãos para o lado para revelar uma série de letras gravadas de modo tosco. Estava escrito *G + D 4 ever*. — *Voilà*.

— Você fez isso?

— Sim. Quando eu tinha, tipo, dez anos.

— Grace Town. Não sei mais como me sinto em relação a você. O que é o *D*?

— Um garoto.

— Ele era seu namorado?

— Mais uma quedinha, na época.

— *Forever*, hein? Vocês ainda estão juntos, então?

— Acontece que pra sempre não é tanto tempo quanto eu imaginava que seria.

Grace passou os dedos sobre as letras, como se num transe, como se tivesse esquecido por completo que eu estava ali.

— Eu provavelmente deveria ir pra casa — ela disse de modo tranquilo. — Obrigada por passar tempo comigo. Eu costumava vir aqui o tempo todo, mas não é a mesma coisa quando se está sozinha.

— Claro. Disponha. Podemos vir aqui quando você quiser.

— Vejo você amanhã.

— Você está bem?

— Sim. São só… velhas memórias, sabe? Minha mãe mora na cidade. Eu talvez passe a noite na casa dela. Tudo bem você pegar o ônibus sozinho?

—Ai, caramba, Grace Town, como eu poderei chegar à minha casa sem nenhuma proteção?

—Vou entender isso como um sim.

Grace começou a subir, mas depois de três degraus ela parou e se virou para me olhar:

—Estou feliz de ter conhecido você, Henry.

—Estou feliz de ter conhecido você, Grace.

Então fiquei em pé ali e a observei partir, a luz do seu telefone ficando cada vez mais escura enquanto ela era engolida pela escuridão engolfante, até não sobrar mais nada dela, nem mesmo um som, e eu estar sozinho no breu.

Meus sentimentos eram como um nó dentro do estômago. Em geral eu sabia com exatidão quais eram minhas emoções. Feliz, triste, bravo, envergonhado: elas eram todas simples o suficiente para catalogar e rotular. Mas isso era algo novo. Uma espécie de rede de pensamentos que se ramificavam para todas as direções, nenhuma delas fazendo muito sentido em particular. Um sentimento gigantesco, um sentimento tão grande quanto uma galáxia, um sentimento tão grande e retorcido que minha pobre cabecinha não podia compreender. Como quando você ouve que a Via Láctea é formada de quatrocentos bilhões de estrelas e pensa *Porra, isso é bem grande*, mas seu mísero cérebro humano nunca vai ter capacidade real de compreender quão gigantesco isso é porque fomos feitos muito pequenos. Era assim a sensação.

Eu sabia quando garotas gostavam de mim. Ou, no mínimo, sabia quando garotas flertavam comigo. Grace Town não estava flertando. Grace Town não gostava de mim. Ou, se ela *estivesse* e *gostasse*, ela não estava expressando em nenhuma maneira com a qual eu estava acostumado.

Eu também sabia quando gostava de garotas. Abigail Turner (da pré-escola) e Sophi Zhou (do ensino fundamental) tinham sido obsessões. Fixações. Não parecia ser o caso de Grace. Eu não tinha nem certeza em particular de que estivesse atraído por ela. Não havia um desejo ardente ali. Eu não queria arrancar as roupas dela e beijá-la. Eu só me sentia… magnetizado por ela. Como a gravidade. Eu queria orbitá-la, estar em torno dela, da maneira que a Terra orbita o Sol.

— Não seja um idiota, Henry — eu disse enquanto ligava a lanterna do meu telefone e subia a enferrujada escadaria em espiral rumo ao céu noturno, pensando em Ícaro e sua arrogância, e em como essa metáfora era apropriada (eu estava meio que orgulhoso dela, na verdade). — Não se apaixone por essa garota.

Quando cheguei em casa (mamãe me buscou, abençoada seja), abri o aplicativo de anotações no meu telefone e escrevi:

Rascunho Dois
Porque eu nunca conheci ninguém que
eu quisesse na minha vida desse jeito.
Além de você.
Eu poderia abrir uma exceção pra você.

CAPÍTULO 8

— **MPDG** — disse Lola na terça-feira à tarde depois da escola. Ela estava deitada de cabeça para baixo no meu sofá, botas no apoio para o pescoço, a cabeça pendurada na borda do estofamento, jogando FIFA com pouco entusiasmo. — Isso aí é um comportamento de MPDG.

— O que é MPDG? — perguntou Murray.

— *Manic Pixie Dream Girl*, garota maníaca e esquisita dos sonhos. Quer dizer, ela leva o Henry numa aventura para uma estação de trem abandonada cheia de peixes e então fala do universo? Pessoas de verdade não fazem isso.

— Bom, ela fez isso — eu disse — e foi meio que incrível.

— Não, isso é *ruim*. MPDGs são território perigoso.

— Espera aí, então como os peixes vivem no subterrâneo? — questionou Murray. Ele afagava sua penugem de barba com um olhar confuso desde que eu os mencionara. Ele devia ter lavado o cabelo na noite anterior (uma ocorrência rara), porque estava de volta ao seu estado natural: a juba de um leão com a consistência de algodão-doce. Ela tomava conta de boa parte de seus ombros e rosto, a ponto de ele precisar pegar emprestadas diversas presilhas de cabelo de La para mantê-la longe dos olhos. — É como um ecossistema fechado ou algo assim? Como é que eles sequer chegaram lá?

— Provavelmente conectados a alguma fonte de água nas proximidades — Lola disse. — Pássaros aterrissam na água com ovos de peixes presos na perna, algo assim.

— Você acha que são comestíveis? Talvez devêssemos ir pescar. Que tipo de peixes eram, Henry? Trutas? Bremas?

— Gente, podemos nos concentrar aqui? Estou surtando.

— Por quê? — perguntou Murray.

— Acho que gosto dela. — Não foi fácil dizer. Não era algo que eu normalmente admitiria. Talvez, por ser o último ano, eu quisesse algum escândalo. Não um escândalo tipo "contrair uma DST de um interesse romântico compartilhado e herdar o apelido de trio tricomoníase", mas já era alguma coisa. Eu estava sempre à margem do drama adolescente, sempre ouvindo as histórias de amor encontrado e amor perdido de Lola e de Murray, mas nunca era um participante.

Pela primeira vez, eu queria ser. Pela primeira vez, alguém poderia valer a pena.

— Ai, ai, ai — disse Lola.

Muz limpou uma lágrima falsa do olho.

— Esperei tanto tempo por esse momento próspero. Nosso pequeno pintor de rodapé enfim se torna um homem.

— O que eu faço? — eu disse.

— Ela gosta de você? Quer dizer, você consegue ver alguma coisa acontecendo? — Lola disse.

— Bom, ela me levou pro seu viveiro de peixes secreto e falou comigo sobre a morte. Talvez, no cérebro dela, isso queira dizer que ela está super a fim de mim?

— Não necessariamente. Se ela *for* uma MPDG, é provável que ela leve todo mundo lá.

— Grace não é uma *Manic Pixie Dream Girl*, tá? Se ela fosse, ela usaria vestidos soltinhos e teria uma franja e andaria com uma bicicleta holandesa com croissants no cestinho e sorriria muito. Ela não é peculiar; ela é esquisita e pronto. Na verdade, acho que ela pode estar deprimida.

— Tudo bem, garoto apaixonado, não estava tentando insultar você.

Não contei a La o que realmente estava pensando: que Grace tinha surgido na escola naquela manhã com as mesmas roupas que vestira na noite anterior, o cabelo um ninho amontoado no alto da cabeça, os olhos com uma borda vermelha e inchada de uma noite sem dormir. Garotas que mentiam sobre ter família na cidade e, em dados momentos, dormiam nas ruas dificilmente pareciam capazes de se encaixar no arquétipo de *Manic Pixie Dream Girl*.

Murray passou o braço por cima de meu ombro.

— Escute, parceiro. A coisa mais importante é não ser muito apressado. Você tem apenas uma oportunidade. Se fizer uma cagada vai se meter num problema. Dê tempo a isso. Você a conhece faz uma semana. Apenas analise a situação. Observe a linguagem corporal dela. Conheça-a antes de partir pra cima, certo?

— Essa é, estranhamente, a coisa mais inteligente que você já disse — interveio Lola.

— Como dizemos nas colônias lá embaixo, não faz sentido empurrar merda com um garfo de borracha num dia quente.

— Esses são ditados australianos reais ou você inventa essas coisas sozinho? — eu perguntei.

— É genético — respondeu Muz, sorrindo. — Nascemos com isso já no sangue.

— E que porcaria é essa de "Eu tenho um lugar pra ir à tarde"? — Lola questionou. — O que isso significa?

Dei de ombros.

— Não faço ideia. Ela sai do carro, desce a rua e desaparece. Duas ou três horas depois, o carro desaparece também. Não sei se ela volta pra buscá-lo, ou se alguém o dirige de volta ou o quê.

— Essa é uma merda toda muito enigmática bem aí — disse Murray.

— Grace Town é uma charada embrulhada em um mistério dentro de um enigma — eu comentei.

— Nós *poderíamos* descobrir isso. Quer dizer, sei que não somos uma Madison Carlson, mas nós *poderíamos* dar uma boa investigada.

— A gente poderia — La disse devagar. — Segui-la. Ver aonde ela vai. Dar uma analisada na *situ*.

— Isso é meio tipo Christian Grey, não acham? — eu disse.

— Cara, você não vai cheirar o cabelo dela enquanto ela dorme. Só vamos segui-la por cinco minutos pra ver aonde ela vai. Ela pode estar visitando um *namorado* ou algo assim. — Eu conseguia notar pela maneira como Murray enunciava a palavra namorado que ele sabia que a mera menção de um possível amante seria suficiente para me fazer concordar. Ele tinha razão.

— Dezessete malditos anos sem pressão dos meus pares e do nada sou esmagado por ela duas vezes em dois dias. Tudo bem. Vamos dar uma de perseguidores.

Muz bateu as mãos.

— Está decidido então. Amanhã à tarde, depois da aula, estaremos estacionados e prontos em um carro do lado de fora da sua casa para começar nossa operação.

— Mas eu sou o único que tem carteira — apontei — e pretendo estar muito bem escondido no chão do banco de trás. Então exatamente qual de vocês dois cretinos vai dirigir?

— Não se preocupe — Lola disse, desbloqueando o telefone. — Tenho uma ideia brilhante.

— Merda. Eu. Não. Consigo. Acreditar que deixei vocês me convence-rem disso — Sadie disse do banco do motorista enquanto eu me aperta-va no piso do banco de trás de seu suv. Lola e Murray já tinham colocado os cintos e estavam prontos para ir. — Eu sou uma neurocientista de vinte e nove anos e estou ajudando e sendo cúmplice do meu irmão ado-lescente boboca ao perseguir a garota deficiente por quem ele tem uma quedinha. O que deu drasticamente de errado na minha vida?

— Cara, que sapatos você está usando, botas de rodeio pontudas com esporas? — perguntei para Murray enquanto ele fechava a porta e eu tentava ficar confortável aos seus pés, o que era difícil, porque seus sapatos estavam tentando eviscerar meus rins.

— São tênis, cara, acalma o facho. Para com o drama e vem sentar do meu lado.

— Nunca! Devo proteger minha identidade. La, eu queria muito que você viesse para o banco de trás pra que Grace não te veja.

— E deixar de ver em primeira mão os desdobramentos desse acidente em progresso? Acho difícil — Lola disse.

Eu me virei para os lados, incapaz de encontrar um lugar em que eu não sentisse como se estivesse sendo fatiado.

— Argh, Sadie, só dirige!

— Paciência, John Hinckley Jr. 2.0, nós estamos seguindo uma garota que caminha com uma bengala — disse Sadie enquanto ligava o carro e se afastava devagar do meio-fio.

Cedi à ideia de que estaria desconfortável a viagem inteira e descansei minha bochecha no chão sujo do carro.

— Juro que não vou atirar no presidente em nenhum futuro próximo.

— Diga o que quiser, mas, se você comprar passagens para Washington e começar a assistir a muitos filmes da Jodie Foster, nós *vamos* reportar à NSA — Lola disse.

— O que está acontecendo? — eu disse enquanto o carro seguia para uma parada lenta. — Vocês conseguem vê-la?

— Sim, ela está bem à frente. Acabou de colher umas flores do jardim de alguém. Malditas MPDGs. — Eu conseguia praticamente ouvir Lola balançar a cabeça. — Não se preocupe, não acho que ela vai nos bater.

— Estou mais preocupado com ela nos *ver* do que nos bater.

— Se formos pegos, vamos dizer à polícia que Sadie está obcecada com a Grace e nos fez vir junto pra poder nos matar em algum tipo de ritual satânico violento.

— Ah, ha-ha — disse Suds. — Odeio vocês todos, bando de esquisitinhos.

— Parece algo que um satanista diria. Você tem congresso com a besta com regularidade ou é algo de frequência mais casual?

Sadie bagunçou o cabelo de Lola. La riu e a afastou com tapas.

— Droga, ela está pegando um atalho — Murray disse. — Aonde aquele beco leva?

— A única coisa do outro lado do beco é o cemitério — Sadie disse. Murray me chutou nas costelas.

— Eu sabia, caramba! Ela vai a uma necrópole todas as tardes? Estamos lidando com algum tipo de ficção de gênero aqui, com certeza. Alguém quer fazer apostas? O que achamos? Ela é uma vampira? Um fantasma? Um desses zumbis *new age* que conseguem amar?

— Vou apostar dez dólares em anjo caído — Sadie disse. — Estão tão na moda agora.

— Vou sair um pouco da norma aqui. Quanto paga uma sereia, Muz? — Lola disse.

— Sereias não vivem em cemitérios, seu maldito drongo.

— Tá bem. Sereia demônio do inferno que assombra pântanos de cemitérios que inundam sempre que chove. Quais são as chances?

— Cem mil pra um.

— Excelente. Aposto dez. Já consigo sentir o gosto da salada de verdinhas.

— E você, garoto apaixonado? — Murray disse, inclinando-se para baixo. — O que você acha que sua garota é? Bruxa? Alienígena? Lobisomem? Cruza de *dropbear* e lobisomem?

— Cruza de quê? — perguntou Lola.

— Um problema imenso lá na terrinha. Sydney está malditamente infestada deles. Todo mundo passa Vegemite atrás das orelhas pra evitar ataques. É uma maldita tragédia, a quantidade de bons caras e minas que perdemos por conta dessa mistura de espécies.

Levantei minha cabeça do piso do carro:

— Vocês poderiam todos calar a boca e lembrar que estamos aqui numa missão muito séria de obtenção de informação barra perseguição? Suds, dê a volta no final da rodovia Beauchamp, nós conseguimos pegá-la do outro lado.

— Já estava fazendo isso, pirralho — disse Sadie enquanto eu sentia o carro cortar em uma ampla inversão para a apropriada, porém nada criativamente nomeada, Ala Cemitério.

— Aqui está — Lola disse. — O centro dos mortos da cidade.

— Ouvi dizer que tem gente se matando pra entrar — Murray soltou.

— Não sei não — comentei. — Ouvi dizer que o pessoal aí dentro é bem frio.

— Lá está ela — Lola disse, batendo no meu ombro. — Henry, levante, ela está longe o suficiente pra não nos ver.

Murray me puxou do chão pelo meu casaco e, com muito esforço e resmungos, eu finalmente me sentei ao lado dele. Grace estava um pouquinho mais à frente, caminhando ao lado de uma fileira de lápides, o aglomerado de diversas flores de jardim apertado em sua mão esquerda. Ela tinha tirado o gorro e deixado o cabelo solto, então, quando a brisa batia, ele refletia a luz da tarde e ganhava uma cor de creme de leite azedo. Ela parou e arrumou uma mecha rebelde atrás da orelha e se ajoelhou em uma sepultura que já estava coroada com dúzias de flores em diversos estágios de decomposição. Ela então afundou na grama, deitando-se de barriga para baixo, a cabeça descansando sobre um braço, os dedos rodopiando em torno de tufos de grama, os pés erguidos atrás dela. Mesmo daquela distância, eu conseguia ver seus lábios se movendo: Grace estava falando, cantando talvez, para um alguém invisível sob a terra.

Todos nós ficamos sentados, paralisados por um minuto, sedados pela quietude que vem ao assistir a um momento intensamente pessoal que não pertence a você. Então Sadie balançou a cabeça e ligou o carro:

— A gente não deveria ter visto isso, Henry. Isso não era pra nós.

Assenti com a cabeça:

— Nos leve pra casa, Suds.

Fiquei sentado no parapeito da janela da frente a tarde toda, lendo um livro e observando uma tempestade se formar, esperando a resolução do mistério do carro que desaparecia. Logo depois do pôr do sol, quando o céu estava ferido com uma tempestade de raios, um carro diminuiu a velocidade em frente à nossa casa. Assisti pelo vidro enquanto um homem careca e baixo saía do banco do carona e corria pela chuva rumo ao Hyundai de Grace. Ao abrir a porta, ele olhou para cima, me viu observando e ergueu a mão. Repeti seu gesto. O homem assentiu com a cabeça e entrou no carro, deu partida, virou e dirigiu sob a chuva cortante, suas luzes de freio como os olhos de um demônio na escuridão.

CAPÍTULO 9

Não tinha nenhum jeito de abordar o assunto do cemitério com Grace sem admitir que eu a seguira até lá, então, como uma pessoa sã, lógica e emocionalmente saudável, decidi tentar esquecer o que tinha visto. Em vez disso, segui o conselho de Murray de conhecê-la melhor, o que acabou sendo mais difícil do que parecia, porque Grace Town era possivelmente o ser humano vivo mais esquisito.

Ao longo das semanas seguintes, nós almoçamos juntos quase todos os dias, às vezes com meus amigos, às vezes — quando eu tinha a sensação de que ela não queria estar perto de outros humanos — sozinhos. O novo ritual começou em grande parte da mesma maneira que as caronas para casa tinham iniciado: no dia depois do incidente no cemitério, Grace se materializou em nossa mesa no refeitório e perguntou se poderia sentar conosco.

Vampira, Murray disse só com os lábios enquanto Grace se sentava ao lado de Lola. Eu o chutei por baixo da mesa.

Com o discurso motivacional de Murray sobre linguagem corporal na minha cabeça, eu tentava observar como Grace se portava perto de mim. Eu me flagrei me inclinando na direção dela — eu me debruçava em mesas, angulava minhas pernas na direção dela. Grace nunca imitava meus movimentos. Ela sempre sentava reta ou reclinada para trás, as pernas cruzadas para longe de mim. Todas as vezes que eu me sentia entrando no eixo gravitacional dela, traído pela minha própria linguagem corporal, eu me afastava, com cuidado para não me revelar demais.

O processo editorial funcionava da seguinte forma: a cada ano, quatro edições eram lançadas, uma no começo de cada trimestre. A que circulava agora era a última que o editor do ano passado, Kyle (o supracitado profanador de sofás), tinha montado. A última edição que Grace e eu presidiríamos seria lançada no verão seguinte à nossa formatura. Seria o nosso legado, a sabedoria que iríamos transmitir à primeira leva de alunos do último ano.

Além de recapitular eventos importantes do trimestre, cada edição tinha um tema, em geral alguma variação de um dos quatro temas super-sem-sal de ensino médio: "Amizade!", "Jornadas!", "Aceitação!", "Harmonia!".

Kyle, que vestia uma capa na escola e tinha pendurado uma máscara de Guy Fawkes no escritório do jornal, ultrapassou os limites com temas abstratos como "círculos", "vermelho" (Taylor Swift fez muitas aparições), "misterioso" e "desbotado". Isso foi malvisto pelos professores — que preferiam que o jornal não fosse nada além de uma forte propaganda estilo "seus anos adolescentes são os melhores de sua vida" —, mas amado pelos alunos, que podiam ler sobre alguma coisa além de "formar conexões para uma vida toda" e "marchar triunfantemente para o futuro", para variar. E quando digo *amado*, quero dizer que pelo menos quarenta e cinco por cento deles fizeram o esforço de pegar uma cópia, o que, se você sabe qualquer coisa sobre adolescentes e sua tendência de cagar e andar para temas relacionados à escola, meio que quer dizer que os jornais de Kyle eram best-sellers galopantes.

Na busca de um Tema Perfeito que iria arrasar totalmente com o legado de Kyle, o jornal requeria muito trabalho em espaços fechados. Hink nos deu carta branca sobre o conteúdo ("Vocês dois são bons meninos; confio que vão seguir o contrato", ele disse em nossa primeira e única reunião de planejamento, talvez de uma maneira bastante tola), o que demandava que Grace e eu tivéssemos sessões regulares de troca de ideias depois da aula. Eu rolava minha cadeira de escritório até a pequena mesa dela e nós nos sentávamos lado a lado, eu bebendo Red Bull ou café (nós tínhamos acesso especial à sala dos professores, a-há!), ela tomando chá de hortelã, cada um de nós preenchendo as páginas do jornal com nossas ideias cada vez mais de merda. "Novos princípios"? "Começar do zero"? "Tornar-se a pessoa que você está destinada a ser"? "Jovem para sempre"?

Eu me perguntava, durante as longas e vagas tardes dessas primeiras duas semanas, se ela estava hiperconsciente do próprio corpo como eu estava do meu. Cada toque ou roçada de pele quando um de nós se movia na direção do outro, cada ataque de riso rouco que fazia um de nós enterrar a testa no ombro do outro. Alguns dias, Grace instigava o contato acidental. Em outros, ela se continha como uma marionete, cada movimento era deliberado e medido para se certificar de que nossa pele nunca se tocasse, que não estivéssemos nos sentando muito próximos um do outro.

Em geral, eu era bastante bom lendo pessoas, mas Grace Town era uma anomalia, um ponto cego no meu radar. Odeio ficar todo *Crepúsculo*, mas eu conseguia de súbito entender como Edward achava interessante uma pessoa tão besta (não que Grace fosse besta — ela era astuta e espirituosa, com um senso de humor tão negro que poderia ter atuado como Batman). Mas eu enfim entendi a atração do Cara Brilhante por Bella. Quanto menos eu conseguia ler Grace — quanto menos eu a entendia —, mais extasiado eu me tornava. Eu precisava, desesperadamente, entender o que estava acontecendo dentro dos salões sombrios, retorcidos e hilários de sua mente.

Em alguns dias, parecíamos velhos amigos. Em outros, ela colocava fones de ouvido e não falava comigo ou Lola exceto para se despedir. Alguns dias ela nem aparecia. Eu relevava tudo isso, sendo sugado cada vez mais fundo para dentro do tornado que era Grace Town.

Nos Bons Dias de Grace, nos dias em que ela estava disposta a interagir, consegui determinar que:

- Grace Town costumava correr (tipo, por *diversão*). Ou, pelo menos, ela costumava antes do acidente.
- Grace Town não bebia café.
- Grace Town passava seu tempo livre lendo páginas da Wikipédia sobre serial killers e acidentes de avião.
- O aniversário de Grace Town era no fim de semana depois do Dia de Ação de Graças.
- Grace Town gostava de *Breaking Bad* e *Star Wars* e *Game of Thrones*, mas não de *Star Trek* ou de *Doctor Who* (o que foi quase um fator de exclusão, mas não exatamente).

Nós tínhamos só uma aula juntos (teatro), em que eu estava quase certo de que ela iria reprovar, porque nunca saía do lugar no fundo da sala e Beady nunca a fazia participar. Apesar de ser o último ano e todo mundo estar surtando com admissão em faculdades, provas e notas do GPA e SAT, minhas primeiras poucas semanas de aula foram boas. Eu sabia que iria tirar A com os professores que já tinham me dado aula (Beady, Hink, meu professor de espanhol, señor Sanchez), mas todos os outros eram novos para mim e requeriam uma boa dose de puxação de saco para garantir que eu conseguisse qualquer coisa próxima de boas notas, porque muitos deles ainda estavam — mais de uma década depois — guardando rancor em relação ao nome da família Page.

O começo de todo ano letivo era o mesmo. Os professores que haviam estado em Westland por tempo suficiente para ter lecionado para minha irmã sempre reagiam da mesma maneira ao fazer a chamada pela primeira vez. Eles chamavam meu nome. Reconheciam o sobrenome *Page*. Erguiam os olhos da página com horror. Olhavam para mim, viam o quanto eu me parecia com Sadie, sabiam com certeza que éramos irmãos. Minha mãe não estava exagerando quando disse que Suds tinha sido presa três vezes até chegar à minha idade, mas ela se metia em mais problemas com a escola do que com a lei. Expulsa (informalmente) e reinscrita cinco vezes por (entre outras coisas): vender cigarros, roubar uma câmera de vídeo, colocar fogo em uma cozinha da aula de economia doméstica (Sadie insistiu que esse tinha sido um acidente legítimo), ter conseguido destilar *moonshine* (por oito meses) em um armário da sala de aula de ciências e, enfim, ter conseguido plantar maconha (por três anos) na estufa do departamento de ciências. (Talvez não seja nenhuma surpresa que ela tenha se tornado cientista — ela passou mesmo bastante tempo trabalhando em "projetos científicos" quando era adolescente, ainda que fossem ilegais.)

O motivo pelo qual ela foi autorizada a retornar de novo e de novo? Porque Sadie Page era, para todos os efeitos, um gênio. Acho que Westland não estava pronta para largar sua única chance de ter uma ex-aluna que poderia ganhar um prêmio Nobel, não importava quanta encrenca ela aprontasse. A diretora Valentine tinha um fraco por suas travessuras menos destrutivas (o rumor era de que ela tinha levado o *moonshine* de Sadie para casa depois de ter sido confiscado e que ainda bebe uma dose dele ao final de cada ano escolar), e as notas de Sadie não eram apenas excepcionais, elas eram assombrosas. Seus boletins, juntamente com as palavras *depravada* e *inconveniente*, também diziam coisas como *matematicamente precoce* e *perturbadoramente brilhante*. Então, pois é. Ser um Page vinha com uma reputação de ser um gênio do mal, e eu não era nenhuma dessas coisas, então tinha que me esforçar pra caramba para ser visto como a) distante da delinquência juvenil e b) levemente acima da média no quesito de inteligência.

Eu sempre odiara esse fato. Agora ele me dava uma desculpa para passar tanto tempo estudando quanto eu quisesse, o que, é claro, exigia companhia, o que, é claro, incluía Grace. Na última semana de setembro, fomos andando juntos ao McDonald's na maioria dos horários de almoço para "estudar", o que em geral consistia em desconstruções bobas de literatura ("O que eu mais gosto em *A revolução dos bichos* é que não tem nenhum simbolismo decorativo. É só uma história boa e simples sobre animais que odeiam humanos", eu disse, ecoando a piada de Ron Swanson, de *Parks and Recreation*, que gerou uma gargalhada e uma testa enterrada no meu ombro) e problemas matemáticos ainda mais bobos ("O que você respondeu na questão seis?", eu perguntava. Grace conferia seu caderno. "Roxo, porque alienígenas não usam chapéus").

Essas primeiras semanas de trabalho no jornal foram as melhores. Alguma coisa em nós três estarmos enfurnados juntos naquela pequena sala-aquário era mágico. Não fizemos muito trabalho, mas isso não importava, porque nosso prazo de impressão estava a meses de distância. As folhas tinham recém-começado a mudar de cor e o sol ainda estava quente na metade do dia, o que queria dizer que tínhamos todo o tempo do mundo. Todo o tempo do mundo para esperar que o Tema Perfeito surgisse em nossos cérebros. Nós sabíamos que seria incrível quando viesse a nós, e nós seríamos tão consumidos por seu brilho que conseguiríamos terminar o jornal num piscar de olhos. Então aconselhamos nossos redatores juniores (quatro finalmente se voluntariaram, um novo recorde) a se concentrar em um conteúdo que não precisasse se encaixar no tema: entrevistas, recapitulações de eventos, páginas de fotos. Na maior parte do tempo, nós não trabalhávamos de maneira alguma porque — nos Bons Dias de Grace, de qualquer forma — estarmos juntos era muito mais divertido.

Um fez o outro assistir a uma série de vídeos do YouTube. As garotas nunca tinham visto Liam Neeson ir a Ricky Gervais em busca de conselhos para "comédia de improviso", mas todos nós assistimos juntos, três vezes seguidas na verdade, porque era muito engraçado. Nós trocávamos memes. Enviávamos Snapchats uns para os outros dez vezes por dia. Piadas internas se encaixaram tão facilmente quanto respirar. Eu estava impressionado com quão rápido uma pessoa podia se tornar uma parte essencial de sua vida. No começo de outubro, apenas quatro curtas semanas depois de conhecê-la, Grace e eu tínhamos praticamente nosso próprio idioma. Conseguíamos falar apenas em citações de filmes ou GIFs, se necessário. Nós contrabandeamos lançadores Nerf para dentro do escritório e tínhamos miniguerras antes e depois da aula. Nós trocamos nossos livros favoritos (o meu: *A estrada*, de Cormac McCarthy; o dela: *Nunca te vi, sempre te amei*, de Helene Hanff), ambos chocados porque o outro ainda não tinha lido um trabalho de tamanha perfeição literária.

Uma tarde na primeira semana de outubro, em que Lola estava se sentindo particularmente generosa em relação à minha causa, ela anunciou que precisava que Grace e eu fôssemos modelos para cartuns que ela estava fazendo para a aula de artes. Nós três fomos ao campo de futebol vazio no fim da tarde, Lola com a câmera em torno do pescoço, e tiramos uma série de fotos cada vez mais ridículas. Elas não eram tão animadas quanto La queria — Grace não conseguia fazer uma pose estilo *Dirty Dancing* por conta de sua lesão —, mas no final todos acabamos tendo um surto de riso na grama.

— Você me deve uma, das grandes — Lola disse na manhã seguinte antes da aula, esfregando uma foto no meu peito ao passar pelo meu armário. Era um momento franco capturado em preto e branco. Eu com os olhos fechados, minha cabeça inclinada para baixo, um pequeno sorriso surgindo nos meus lábios. Grace tinha um braço pendurado em torno do meu pescoço e estava olhando direto para a câmera, no meio de uma gargalhada que enrugava seu nariz. Eu nunca tinha visto seu sorriso tão grande. Eu não sabia que ela era capaz.

Escondi a foto rápido no meu livro de biologia, com a certeza de que, se Grace algum dia me pegasse com ela, iria providenciar uma ordem de restrição. Mas, quando cheguei ao escritório do jornal à tarde, alguma coisa tinha mudado. Demorei alguns minutos para descobrir o quê. Havia um pequeno retângulo grudado no vidro em frente à mesa de Grace. Uma foto. Tive que levantar da cadeira e ir até lá ver o que era. Uma garota loira e um garoto de cabelo escuro capturados em uma escala de cinza, a garota beijando a bochecha do garoto enquanto ele sorria, seu queixo segurado com leveza pela mão dela. Eles não se pareciam conosco. Não um garoto magricela e esquisito e uma garota *tomboy* suja que caminhava com uma bengala. Lola tinha capturado em nós uma coisa que eu nunca tinha visto em nós antes.

Nós éramos personagens de um filme.

Nós estávamos completamente vivos.

E éramos absolutamente lindos.

— Acho que preciso de um pseudônimo — eu disse naquela quinta-feira, falando com Grace do outro lado do escritório. — Eu não sei, parece que agora que estou tão ocupado e importante como editor, eu não deveria estar assinando com meu próprio nome. — Nós não tínhamos, de fato, chegado a ser particularmente produtivos. A Plastic Stapler's Revenge havia sido enfim entrevistada por um júnior hiperentusiasmado, Galaxy Nguyen (ele tinha podido escolher seu próprio nome ao se mudar da China quando criança — fodão), e nós tínhamos um punhado de artigos enviados por nossos outros três redatores voluntários (em geral cobrindo tópicos pelos quais eles eram apaixonados a ponto da perturbação, como *Magic: the gathering,* ou gatos).

Apesar disso, não havia necessidade de entrar em pânico ainda.

— Aceito o desafio de encontrar um *nom de plume* incrível pra você — Grace disse com uma pequena reverência, ainda sentada. E é assim que, cerca de quinze minutos depois, comecei a compor meu primeiro artigo sob o nome de Mam I. Linho (eu tinha barganhado com Grace para desistir de Mami Lo — o que Hink, apesar de ingênuo, teria notado). Mas foi no momento em que ela disse:

— Quero entrar nesse negócio de pseudônimo. Talvez a gente possa fazer um caso de família? Vou ser Mam I. Laço, sua esposa mamíssima e Lola pode ser Mam I. Lão, nossa filha mamosa — que fez meu coração bater duas vezes por segundo.

— O jornal da família Mam I. Gostei.

— Na verdade, quer saber? Acho que estou pronta pra levar nossa relação pro próximo nível.

— Ah é? — eu disse, meu coração batia tão rápido que eu não conseguia notar a diferença entre uma batida e outra.

— Acho que é hora de darmos a Lola um irmão ou irmãzinha. Vamos adotar um peixe.

Então passamos o resto do dia nos preparando para a chegada de nosso bebê aquático. Lola fez um palácio grandioso para peixes de argila na aula de artes. Grace e eu fomos ao pet shop e compramos um aquário e uma planta aquática para ele, e até rascunhamos um acordo de custódia, afirmando que nosso filho ainda sem nome moraria no escritório durante a semana e então na minha casa ou na de Grace em fins de semana alternados.

No final da tarde, nós três invadimos a estação de trem abandonada, e Grace usou seus talentos como domadora de peixes (leia-se: ela lhes dava muito pão) para reunir um cardume de corpos prateados no pé das escadas.

— Sou Grace da Casa Town, mãe de animais aquáticos com guelras — ela disse ao deslizar a rede que tínhamos comprado no pet shop na água e apanhou um peixe pequeno e brilhante.

— Qual vai ser o nome? — eu disse enquanto Grace o transferia para uma sacola plástica já cheia de água daquele porão.

— Parece ser um *ele* — Lola disse, pegando a sacola de Grace e examinando o peixe nadar preguiçoso ali dentro. — Um macho exótico e fabuloso. Vamos chamá-lo de Ricky Martin.

— Ricky Martin *I. Lo* — corrigi. — Não exclua seu irmão assim, La.

Ricky Martin I. Lo, de maneira trágica, não sobreviveu à noite. Aconteceu que a argila que Lola usara para fazer seu palácio imenso não era exatamente adequada para peixes, e nós o encontramos na manhã seguinte flutuando de barriga para cima, já há muito tempo longe deste mundo.

— Sou eu — sussurrei quando Grace me mostrou seu cadáver minúsculo. — É minha culpa. Existe uma maldição assassina de peixes em minha família.

— Ele está com Toby e Gloria agora — La disse, descansando uma mão em meu ombro.

Grace carregou RMIL em um vasilhame de plástico em sua mochila até o horário do almoço, e fizemos um pequeno e solene funeral para ele sob as arquibancadas, todos nós cantarolando "Livin' la vida loca" enquanto preenchíamos sua minúscula sepultura, que está marcada até este dia com um anzol (mau gosto, eu sei).

Depois de lavar bem o tanque e sumir com o castelo da morte, colocando no lugar muitas outras plantas e algumas estatuetas de Ewok seguras para aquários, finalmente trouxemos para casa nosso bebê permanente, Ricky Martin I. Lo II, também capturado do viveiro de peixes da estação de trem.

— Ele tem seus olhos — Grace disse enquanto nós três o observávamos nadar por sua casa nova e atóxica.

— Ele tem suas barbatanas e guelras — eu disse, e a brincadeira toda da situação fez uma onda de adrenalina atravessar meu corpo e eu alcancei e segurei sua mão, como pais novos fazem, como se fosse a coisa mais natural do mundo.

— Vocês dois são realmente esquisitos pra caralho — Lola disse.

— Você vai ser um ótimo pai para Ricky Martin I. Lo II — Grace disse, seus dedos ainda entrelaçados nos meus. Eu me perguntei, naquele momento, se era possível que seres humanos virassem supernovas: meus átomos pareciam estar emitindo ondas de choque de calor e luz enquanto se separavam uns dos outros. — Mas nunca vamos contar a ele sobre Ricky Martin I. Lo.

Depois disso, decidi que linguagem corporal inconsciente era bobagem, provavelmente imaginada por algum psicólogo maluco que estava morto havia meio século (estou falando de você, Freud). Grace nunca tinha me dado pistas sólidas de que ela gostava *gostava* de mim, e ela nunca mais me convidou para passar tempo junto de novo, como tínhamos feito naquela primeira noite em que fomos à estação de trem abandonada. Mas ela me levava para casa todos os dias depois da aula. E, nos fins de semana, trocávamos mensagens de texto o tempo todo, mesmo sem nos ver.

Então linguagem corporal deve ser besteira. Não importava que ela não cruzava as pernas inconscientemente na minha direção; ela *conscientemente* segurava minha mão enquanto olhávamos o peixe nadar em seu aquário, por muito mais tempo do que precisava, a parte fofa do seu dedão se movendo para a frente e para trás na minha pele.

Noms de plume familiares falsos e bichinhos adotados eram o que contava de fato, e no mundo de Mam I. Lo, Grace já era minha esposa e a mãe de nosso fabuloso filho aquático, Ricky Martin I. Lo II.

CAPÍTULO 10

A decisão de contratar os serviços de Madison Carlson, superdetetive/delivery de rumores interescolares, foi tomada em uma terça-feira na segunda semana de outubro, depois de Murray não ter notícias de sua ex-namorada por nove dias consecutivos e do fato de tocar (terrivelmente) "Wonderwall" no seu violão do lado de fora da casa dela ter resultado não em reconciliação, mas em diversas ligações para a polícia e uma perseguição a pé, a baixa velocidade, pelos subúrbios.

Sugar Gandhi, o amor da vida de Murray (que tinha terminado com ele no final do penúltimo ano), era uma garota que na verdade se chamava Seeta Ganguly, cujo nome ele ou tinha ouvido errado por completo ou apenas se recusava a pronunciar. De qualquer forma, ele havia se acostumado a chamá-la de Sugar Gandhi (eu tinha noventa e nove por cento de certeza que era super-racista, mas Sugar Gandhi insistira que a chamássemos assim depois de ter ouvido pela primeira vez, então eu *acho* que estava tudo bem), e nós a chamávamos assim. O relacionamento dos dois tinha sido breve — cinco meses de Murray aprendendo a fazer biryani e samosas e "Você é uma mina incrível, de verdade" postado no mural do Facebook dela com uma periodicidade bastante regular.

Mas, como está fadado a acontecer com relacionamentos adolescentes, sua esplêndida história de amor não durou. Seeta disse a Murray que os pais dela queriam que ela namorasse um "bom garoto indiano" (essa era, suspeito, uma mentira elaborada inspirada em *Driblando o destino*, feita para proteger os sentimentos de Murray).

Muz vinha tentando reconquistá-la desde então, mas, para conseguir isso, ele precisava de informações internas. Aí entra Madison Carlson.

De todas as garotas de nossa escola, Madison era a mais assustadora, a mais loira, a mais curvilínea, a garota que fazia você se sentir horrível a respeito de si mesmo só por existir, porque garotas como ela e garotos como você eram criaturas de diferentes classes do reino animal. A conta dela no Instagram tinha uma quantidade absurda de seguidores, e designers de moda enviavam coisas de graça para ela o tempo todo, e ela voava para Nova York todo mês para fazer ensaios de moda e ter reuniões com *Very Important People*. O rumor era que ela já tinha ganhado mais dinheiro que os pais e ia ela mesma pagar a faculdade.

— Ahn — eu disse quando a abordei no seu armário, na terça-feira de manhã.

— Ei — disse Madison, lançando-me um olhar esquisito, que eu suponho ser justificado, dada a minha saudação educada.

— Nossa, Henry, você nunca vai pegar uma nessa velocidade — disse Murray, acotovelando-me para fora do caminho antes de tomar a mão de Madison e fazer uma mesura profunda. — Srta. Carlson. Como um bumerangue. Sigo retornando para você.

— O que você quer? — perguntou Madison.

— Informações. De East River. Dinheiro não é problema, e com isso quero dizer que temos oito dólares e setenta e cinco centavos entre nós e podemos lhe dar de bom grado uma refeição tamanho extragrande em qualquer rede de fast-food de sua escolha.

— Você quer *fofoca*? Isso não é o ensino fundamental, Murray. Não faço mais isso.

— Mads. Parceira. Você ainda namora aquela rapadura em forma de homem que estuda lá, o que é uma coisa grotesca, por sinal, então isso quer dizer que você sabe uma coisa ou outra. Seeta Ganguly. Último ano de East River. Dê uma analisada na *situ* de sua vida amorosa. Seu pagamento — Murray deslizou alguma coisa no bolso do jeans de Madison — será lucrativo.

Madison tirou o papel dobrado e o inspecionou:

— Isso é um cupom de desconto vencido da Pizza Hut.

— Tem muito mais de onde veio esse — Murray se inclinou para a frente e sussurrou próximo ao ouvido de Madison. — *Rendez-vous* amanhã à tarde em seu armário. Você sabe onde é. Ah, e se alguém perguntar: nunca estivemos aqui. — Murray andou para trás pela multidão e, então, tentou fazer um desses truques meio Jason Bourne de desaparecer no ar, mas nós dois o vimos mergulhar no banheiro feminino.

— Ele não é engraçado — Madison disse. — Você poderia, por favor, dizer a ele que ele não é engraçado?

— Desculpe você ter que testemunhar isso.

— Vou perguntar sobre Seeta. E diga a Murray que eu na verdade terminei com Sean, tipo, dois meses atrás.

— Claro. E, ah… será que você poderia… Grace Town. Murray quer saber por que ela saiu de East River.

— O Murray quer saber, é?

— Ele é um homem apaixonadamente curioso.

Madison fechou seu armário:

— Vou ver o que posso fazer.

Cerca de vinte e quatro horas depois (Madison Carlson de fato não enrolava quando se tratava de fofoca), estávamos mais uma vez na frente do seu armário.

— Você falou com Seeta? — Murray disse. — Ela assumiu um novo amante? Quem devo matar?

— Quando falei com ela, ela mencionou um ex-namorado psicótico que levou os pais dela a chamar a polícia, mas além disso, não, Seeta está solteira — disse Madison.

— Tudo está dando certo para Milhouse.

— Você vai pra cadeia, Murray. Sua obsessão não é romântica, é perturbadora.

— Ei, foi o velho dela que chamou a polícia, não ela. Ela me mandou uma mensagem e disse que queria conversar, mas então os pais dela confiscaram o telefone.

— Tanto faz.

— E Grace? — eu disse.

— Deixe-a em paz, Henry. Confie em mim. Você não quer se misturar com aquilo tudo.

— Vamos lá, Mads — Murray disse. — Não seja clichê. Você sabe que sua relutância em divulgar informação só nos deixará mais inquisitivos. Ajude a história a ir um pouco mais rápido e dê a maldita real.

— Tudo o que sei é que a família dela é toda errada, e houve alguma coisa sobre um acidente de carro alguns meses atrás. Isso é tudo, o.k.?

— Pelo seu incômodo — Murray disse enquanto alcançava outro cupom da Pizza Hut para Madison.

— Nossa, este aqui ainda é válido.

— Nunca diga que não dou coisas legais para você.

Madison suspirou e olhou do cupom para mim e então de volta.

— Definitivamente não vá para a pista de corrida de East River por volta das nove nas terças à noite. Você definitivamente não vai ver nada lá.

— Pista de corrida de East River. Nove da noite, às terças. Obrigado — eu disse. — Ei, enquanto estamos aqui... você gostaria de escrever uma coluna para o jornal? Precisamos de algo na linha de uma coluna estilo *Gossip Girl*.

— Eu preferiria escrever resenhas de filmes ou algo assim.

—Ah, é? O que você gostaria de resenhar?

— Clássicos modernos, talvez? *Clube da luta, A origem, Matrix, Pulp fiction*. Todos os bons.

Estreitei os olhos:

—A Lola mandou você fazer isso?

— Fazer o quê?

— Ahn. Deixa pra lá. Seria ótimo. Sem pressa, nós não entramos em gráfica até o começo de dezembro. Obrigado.

— Sim, valeu, rapadura — Murray disse. Ele deu um tapinha nas costas dela.

— Eu odeio vocês dois — disse Madison, mas seu olhar se manteve em Murray por um instante longo demais, e fiquei com a impressão distinta de que Madison Carlson não o odiava, nem perto disso, nem um pouquinho, nada mesmo.

Chegou naquela quarta-feira à noite. A primeira mensagem pessoal de Grace, espontânea e sem ser sobre o jornal, surgiu no meu telefone enquanto eu pegava o ônibus para casa, vindo da casa de Murray por volta da meia-noite.

GRACE TOWN

> Como estava Simba? Ele enfrentou seus demônios e salvou o dia?

Eu tinha ido ver o musical *O rei leão* com Sadie e Ryan na noite anterior. Eu apenas tinha mencionado a Grace uma vez, de passagem, talvez uma semana antes. Havia sido uma noite divertida. Depois do espetáculo, tiramos uma foto com uma estátua de Rafiki e fomos a um lugar, perto do teatro na cidade, que fazia sorvete com nitrogênio líquido.

— Olha, Henwee, olha! — Ryan tinha dito quando viu a moça lhe entregar uma tigela de papel com uma bola de sorvete de hortelã maior que a cabeça dele. — A vida é incrível — ele disse com muita seriedade enquanto inspecionava sua sobremesa. Sadie e eu quase desmoronamos de tanto rir.

HENRY PAGE

> Foi bom! Mas então eles acrescentaram músicas e tal, e eu fiquei meio "Próxima!". E então Scar estava tentando trepar com a Nala e isso meio que arruinou minha infância.

Ah, nossa. Eu poderia ter vivido sem ouvir essa.

Exatamente. E pequenas coisas mudaram. Como Timão e Pumba, que se vestiram de drag e dançaram o Charleston em vez do Hula. Tipo, por que mudar isso? E Zazu não canta aquele trecho malicioso.

Isso é um ultraje. Mas, por favor, me diga que Rafiki ainda detonava geral.

Rafiki estava perfeito, afiado.

Você fez o que acho que fez.

Ainda tenho que lembrar você de #YOLO?

Você venceu este round, Page.

Então, Lola me mandou uma mensagem agora e me disse que estava muito satisfeita com nossas habilidades de modelo. Definitivamente dá para colocar no currículo.

Naturalmente.

Acredito que até fui cortado de uma foto no lugar de "Grace, copiada três vezes".

Lola tem um gosto excelente.

Às vezes me pergunto se tem alguma coisa na vida além de ser muito, muito, muito, muito ridiculamente bonita.

Vamos ter que testar esses seus ecstasies da próxima vez.

Exato.

olha a paginação

O que é isso... um jornal pra formigas?

HA.

As pessoas no ônibus agora acham que sou maluco porque ri alto.

Não tenho um problema com isso.

P.S. a diretora Valentine passou no escritório hoje à tarde. A mulher é assustadora pra caramba. Eu tive que fingir que tínhamos de fato escolhido um tema. Eu disse a ela que queria manter em segredo porque vai arrasar tudo que ela poderia imaginar. Precisamos decidir pra ontem.

Quanto tempo você ficou no escritório? Desculpe não estar na escola hoje.

Estou a caminho de casa. Agorinha. Passei a maior parte da tarde na casa de Murray, editando um dos artigos de Galaxy sobre a textura frustrante do frango servido no refeitório. Um artigo realmente fascinante.

Eca.

Eu de repente sinto profunda simpatia por Miranda Priestly. (Talvez eu tenha assistido *O diabo veste Prada* no fim de semana passado.)

Como uma pessoa editava o jornal sozinha no passado?

Anfetaminas?

Faz sentido.

Nós deveríamos preparar umas *speedballs* pro dia da impressão.

Pelo que ouço dele, não ficaria surpresa se Kyle tivesse um pouco delas escondido em algum canto do escritório.

Tenho certeza de que aqueles cartões de visita que Hink nos deu tinham uma quantidade boa de resíduo neles. Talvez dar uma lambida?

Olhe para aquele tom off-white. O bom gosto da espessura do papel. Ah, meu Deus, tem até uma marca-d'água!

Classe executiva. É o único jeito de voar.

Talvez, em vez de começar com drogas pesadas, a gente pudesse se tornar alcoólatras torturados? Mais apropriado pra escritores. Acho que deveríamos começar a beber no escritório todas as tardes. Vamos arranjar um frigobar e enchê-lo de cerveja.

Podemos esconder debaixo da mesa da Lola. Ela é pequena. Provavelmente nem vai notar.

"Você não pode sentar aí, desculpe, a cerveja senta aí."

"Nós não temos uma designer este ano porque a substituímos por cerveja."

#Cervejamelhorquegente

Parece uma campanha governamental.

Hillary Clinton, 2016: Cerveja melhor que gente.

Só Hillary conseguiria fazer isso dar certo.

Falou e disse.

Eu votaria pra isso.

Eu também. De qualquer forma, tenha uma boa noite. Carona amanhã à tarde?

Sim, é claro. Vejo você do outro lado, garota.

E então, na quinta-feira, como um milagre descendo dos céus, vieram notícias d'A Festa. (Muito como a Primeira Guerra Mundial, ela só ficou conhecida como A Festa ao longo do ano. Antes de ela ter de fato acontecido, A Festa [como a Primeira Guerra Mundial] era conhecida como a Festa de Heslin [como a Grande Guerra]). A Festa de Heslin/A Festa começou como um boato que se ampliou para um tópico de conversa no almoço, que aumentou para um evento completamente estruturado quando James Heslin o oficializou no Facebook menos de vinte e quatro horas depois de a especulação inicial ter começado. O ano inteiro estava convidado, assim como cerca de metade dos juniores (a metade feminina e gostosa, naturalmente). Nós, alunos do último ano, apesar do choque de personalidades ocasional, em geral nos dávamos todos muito bem. Talvez nós fôssemos um grupo anômalo, ou talvez os filmes de ensino médio tivessem mentido para nós todo esse tempo, mas tudo que eu sei era que os "atletas" às vezes passavam um tempo com os "nerds", e que a maioria das pessoas era legal com as outras na maior parte do tempo.

De qualquer forma, A Festa, que aconteceria na sexta-feira à noite, era o único assunto de que se falou pelo resto do dia. Lola e Murray iriam, naturalmente. A namorada de La, Georgia, até estava dirigindo da cidade vizinha para ir à festa. Eu, em geral, não era muito fã de festas, mas essa. Era *essa*.

Eu queria desesperadamente que Grace Town fosse e eu queria sentar com ela durante a noite toda enquanto a música ressoava pelo meu peito, longe do cômodo silencioso de aquário que era nosso escritório e do cômodo silencioso de garoto que era o carro de Grace.

Abri o aplicativo de anotações do celular e, sob o segundo rascunho, escrevi:

Rascunho Três

Porque nunca percebi que você pode se apaixonar por pessoas do mesmo jeito que se apaixona por músicas. Como a sintonia com elas poderia significar nada para você no começo, uma melodia pouco familiar, mas muito rápido se transformar em uma sinfonia esculpida em sua pele; um hino na sua rede de veias; uma harmonia costurada ao revestimento de sua alma.

CAPÍTULO 11

— **Eu vou à Festa** — anunciei a ela na sexta-feira de manhã antes da aula. (Em retrospecto, eu provavelmente disse "Festa do Heslin" na época, mas estou divagando.) Grace ergueu os olhos da tela do computador, onde ela estava passando por postagens do Tumblr, como de costume.

— Você vai com certeza? — ela disse.

— Eu com certeza vou — respondi. Larguei minhas coisas, liguei o computador e a vi se voltar para a tela. Agora era o momento da revelação. Ou ela realmente gostava de mim, ou não. Ou ela sentia por mim o que eu sentia por ela, ou não. Um minuto passou e então mais outro, e naquele exato momento, quando pensei que estaria condenado a ir a uma festa de merda sozinho — agora eu teria que ir, você não pode anunciar do nada que vai a uma festa e depois não aparecer —, Grace disse, sem olhar para mim:

— Acho que também vou.

Então eu soube. Grace Town, linda, misteriosa, danificada e completamente, completamente *esquisita*, gostava de mim. A linguagem corporal insegura e a falta de flerte não significavam nada, porque ela estava indo à festa, e festas querem dizer álcool e salas mal iluminadas, e talvez depois de um drinque ela fosse se animar um pouco e então nós poderíamos falar do cemitério, do acidente de carro e tudo o mais.

Grace não estava olhando para mim, então eu a observei sem piscar e disse:

— Legal — na voz mais casual que consegui.

— Você vai beber? — ela disse.

Eu não era muito de beber. Eu só havia ficado bêbado uma vez, quando tinha dezesseis anos. Murray me coagira a beber tequila com ele, para testar a legitimidade do teorema "uma tequila, duas tequilas, três tequilas, chão". Ao longo da noite, descobri que "uma tequila, duas tequilas, três tequilas, chão" é inexato por completo. Ele é mais algo tipo: uma tequila, duas tequilas, três tequilas, vomitar em toda a sua roupa, chorar enquanto seu pai coloca você no banho, vomitar um pouco mais, chorar e pedir para sua mãe cozinhar "ovas de salmão", o que quer que isso fosse, ser colocado na cama pela sua mãe, decidir que vai escapar do regime totalitário dos seus pais, vomitar no jardim ao escapar, ser colocado de volta na cama pelo seu pai, chão.

Não é tão limpo e organizado como o ditado faz você acreditar.

Mas eu disse:

— Talvez eu tome um drinque ou dois — porque eu tinha a sensação de que Grace iria beber, e eu queria fazer isso com ela, observar enquanto ela bebericava álcool e ver a maneira como isso a alterava. Eu queria saber que tipo de bêbada ela era. Brava? Provavelmente. Atirada? Provavelmente não. Triste? Quase com certeza.

— Posso conseguir bebidas para nós — Grace disse. E eu lancei:

— Legal. — De novo, e então o sinal tocou, e ela guardou suas coisas e saiu sem mais nenhuma palavra.

Uma coisa estava clara: apenas cinco curtas semanas depois de eu conhecê-la, Grace Town já estava no modo *repeat* na minha cabeça.

O outono havia nos alcançado a uma velocidade de quinta marcha quando chegou sexta-feira à tarde. A luz do sol tinha uma qualidade obscura, tingida pelas folhas douradas e alaranjadas que cirandavam para baixo das árvores sempre que a brisa soprava. Tudo para a festa tinha sido organizado: a bebida, a localização (os pais de Heslin estariam fora da cidade durante o fim de semana — bastante clichê, mas tanto faz).

Tudo o que me restava era contar meus planos para a noite aos meus pais, o que foi mais ou menos assim:

Eu:

— Pai, tenho a pretensão de me envolver outra vez com menores de idade bebendo ilegalmente na noite de hoje.

Pai:

— Meu Deus, Henry. Já estava na hora. Você precisa de carona?

Alguém tinha decidido que era uma boa ideia, e nosso rito de passagem como veteranos, beber no campo de futebol da escola antes de migrar para a casa de Heslin para a festa. Quando cheguei, por volta do pôr do sol, metade de uma banheira de ponche já tinha sido consumida por participantes trôpegos. E quando digo *banheira*, quero dizer uma banheira legítima que alguém tinha comprado ou roubado de algum lugar e preenchido com uma mistura de vodca barata, vinho ainda mais barato e "néctar de fruta" (estudantes de ensino médio não têm dinheiro para suco *de verdade*).

Grace estava lá quando cheguei, sentada de pernas cruzadas sozinha, encostada em uma árvore na beira do campo, a bengala descansando no seu colo. Havia duas garrafas plásticas na frente dela, uma vazia, a outra meio cheia de algum líquido esquisito amarelo pastel.

— Henrik — ela disse ao me ver. Não sei em que momento nós tínhamos designado apelidos germânicos/russos, ou por quê, mas nós tínhamos e eu amava.

— Boa noite, Grakov — eu disse.

— Eu lhe arranjei um instrumento de intoxicação. — Ela me estendeu a garrafa plástica vazia e apontou com a cabeça para a banheira de ponche, da qual Murray estava bebendo direto com as mãos enquanto fazia uma demonstração para uma pequena multidão de espectadores a respeito da maneira correta de beber de *billabongs* infestados de crocodilos. Ao frequentar reuniões públicas, ele tentava usar o máximo de "roupas de safári" possível, em um esforço de suscitar Steve Irwin e apoiar a ideia de que ele era algum tipo de colono. Na noite de hoje seu cabelo estava amarrado em um coque bagunçado e ele usava um colar com dentes grandes. Várias garotas pareciam muito impressionadas.

— Então quando você disse "Posso conseguir bebidas para nós", você na verdade quis dizer "Vou revirar meu lixo em busca de uma garrafa usada"? Me sinto traído.

— *Duas* garrafas usadas, meu amigo. Demorei o dia inteiro para rastrear essas garotonas. Além do mais, eu arranjei isso — ela disse, tirando um cantil prateado de dentro do sutiã (cantil sortudo). — Agora vá arranjar uma bebida.

O ponche já estava meio que em más condições. Diversos insetos tinham encontrado seu fim trágico, porém poético, nele, isso sem mencionar a tora de madeira que Muz tinha colocado para flutuar nas profundezas de cor amarela doentia para representar suas nêmesis reptilianas. Mas eu não me importava. Afundei minha garrafa vazia lá dentro e esperei que as bolhas desaparecessem. Tomei dois grandes goles — quase metade da garrafa —, então a afundei no ponche de novo para um refil. Não queria ficar podre tipo "ovas de salmão", mas queria que o álcool me soltasse um pouco.

Lola veio me abraçando por trás enquanto eu girava a tampa da garrafa, sua namorada, Georgia, ao seu lado.

— Me toque, Henry Page — Georgia disse, pegando minha mão livre e pressionando-a contra sua bochecha. Esse era seu cumprimento padrão, o que lhe diz basicamente tudo que precisa saber de Georgia McCracken, exceto que ela a) era uma ruiva tamanho pequeno com um borrifo de sardas pelo rosto pálido e b) de alguma maneira tinha as sobras cantantes de um sotaque irlandês, apesar de nunca ter morado na Irlanda.

— Ei, Ge — eu disse, abraçando-a folgadamente porque ela era tão pequena que eu temia que um abraço real fosse partir sua coluna. — Como está a vida de cidade pequena?

— Veja aquele reality show, *Swamp People*. É basicamente um documentário sobre a minha vida.

— Credo.

— Nossa senhora. Vai ser uma noite interessante — disse Lola, tomando um longo gole de sua bebida, então apontando com a cabeça para algo atrás do meu ombro. Eu me virei para ver Murray falando com uma garota indiana com cara bem pouco impressionada e segurando as mãos dela: Sugar Gandhi. — Aquele garoto não sabe a hora de parar.

— Merda — eu disse. — Alguém coloca um alarme para um colapso emocional à uma da manhã. La, acredito que seja sua vez de providenciar apoio. Lidei com isso da última vez.

— Porra — foi tudo o que Lola disse, o que queria dizer que ela sabia que era seu turno. Ela tomou outro longo gole de sua bebida, entrelaçou os dedos com os de Georgia e disse: — Vamos intervir agora antes que ele comece a cantar canções de amor de Bollywood outra vez.

— Por quê? O que é mais romântico do que um pouco de racismo casual? — disse Georgia enquanto Lola a puxava na direção de Sugar Gandhi, que agora estava *me* fuzilando com os olhos como se eu fosse de alguma forma responsável pelo terrível comportamento de Muz. Dei de ombros e tentei parecer que sentia muito e, então, caminhei de volta até Grace. Na hora que eu afundei no chão ao lado dela, eu já tinha acabado com outro um quarto da minha garrafa e conseguia sentir o calor estranho e familiar de intoxicação radiando de meu peito para minhas coxas.

— Vai ser uma noite boa — eu disse. Eu me encostei na árvore, meu ombro apoiado no dela, minhas palavras borbulhando do alto da minha língua, minha boca já parecendo de um tamanho pequeno demais para meu rosto.

Eu estava suficientemente bêbado quando entramos na casa de Heslin, então não me lembro na verdade como chegamos lá ou quem levou a banheira (com Murray dentro).

Eu também não me lembro exatamente como Grace e eu acabamos sentados um ao lado do outro em uma mesa no quintal de Heslin. Algum tipo de dança das cadeiras tinha acontecido. Alguém havia se levantado para ir ao banheiro, alguém se levantou para pegar uma bebida, alguém se sentou no lugar de outra pessoa, até que ninguém estava no lugar inicial, e Grace Town estava ao meu lado. Perto de mim. Tão perto que nossas pernas se encostavam. Ela tinha tomado pelo menos uma garrafa e meia de ponche até agora, e já estava mais casual e afetiva do que jamais a vira antes. Ela ria quando as pessoas contavam piadas. Ela sorria para mim. Ela interagia. Mesmo quando ninguém estava falando e ela não percebia que alguém estava olhando para ela, havia uma luz atrás de seus olhos. Ela se sentava mais reta. A linguagem corporal que lhe faltava quando ela estava sóbria estava lá em definitivo quando estava embriagada. Ela parecia — apesar de estar moderadamente suja e malcuidada — bastante bonita.

As pessoas a notavam de uma maneira que nunca tinham feito. As pessoas notavam quão bonita ela era. As pessoas notavam que ela estava *lá*. Mesmo isso soando muito esquisito, o álcool parecia trazê-la à vida.

Quando trocávamos ideias para o jornal, sempre sentávamos juntos. Toques acidentais eram inevitáveis com tanta proximidade, mas, quando ela não bebia, Grace sempre se afastava deles. Sempre se sentava próxima o suficiente para que acontecessem, então se afastava deles. Como se ela quisesse que eu a tocasse até que isso acontecesse, e então quando nos tocávamos, ela mudava de ideia de repente. Mas não havia nada disso nessa noite. Os casuais roçares de pele ficavam mais frequentes, até que eu estava contando uma história e Grace estava rindo de mim e dizendo:

— Pare, pare, você está se envergonhando! — Grace colocou a mão sobre a minha boca em um esforço de me silenciar, e eu brinquei de lutar com ela, nós dois rindo da disputa. Minha mão na cintura dela, a mão dela no meu joelho, nossos corpos pressionados mais juntos do que precisavam estar.

— Henry! É nossa música! — ela disse quando começou a tocar um cover de "Someday". Eu estava surpreso que ela se lembrasse de minha música favorita. Eu estava ainda mais surpreso que se referisse a ela como *nossa música*. Não a *minha* música. *Nossa* música. Grace entrelaçou os dedos nos meus e me puxou para me levantar, e me guiou para a pista de dança improvisada (leia-se o piso de madeira de lei da sala de estar de Heslin) lotada. Conforme o ritmo batia, ela começava a se mover da maneira mais completamente nada Grace. Tudo que eu podia fazer era assistir. Sob as luzes douradas do lustre acima, o tempo se deslocou, um portal se abriu e eu pude ver de súbito a garota que ela tinha sido antes de eu a conhecer, a garota das fotos de perfil do Facebook.

Enquanto ela dançava, ela tirou a camisa de flanela grande demais que vestia e a amarrou em torno da cintura, ficando apenas com uma regata justa e jeans. De baixo de toda aquela roupa, ali estava ela, magra e angulosa e adorável. Havia algo pontiagudo em seus ombros e clavícula e linha do maxilar, como se ela não comesse o suficiente. E havia algo em seus olhos afundados e maçã do rosto e cabelo tosco que ela mesma cortava, que queriam dizer que ela sempre se pareceria um pouco com uma viciada em heroína.

Mas a maneira como ela se movia. Deus, a maneira como ela se movia. A maneira como fechava os olhos e mordia o lábio, como se pudesse *sentir* a música pulsando no sangue.

— Henrik, você não está dançando — Grace disse quando notou e pegou minha mão de novo e meio que me balançou, como se isso fosse de alguma forma me imbuir com o poder do ritmo. Eu não era muito um dançarino, mas lá estava eu com ela, e eu estava bêbado, e ela estava incrivelmente linda, e eu queria tanto beijá-la pela primeira vez enquanto "nossa música" tocava. Então eu a puxei para perto de mim, e quando o ritmo ecoou de novo e todas as pessoas em torno de nós gritaram de prazer, eu dancei com ela.

Grace continuou me tocando, encontrando desculpas para passar os dedos na minha pele. Tudo que eu tinha que fazer era encontrar a coragem de me inclinar e encostar minha boca na dela. Um momento de coragem extraordinária.

— Henry! Grace! — gritou uma voz familiar. Um segundo depois, Lola estava lá, abraçando nós dois, dançando entre nós, Georgia ao seu lado. Eu podia matá-la. Então a música acabou e a próxima começou e nós todos estávamos dançando juntos, pulando para cima e para baixo conforme o ritmo, eu em luto silencioso pelo que poderia ter sido.

Três músicas depois, Grace pegou minha mão.

— Preciso de uma bebida — ela disse.

— Vamos com vocês — Lola disse.

Lancei um olhar de "vou te estrangular depois" para La, mas ela não viu, então rangi os dentes e segui as garotas para fora da pista de dança, de volta para o quintal. O que restava da banheira de ponche agora estava numa coisa marrom suspeita com um dos tênis de Murray flutuando dentro. (Eu tinha visto Muz apenas uma vez desde que havíamos chegado à casa de Heslin, inexplicavelmente vestido numa fantasia de pirata e bebendo de um *yard glass* com um canudinho encaracolado. Deus o abençoe.) Grace ainda tinha o frasco de vodca dentro da bolsa, então nós a dividimos em quatro, completamos com a única outra bebida disponível (refrigerante Barq's Red Creme Soda) e nos sentamos no escuro do jardim para beber.

— Na verdade, vou ao banheiro — Grace disse, me estendendo seu copo.

— Ah, eu também — Georgia ecoou.

Assim que estavam longe o suficiente, eu me virei para Lola:

— Não quero que isso soe grosseiro, mas, por favor, pelo amor de tudo que é sagrado, você precisa dar o fora imediatamente. Acho que algo está acontecendo com Grace.

— Eu notei mesmo um pouco de mãos dadas rolando.

— Então por que *diabos* você veio?

— Porque ela está bêbada, e você também, e acho que essa é uma péssima ideia.

— Lola.

— Você descobriu quem ela visita no cemitério todos os dias? Porque quanto mais penso nisso, mais maluco parece.

— Lola.

— Você está se apaixonando por *ela*, Henry? Pela Grace que conhecemos? Ou pela garota na foto de perfil do Facebook? Porque essa claramente não é mais quem ela é, por mais que você queira que seja.

— *Lola.*

— Certo! Mas, quando isso acabar com ela arrancando seu coração pelas suas patelas, não vou ser seu ombro amigo.

— Sim, vai sim. Porque é isso que melhores amigos fazem. — Eu acenei com a cabeça por cima do ombro de Lola para Murray e Sugar Gandhi, que estavam discutindo efusivamente no fundo do jardim, Muz ainda vestido de pirata.

— Deus. — Lola balançou a cabeça. — *Homens.*

Quando nossos respectivos interesses românticos retornaram, La se levantou e beijou Georgia na bochecha e disse:

— Venha, minha querida, temos que dar uma saidinha.

Então, enfim, éramos apenas nós. Apenas nós e o universo.

Grace me puxou para levantar e nós andamos, de mãos dadas, pela multidão por alguns minutos, esperando que o álcool se infiltrasse de volta em nossas correntes sanguíneas e nos fizesse voltar à bruma feliz em que estávamos trinta minutos antes.

Eu não sei quem puxou ou se nós dois tínhamos tido a mesma ideia, mas de repente estávamos em um corredor escuro que se estendia pela lateral da casa. Eu me inclinei contra os tijolos para me estabilizar e, antes que tivesse tempo de compreender de fato o que estava acontecendo, Grace estava colada em mim, sua boca se movendo contra a minha, seus dedos no meu cabelo. E meu primeiro pensamento foi: *Droga. Eu nem sei que música está tocando*, mas logo isso não importou, porque Grace Town estava me beijando e era tudo que eu imaginava que seria. As semanas de *Ela sequer gosta de mim?* desapareceram porque ela gostava, ela deveria, ela tinha que gostar.

Minha bebida estava sacudindo em uma mão, mas eu não queria interromper o beijo, então enrolei meu braço livre em torno da cintura dela e tentei evitar que o refrigerante vermelho derramasse nas costas dela. Nós nos movemos um contra o outro como um mosaico de formas. Eu queria levantá-la e queria que ela enroscasse as pernas em torno do meu quadril, mas eu estava ciente de que as pessoas podiam nos ver e eu não queria ser o casal que praticamente fez sexo em público.

O beijo durou duas músicas, ambas desconhecidas para mim, e então Grace se afastou e mordeu seu lábio inferior e olhou para mim como se quisesse me contar algo, a palma de suas mãos contra o meu peito, mas, mais cedo ou mais tarde, ela apenas disse:

— Eu deveria ir pra casa.

— Posso acompanhar você, se você quiser.

— Certo.

Peguei nossas bolsas e casacos do quarto da irmã mais nova de Heslin (havia uma placa grudada à porta que dizia NADA DE SEXO AQUI DENTRO, SEUS BÁRBAROS DA PORRA) enquanto Grace ligava para seus pais para avisá-los que iria para casa a pé, como se ela estivesse tentando deixar claro que, quando chegássemos lá, eu não iria entrar. O que não era problema pra mim, de verdade, porque eu nunca tinha feito sexo antes e eu não achava que estar bêbado nesse nível iria contribuir muito para dar uma excelente performance, virgem ou não. Então caminhei com ela no frio, sem tocá-la, sem segurar sua mão, nós dois trocando ideias sobre temas sem graça para o jornal ("espírito escolar"? "A história até agora"? "Deixar sua marca"?), como se não tivéssemos nos beijado.

Quando chegamos à casa dela, ela acenou um adeus e disse que me veria segunda-feira, e foi só isso.

Ainda bêbado o suficiente para ser corajoso, eu mandei uma mensagem a ela enquanto eu vagueava rumo à casa de Murray, que era fácil o suficiente de invadir e bem mais próxima que a minha.

HENRY PAGE

Certo, Mam I. Laço. É provavelmente bastante óbvio agora que eu meio que talvez ache você demais.

GRACE TOWN

Bom, é bom ouvir isso! Eu não teria ido atrás de você se não me sentisse da mesma maneira.

Bom ouvir isso, Laço. Bom ouvir isso. Vou manter você atualizada nas coisas e trecos e tudo o mais durante o fim de semana.

Haha, certo. Vai ser bom ouvir sobre todas as coisas e trecos.

Excelente. Vou me certificar de que você esteja bem informada. *Adieu*, sra. Laço. Foi um prazer.

De fato, foi, sr. Linho. De fato, foi.

— Muz — sussurrei ao chegar à casa de Murray e começar a bater na janela de seu quarto. Ninguém respondeu, então levantei a janela, me reboquei para dentro e peguei no sono, sozinho e totalmente vestido na cama de Murray, pensando em Grace Town e em como, se as pessoas realmente eram formadas de pedaços do universo, sua alma era feita de poeira de estrelas e caos.

CAPÍTULO 12

Nossos pais já estavam acostumados a entrar em nossos quartos pela manhã e não encontrar os próprios filhos, mas os de outra pessoa. O pai de Murray, Baz (apelido para Sebastian, não Barry — ele sempre se certificava de contar isso às pessoas ao se apresentar), me despertou do sono com o cheiro de bacon e café. Dei por mim com meu cérebro flutuando em minha cabeça. Quando eu me movia, ele se movia também, batendo dentro do meu crânio como uma água-viva furiosa, picando conforme se movia.

Levei minha cabeça esmurrada para a sala de jantar, onde as três irmãs mais novas e a mãe de Murray já estavam sentadas à mesa.

— Bom dia, Henry — as garotas soltaram em uníssono, dando risinhos. Elas todas se pareciam com Muz, cheias de cachos dourados e com seus olhos azuis (exceto pelo bigode adolescente puído, é claro).

— Calem-se, bestas infernais — eu disse a elas enquanto afundava em uma cadeira da sala de jantar e pousava minha testa na mesa de madeira com gentileza, o que apenas as fez rir mais. — Por que a luz do sol está tão brilhante? — Ela parecia estar raiando de todos os lugares, crestando minhas veias ensopadas de vodca e ponche, queimando minhas entranhas como fogo selvagem. — Talvez Drácula não fosse um vampiro, apenas um alcoólatra inveterado que estava sempre de ressaca.

— Agora, *essa* é uma história que eu leria — disse Baz.

— Imagino que você não saiba onde está nosso filho — disse Sonya, mãe de Murray. Mantendo minha cabeça na madeira fria da mesa, chequei meu celular. Havia três mensagens:

LOLA LEUNG

Bem na maldita hora.

Isso foi seguido de uma foto de Murray bastante bêbado, semiconsciente e chorando copiosamente no chão da cozinha de Lola, abraçando o que parecia ser um canguru de pelúcia.

(Coloquei o canguru ali para dar um efeito, mas não vou dizer isso pra ele quando mostrar essa foto de manhã.)

E então, às 4h03:

MUZ FINCH

Escapei do reinado despótico de Lola. Seu pai me deixou entrar em casa. Estou prestes a fazer sexo bêbado reconciliatório na sua cama. Espero que não tenha problema!

Fechei meus olhos e gemi:

— Aquele *filho da mãe* australiano.

— Henry — disse Baz, acenando com a cabeça para as garotas. — Olhe como fala.

— Ah, desculpe. Sim, Murray está na minha cama.

— Dança das camas, é isso?

— Como sempre. Ele a princípio pegou no sono na casa da Lola. É possível que no chão da cozinha. E é possível que com um canguru. Seu filho é um degenerado.

— E é por isso que deixamos que ele passe bastante tempo com você. Porque você usa palavras como *degenerado* em conversas do dia a dia — Sonya disse, bagunçando meu cabelo e me servindo um copo de suco de laranja.

Tomamos café da manhã juntos sob o sol brilhante demais, e então as garotas me arrastaram ao quarto de brincar delas para assistir a *Avatar: A lenda de Aang* até meus pais trazerem Murray para casa. Deixei as garotas pintarem minhas unhas com purpurina prateada em troca de elas secretamente me trazerem lanches da cozinha. Elas tentaram trançar meu cabelo, mas nenhuma delas era boa o suficiente para fazer o cabelo parar.

Enfim, mamãe e papai chegaram para o escambo de prole com os pais de Muz. Murray vagou para dentro de pés descalços, ainda vestido de pirata, carregando uma forma de assar vazia e uma plaquinha em torno do pescoço que dizia: "ABRAÇOS E COOKIES GRÁTIS".

Eu não perguntei. Eu não precisava.

Meus pais decidiram ficar para o almoço, então me mantive deitado na cama de Murray por mais uma hora e meia, adormecendo e despertando enquanto ele arrumava seu quarto e me contava sobre como tinha feito as pazes com Sugar Gandhi (duas vezes) na minha cama. O que não me deixou muito feliz, mas ele mencionou que meus lençóis estavam ultrajantes e já passando da hora de lavar, o que era verdade. E eu contei a ele sobre Grace, sobre o beijo, sobre a mensagem que tinha me mandado depois. *Eu não teria ido atrás de você se não me sentisse da mesma maneira.* Sobre como, todo esse tempo, enquanto eu pensava que ela estava indiferente, ela na verdade tinha estado atrás de mim no seu jeito quieto e estranho. Não era o tipo de coisa sobre o qual Murray e eu em geral falávamos, porque não era o tipo de coisa que eu em geral fazia, mas gostei. Era legal ter algo para compartilhar, para variar um pouco.

— Olhe pra nós: dois tolos apaixonados — Muz disse enquanto se atirava ao meu lado na cama, passando sua perna sobre meus quadris e focinhando no meu pescoço como um cachorro desgrenhado, como ele estava habituado a fazer.

Eu não tinha certeza sobre a parte do amor ainda, mas a parte do tolo, com certeza, era verdade.

CAPÍTULO 13

E então não houve nada.

Não sei exatamente o que esperava. Eu sabia que um único beijo bêbado não significava que Grace tinha que se comprometer comigo de corpo e alma, mas eu pelo menos achava que seríamos mais, tipo, claros sobre nossos sentimentos. Que, agora que eu sabia que ela gostava de mim, seria mais fácil trazê-la para si mesma nos dias em que ela se desligava, mais fácil de estar perto dela mesmo quando ela fingia que era a única pessoa no mundo, mais fácil de roçar no braço dela por acidente e ela não ficar tensa, como se uma corrente elétrica atravessasse sua espinha. Eu pensava que, depois que as pessoas se pegavam, as coisas meio que se ajeitavam entre elas. Eu estava, naturalmente, bastante errado.

A semana depois de nosso primeiro beijo foi algo assim.

Sábado

Quando cheguei da casa de Muz no começo da tarde, enviei uma mensagem de texto a Grace (depois de ter tirado, com luvas e uma máscara cirúrgica, toda minha roupa de cama e socado os lençóis na máquina de lavar).

HENRY PAGE

Argh. Acordei me sentindo como se tivesse feito gargarejo com um hamster morto. Ouvi dizer que Heslin ficou de castigo, coitado. Como está, Grakov? Me avise se quiser passar um tempo junto no fim de semana.

GRACE TOWN

Estou me sentindo bem nesta manhã. Vou te manter atualizado sobre o fim de semana. Tenha um bom dia.

Domingo

Apesar do que disse, Grace Town não me manteve atualizado sobre aquele fim de semana. Sei disso porque passei a maior parte daquelas quarenta e oito horas esperando que ela me mandasse uma mensagem, que ela não mandou, então fui dormir às oito da noite de um domingo, mas não peguei no sono até o céu amanhecer com uma cor rosa pálida através das janelas do porão.

Segunda-feira

Grace Town entrou no escritório do jornal na manhã antes da aula, acenou com a cabeça para mim, recolheu uma pilha de papéis de sua mesa e foi embora. Foi nesse momento que tive bastante certeza de que O Beijo (como ele acabaria sendo conhecido) tinha sido pouco mais do que uma alucinação causada por leve intoxicação com metanol do ponche. Passei o dia querendo ir para casa e pesquisar novas escolas que aceitassem transferências no último ano.

Infelizmente, tive que ficar depois da aula para terminar (leia-se começar) minha primeira tarefa de inglês para Hink, correr atrás do dever de matemática, abrir meu livro da aula de espanhol pela primeira vez e começar a pensar sobre processos seletivos de faculdade, que é o motivo de eu ainda estar na biblioteca quando recebi a mensagem de Grace e senti meus batimentos cardíacos subirem até o pescoço. Era muito, muito pior do que eu imaginava que seria.

GRACE TOWN

Você quer jogar touch football nas terças à noite? Hink está montando um time recreativo dos professores e alunos "pela saúde" e quer saber se você está dentro. Parece que todo mundo (leia-se todos os professores) está. Não vou jogar, mas vou assistir e ficar torcendo por vocês.

Eu tinha esperado uma mensagem tipo "sexta-feira foi um erro" ou "não quero que as coisas fiquem estranhas", mas isso? Isso era tortura. Por um lado, entrar no time recreativo de touch football dos professores tinha dois benefícios:

1. Grace Town, obviamente. Eventos sociais obrigatórios queriam dizer mais tempo obrigatório juntos, fora da escola e do escritório do jornal e do carro de Grace.
2. A chance de provar aos professores, em especial aos que ainda achavam que eu era o equivalente masculino de Sadie, que eu não tinha nem inclinações criminais nem brilhantismo psicopata.

Por outro lado, havia um porém imenso.

1. Esportes.

Os contras quase venceram. A ideia de Grace ter que testemunhar minhas tentativas atrapalhadas de coordenação me fazia estremecer. Mas eu não podia recusar a oportunidade de passar mais tempo com ela. Então digitei:

HENRY PAGE

Acho que poderia usar isso como uma oportunidade de ficar a um metro do sr. Hotchkiss. Em aula, ele me faz sentar lá no fundo, mas ele não pode se esconder de mim no campo!

Você sabe que horas estão planejando jogar? E como está sua segunda-feira?

GRACE TOWN

O jogo será às quatro da tarde. Toda quinta-feira. Hoje foi bem. Ajudei Lola com coisas do design para os artigos que já temos. Nós realmente queremos publicar aquele artigo de dez mil palavras sobre torneios de Magic: the gathering?

Ah! Talvez Magic: the gathering possa ser nosso tema geral?

Desculpe não ter estado aí pra ajudar, com as tarefas e tudo o mais.

Não falei pra você que defini Magic: the gathering como o tema, tipo, uma semana atrás? Aquele trecho épico de literatura vai ser a magnum opus do Westland Post.

(Mas talvez devêssemos reduzi-lo para nove mil palavras.)

O que você vai fazer hoje à noite?

Acabei de sair do escritório e estou indo passar um tempo com umas garotas de East River com quem costumava correr. Talvez eu precise de uma ou três cervejas depois de tentar editar a gramática de Galaxy.

Aquele frigobar de cerveja que sugeri pode não ser uma ideia tão boa. Provavelmente vou virar um alcoólatra até o final do ano, falando sério.

Todos os melhores escritores são! Hemingway estaria orgulhoso. Também... doses antes do touch football? Eles chamam bebida alcóolica de coragem líquida por um motivo.

Beber antes de jogar vai ser 95% da minha estratégia.

E os outros 5%?

1% talento atlético puro e autêntico. 4% sorte.

É uma estratégia ousada, Docinho. Vamos ver se vale a pena.

De fato é. 60% do tempo, funciona todo o tempo.

Terça-feira

Na hora do almoço fomos a um café perto do shopping e ficamos parados na fila juntos, em silêncio, porque era um Dia Ruim de Grace e ela mal me disse mais do que uma palavra por horas, e é difícil trocar ideia com alguém que não está ali. A música nos alto-falantes mudou para "Can't help falling in love", na versão de Elvis Presley, e foi tão ridiculamente clichê que tive que pressionar meus lábios para evitar cair na gargalhada.

Quando chegamos ao balcão, pedi um chá. Grace não queria nada, mas insistiu em pagar minha bebida, o que eu a deixei fazer, porque gostava da maneira como me sentia. As pessoas não compravam bebidas quentes para outra pessoa qualquer, certo?

Naquele momento, com Elvis cantarolando *Take my hand, take my whole life too* nas caixas de som, o chá era muito mais do que folhas embebidas em água fervente. Era um símbolo, depois de meia semana de nada, de que Grace Town ainda estava interessada em mim, mesmo que ela não conseguisse achar as palavras para dizê-lo.

— Que parte dessa roupa, exatamente, vai nos ajudar a nos camuflar quando estivermos na cola dela? — eu disse.

Era terça-feira à noite, uma semana desde que Madison Carlson tinha nos fornecido informações privilegiadas, e eu estava dirigindo em direção a East River High. Murray estava sentado ao meu lado no banco do carona, usando um trench coat e um chapéu fedora, um cigarro apagado preso entre os lábios.

— A chuva caía como balas — disse Murray com o cigarro na boca, prosseguindo sua narração durona dos eventos da noite em um sotaque americano dos anos 1950. Não estava, na verdade, chovendo de maneira alguma. — Eu me virei para o garoto — Murray se voltou para mim — e disse: "Espero que saiba no que está se metendo". Ele era um bom garoto, quase um e oitenta e cinco de pele e ossos, com uma cabeça considerável aparafusada sobre os ombros. Eu não tive coragem de lhe contar que a dama que ele perseguia era como ser fumante passivo: lindo, mas mortal.

— Fumo passivo não é lindo.

— O garoto disse algo estúpido, mas o ignorei. "Estamos chegando perto de East River agora", eu afirmei enquanto virávamos a esquina, e as luzes mordazes da escola apareceram. "Estacione ali ou terão os olhos em nós em duas sacudidelas de cauda de um cordeiro."

— Falando sério, se você não calar a boca e tirar o chapéu, vou te deixar no carro.

— Eu não conseguia aguentar mais o garoto choramingando. Eu precisava de um cigarro, e urgente. — Murray riscou um fósforo e levou-o em direção a seu cigarro, no carro de minha mãe, ainda por cima. Dei um tapão na parte de trás da cabeça dele.

— Ai, merda, tudo bem, tudo bem! — ele disse, balançando o fósforo até que a chama apagasse. Ele tirou o chapéu e deixou o cigarro no carro enquanto caminhávamos rumo às luzes brancas da pista de atletismo de East River. O vento acelerou, carregando consigo o cheiro límpido e fresco do outono. Folhas mortas estalavam sob nossos pés. Postes na rua ardiam na escuridão, mas as ruas estavam vazias e silenciosas. Enfiei as mãos nos bolsos e especulei por que diabos Madison Carlson tinha nos enviado ali.

Quando chegamos à pista de corrida, encontramos as arquibancadas vazias, então ficamos na sombra. Muz me cutucou nas costelas e apontou do outro lado do campo, e disse:

— Ali! — o que era desnecessário por completo, porque ela era a única pessoa ali, uma figura pequena contra uma galáxia de luzes fluorescentes.

Grace estava com suas roupas costumeiras, de garoto e grandes demais, mas havia algo diferente nela naquela noite. Seu cabelo estava puxado para trás e seu rosto estava rosado e lustroso com suor, e ela estava inclinada, as mãos sobre os joelhos, respirando pesado. Depois de um minuto ela se levantou e mancou, sem bengala, de volta para a linha de partida, onde ela se ajoelhou. Respirou fundo. Começou a correr, seu mancar ocasional, seu rosto contorcido em uma careta que se acentuava cada vez que a perna lesionada impactava a borracha da pista.

— O que ela está fazendo? — disse Muz enquanto a observávamos.

Talvez fosse porque ela estava em geral tão pálida e vulnerável — não frágil, nem de longe, mas apenas endurecida de alguma maneira —, mas eu nunca a imaginara capaz de esforço físico. Depois de ela correr cerca de trinta metros, Grace parou e gritou e puxou o cabelo. Ela ergueu sua bengala de onde tinha sido jogada na margem da pista e a bateu contra sua perna lesionada de novo e de novo e de novo, antes de afundar no chão aos soluços. Não era de espantar que seu mancar permanecesse pronunciado.

— Puta que pariu — Murray disse, tirando outro cigarro do bolso de seu trench coat. Eu não o impedi quando ele acendeu esse. Ele deu uma longa tragada, como se de fato fosse algum detetive durão de um romance policial.

— Fumo passivo, em carne e osso — ele disse em seu sotaque americano enquanto exalava, redemoinhos cinzentos escapando de seus lábios. — Eu não quis dizer nada ao garoto, mas pensei, enquanto assistíamos, que quanto mais ele respirasse aquela fumaça, mais e mais doente ficaria.

— Chame-a pra sair — Muz me disse na tarde seguinte. Tínhamos decidido não contar a Lola sobre ter visto Grace na pista, porque a) ela apontaria o óbvio: que Grace tinha sentimentos profundamente feridos, que eram, sem dúvida, más notícias. Lola também seria racional demais sobre os motivos pelos quais eu deveria ficar longe dela, e b) nós já nos sentíamos mal o suficiente sobre o que tínhamos feito, o que tínhamos visto. A memória daquilo ficou comigo o dia inteiro, grudada à minha pele como se eu tivesse caminhado por uma teia de aranha, então, agora, como o cemitério, eu estava tentando reprimir aquilo por completo. — Você nunca vai chegar às calças dela se ficar choramingando pelos cantos como um girassol o tempo todo. Pare de ser tão mulherzinha.

— Murray — Lola estalou. — Já falamos da coisa toda do "mulherzinha".

— Ah, merda, certo — disse Muz, genuinamente arrependido. Ele deixou seu jogo de *Call of duty* e se revirou no sofá para encarar onde Lola e eu estávamos deitados na minha cama. — Mulheres são bastante desafiadoras, e de maneira alguma eu estava insinuando que os espécimes do sexo feminino são fracos. Estava usando o termo como ele é entendido em seu sentido coloquial, mas percebo que isso pode ter sido construído de maneira ofensiva. Vou cessar e renunciar tal uso no futuro.

— Obrigada.

— De qualquer forma, você tem que fazer um grande gesto. Foi assim que consegui Sugar Gandhi.

— Sugar Gandhi quase deu um soco na sua cara, na casa de Heslin, quando você começou a chorar. — Lola balançou a cabeça e se virou para mim. — Henry, você precisa dizer a ela como se sente. Nada dessas merdas enigmáticas. Se você quer algo, diga algo. Mande uma mensagem pra ela agora que diga: "Então, gostei de te beijar e supertoparia fazer isso de novo uma hora dessas. Pode ser?".

— Você ao menos sabe o que quer dessa mina? — Murray disse. — Tipo, você realmente quer começar um relacionamento agora quando está indo embora para a faculdade ano que vem? Ou você só está atrás de uma raiz?

— Eloquente como sempre, meu amigo australiano — eu disse. O problema era que eu sabia *sim* o que queria de Grace Town. Queria dormir com ela, claro. Queria que ela fosse minha namorada. Em alguns anos, queria me casar com ela. E então, quando ficássemos velhos, eu queria beber chá de hortelã e ler com ela *Harry Potter* para nossos netos, na varanda de uma casa antiga no interior enquanto observássemos uma tempestade de verão se aproximar. Era pedir demais?

— Talvez eu esteja amaldiçoado a ficar sozinho para sempre. — Puxei meu telefone, abri o aplicativo de anotações e comecei a escrever.

Rascunho Quatro
Porque parece muito trabalho gostar de alguém. Seu cérebro funciona superaquecido, as engrenagens de sua mente rangendo entre si até que todo o óleo de seus pensamentos vá embora. O fogo se espalha pelo peito, onde ele carboniza os pulmões e transforma o coração em brasa. E bem quando você acha que as chamas apagaram de tanto queimar tudo exceto seu esqueleto, uma faísca escapa dos ossos para imolar não só sua pele, mas sua vida inteira.

— Jesus, Henry — Lola disse, revirando os olhos ao ler por cima do meu ombro. — Muito dramático.

— Cala a boca, cara. Você não sabe das minhas dificuldades.

Mais para o fim da tarde, mandei uma mensagem para Grace e usei a única desculpa em que conseguia pensar para começar uma conversa:

HENRY PAGE

O primeiro jogo é amanhã, está sabendo?
Devo ir preparado pra arrasar e xingar
todo mundo?

GRACE TOWN

Sim, é às quatro da tarde. Comece a ficar furioso.
Quero ver você com força total.

Ah, vou com força total sim. Talvez. Possivelmente.

Sua confiança é contagiante.

O.k., e quem sabe se fosse: "E vou derrubar sobre ti
com grande vingança e raiva furiosa aqueles que ten-
tarem obstruir e fazer contato com meu time de touch
football. E tu saberás que meu nome é Mam I.
Linho, quando minha vingança cair sobre ti". Melhorou? Melhorou.

Bom, fico feliz que você esteja no meu time de touch
football, sr. Winnfield.

Diga touch mais uma vez. Diga touch só mais uma vez. Eu
te desafio. Te desafio, filha da puta, diga touch só mais uma
vez, caralho!

Quinta-feira

A tarde passou rápido demais, como costuma passar com as coisas que você não quer que aconteçam, conforme aprendi. Depois da última aula, fui direto para o vestiário masculino e coloquei as poucas roupas que tinha que seriam consideradas "para exercício". Eu tinha alcançado um metro e oitenta e três cerca de um ano atrás, mas meu peso ainda não tinha acompanhado a altura, apesar de eu consumir comida como se fosse um compactador de lixo. Eu parecia especialmente magro nas roupas de atletismo, como um palito, e esperava que Grace não sentisse repulsa por meu corpo espigado e pálido.

— Isso *não* vai acabar bem — eu disse com um suspiro, desejando que tivesse convencido Muz a entrar no time para que todos se impressionassem com suas façanhas atléticas e não me notassem escapulindo para me esconder sob as arquibancadas.

— Muito elegante, Henrik — Grace disse com um sorriso sufocado quando me viu em minhas roupas esportivas. Seu mancar estava visível de novo, como algum tipo de vilã de James Bond da velha guarda, e ela estremecia cada vez que caminhava. ("Minha reabilitação está bastante difícil", ela me explicou no dia anterior. Assenti e fingi não notar quão fácil era para ela mentir.)

— Eu odeio você — eu disse.

Os professores organizavam jogos recreativos amistosos entre si e entre professores de outras escolas semanalmente, mas com frequência traziam alunos para dar uma vantagem ao time. Hink, que nunca tinha jogado antes e parecia ter um lado competitivo, pensou que injetar algum sangue jovem seria uma boa ideia, então havia dois outros alunos no time além de mim e Grace. Suki Perkins-Mugnai, que era aparentemente algum tipo de garota prodígio do touch football, e um cara que estava repetindo o último ano pela terceira vez e que eu só conhecia por "Buck". Buck, que era pequeno e atarracado e tinha um bigode adolescente mais ralo que o de Murray, apenas estava no time, eu suspeitava, porque se parecia com um criminoso condenado de trinta anos.

— Pronto, time? — Hink disse quando nos encontrou do lado de fora de seu escritório dez minutos depois, vestido em aparato atlético, a personificação ambulante de Kip Dynamite quando ele foi encontrar LaFawnduh no ponto de ônibus. Todos nós tentamos com muita, muita força, não rir de seu combo de testeira, munhequeira e meias na altura do joelho. Pelo menos eu não seria a pessoa com a aparência mais ridícula no campo.

Hink caminhou conosco para o campo de futebol americano, onde o resto de nossos professores já estava se aquecendo, alongando e praticando passes.

— Caramba, isso é assustador — Suki disse. — Nenhum aluno deveria ver seus professores em posições como essas.

— Se isso fosse um filme — eu disse, sorrindo ante a visão de nosso time maluco —, nós seríamos a equipe que vem de baixo e precisa superar grandes deficiências pessoais para ganhar esse torneio inteiro no final. Como em *Com a bola toda*.

— É, eu por algum motivo não acho que desviar de puxões vai ajudar muito — Grace disse. — Vocês estão todos ferrados.

— Tsc, tsc. Mulher de pouca fé — eu disse enquanto copiava os alongamentos de Hink sem que ele notasse, o que fez Suki se dobrar de rir.

— Acho que sou mais uma mulher de muita praticidade — Grace disse. Ela acenou com a cabeça para o outro lado do campo. — *Aqueles* são seus adversários.

Acabou acontecendo que foi muito mais como *Com a bola toda* do que antes imaginado, mas sem o final feliz. Em vez de nos inscrever na categoria iniciante ou pelo menos intermediária de touch football recreativo, Hink tinha nos enfiado na categoria avançada, majoritariamente (apenas) porque Suki Perkins-Mugnai já tinha jogado antes e ele pensou que isso seria suficiente para manter o time bem.

A equipe adversária era composta só de professores de educação física e atletas fenômeno de RockWood High que sofreram ferimentos leves, e todos se pareciam notavelmente ao Montanha que Cavalga de *Game of Thrones*. Eles vinham jogando (e vencendo) juntos por tanto tempo que chegaram a investir em uniformes de verdade, camisetas pretas com brasões em forma de corações vermelhos anatomicamente corretos amassados por uma mão.

O jogo prosseguiu basicamente como eu esperava. Grace se sentou nas arquibancadas, sacudindo um pompom amarrado à sua bengala para torcer para nós enquanto os Gutcrushers faziam jus ao seu símbolo. (O nome de nosso time, graças a Hink, ainda era "Oi, Maria, podemos decidir isso mais tarde e te avisar?".) No time adversário, a maioria era jogador ou ex-jogador de futebol americano, e com frequência se esqueciam do aspecto *touch* do jogo e iam, em vez disso, direto para os *tackles*.

A primeira vez que lhe jogaram a bola, Buck olhou para ela, olhou para a manada que vinha em sua direção, e disse:

— Ah, mas nem pensar. — Virou-se e fugiu para fora do campo. Nós não o vimos mais.

Tentei tocar na bola o mínimo possível e sempre a passava para Suki, que era de fato a única pessoa que sabia o que estava fazendo. Ela marcou nossos únicos dois *touchdowns*, os quais deixaram os Gutcrushers bastante infelizes, apesar do fato de já estarem nos dizimando.

Hink era como uma gazela recém-nascida que não tinha aprendido a andar muito bem. Beady torceu o tornozelo depois de entrar em campo por sete minutos. Meu professor de matemática, sr. Hotchkiss, parecia me odiar mais durante o jogo do que na aula, o que era o oposto exato de minha motivação para estar lá. E então, quando o inferno estava quase no fim e a pobre Suki parecia prestes a morrer de carregar o time inteiro contra uma horda de búfalos, eu acidentalmente me vi com a bola nas mãos e sem ninguém a quem passar.

O impacto fez o horizonte se deslocar lateralmente em um golpe violento. Em um momento eu estava em pé, em pânico sobre o que fazer com a bola idiota, no outro estava no chão, incapaz de respirar.

— Desculpe, cara, foi inércia — disse o gigante que tinha me lançado para o lado enquanto puxava meu braço e me levantava, o que suponho que era para ser amistoso, mas, já que eu estava sem fôlego, tudo o que eu consegui fazer foi dar uma sacudidela com a mão livre na direção dele. — Vocês deveriam pensar em baixar de nível para o intermediário. Ou iniciante.

Grace estava, naturalmente, cacarejando sua risada maligna enquanto eu tropeçava rumo às arquibancadas, com a certeza de que pelo menos algumas das minhas costelas estavam quebradas. Eu seguia lançando olhares para ela enquanto cambaleava pelo campo, mas não havia sombra alguma da desconhecida maníaca que ela tinha sido na pista terça-feira à noite.

— Nunca. Mais. Mesmo — foram as primeiras palavras que disse a ela uma vez que reconquistei minha habilidade de falar.

Depois de os Gutcrushers terminarem de nos esmagar, Hink levou todos para jantar, para se desculpar pelo que, no final das contas, tinha se resumido a pouco mais do que um ritual de sacrifício: dezesseis *touchdowns* a dois. O que fez o inferno valer a pena, no entanto, foi me sentar ao lado de Grace para jantar. Ela estava em um dos melhores humores em que eu já a tinha visto, brincalhona enquanto ria da minha cara por não conseguir comer meu sushi com pauzinhos, e se perguntando em voz alta se algum dia veríamos Buck de novo, ou se ele estava dando uma de Forrest Gump e nós nunca mais o encontraríamos.

Hotchkiss inclusive notou que eu não estava indo tão bem quanto Sadie na aula de matemática e realmente precisava começar a entregar minha tarefa de casa se eu quisesse passar de raspão, então isso foi legal. Talvez ele estivesse finalmente começando a entender o recado de que nós não éramos a mesma pessoa e não era provável que eu acendesse fogos de artifício sob a mesa dele.

No final, fizemos um pacto de irmos para o túmulo sem nunca mais jogar touch football recreativo de novo, então as contusões e a leve concussão *quase* valeram a pena por várias horas de um Dia Bom de Grace.

Sexta-feira

Nós nos encontramos na biblioteca na manhã antes da aula com atividade livre, eu com a paginação dobrada e enfiada sob o braço, ela com uma garrafa térmica e duas xícaras de chá delicadas com ilustrações de *Alice no País das Maravilhas* e pequenas etiquetas no cabo que diziam *Beba-me*. Lola tinha enfim perdido a paciência e demandado que escolhêssemos um tema para que ela pudesse começar com o design da capa e dos artigos principais. Tínhamos feito o máximo que conseguíamos com o artigo sobre *Magic: the gathering*, diversas páginas de fotos e a recapitulação entusiasmada do ano até agora por Galaxy Nguyen. Estava quase na hora da ação.

Segui Grace em silêncio pelas pilhas, cada vez mais nas profundezas, nas entranhas da biblioteca do que normalmente íamos, nós dois com sono demais para falar.

Não havia cadeiras ou mesas lá atrás, então nos sentamos de pernas cruzadas no carpete, a paginação no chão entre nós. Grace nos serviu chá — caramelo e baunilha, ela me disse, longe de ter cafeína suficiente para me tirar do modo zumbi naquela hora ímpia — e então seguimos ainda em silêncio numerando os pequenos boxes, 1 a 30, cada um representando uma página no que eventualmente se tornaria um jornal de verdade, com tamanho de tabloide. Pousada vazia diante de nós, ficou claro que todo o conteúdo utilizável que tínhamos acumulado até o momento apenas preenchia cerca de um terço do espaço disponível, mesmo incluindo o artigo de nove mil palavras sobre *Magic: the gathering*.

Merda.

No começo eram apenas negócios. A gente se sentou longe um do outro, Grace com as costas e o rosto rígidos, rabiscando ideias. *Parte possivelmente controversa de educação sexual?*, ela escreveu. *Holofote clichê sobre atleta escolar promissor?* Conforme a hora passava e nós dois acordávamos, ficou claro que aquele seria um Bom Dia de Grace. Ela se ajeitou mais perto de mim. Descansou a cabeça no meu ombro enquanto trabalhava, como se fosse a coisa mais casual no mundo, como se tivéssemos sido íntimos assim cem vezes antes.

Eu me lembro com clareza de pensar "Deus, ela é tão confusa". Porque ela era. Uma semana de quase nada, e agora isso, seu cabelo (atipicamente) limpo e escovado escorrendo pelas minhas costas, seu cotovelo descansando no meu ombro, seus dedos tracejando pequenos círculos no meu sapato. O cheiro dela, quente e inebriante e de alguma forma rançoso, subindo da sua pele e preenchendo minha cabeça com pensamentos descontrolados. Quase parecia que estávamos juntos.

Não havia trabalho a ser feito depois disso. Mantive meu lápis em mãos, mas não fiz mais um risco no papel. Não queria me mover demais, para que Grace não achasse que eu estava desconfortável. Então descansei minha cabeça contra a dela e respirei silenciosa e firmemente enquanto ela rabiscava na paginação, aparentemente inconsciente da proximidade de nossos corpos. Nós ficamos assim por algum tempo, até o sinal tocar e Grace endireitar o corpo devagar, bocejando como se acordasse de um sonho.

Mas foi o olhar que ela me lançou quando se virou para mim, o mesmo olhar que eu tinha visto no rosto dela após O Beijo, que realmente me confundiu. Foi um breve momento de confusão, de quase incredulidade, como se ela estivesse esperando encontrar outra pessoa ao seu lado e não eu.

Como se reconciliar com aquele olhar? O que queria dizer? Ou eu estava imaginando coisas?

— Carona hoje à tarde? — ela disse enquanto se ajeitava, dobrava a paginação e a entregava para mim.

— Sim — eu disse. — Seria ótimo.

Grace apenas assentiu com a cabeça antes de se levantar e ir embora, indiferente como sempre.

Decidi matar minhas duas primeiras aulas, porque aquele era um dia de considerações. Tinha que ser. Eu não poderia aguentar outro fim de semana, talvez uma semana, inseguro de como ela se sentia sobre mim ou como eu me sentia sobre ela. Então fui ao nosso escritório e desliguei todas as luzes e me sentei sob minha mesa. Enquanto estava lá, aninhado em posição fetal, escrevi uma mensagem a ela, como Lola me disse para fazer, mas não parecia nada de mais desta vez. Não parecia um gesto grandioso o suficiente. Se por algum milagre nós ficássemos juntos, eu queria que nossa história começasse com algo extraordinário, não apenas uma conversa no Facebook.

No final, eu me decidi por uma apresentação PowerPoint apropriadamente Henryesca, intitulada "Por que você deveria namorar comigo", baseada em uma bastante convincente que eu tinha visto no Imgur. Não era o tipo de coisa que eu teria feito antes de conhecer Grace, mas pensei na conversa que havíamos tido naquela noite no viveiro de peixes secreto, sobre redenção cósmica. Em como Grace tinha falado sobre bravura e começar do zero no final dos tempos, sobre fazer o que você poderia enquanto seus átomos estavam em uma ordem específica que produzisse consciência. Naquele momento, escrevendo aquele Power-Point, pensei que eu enfim entendia por que ela não se importava com esquecimento. Como podia deixar você destemido saber que o universo cuidava de você, no fim das contas. Redenção por todas as merdas idiotas que tinha feito. Absolvição total dos pecados.

Não importava se ela dissesse sim ou não. Não no final.

Então montei meu PowerPoint sentado sob minha escrivaninha. Eu mal notei quando Lola entrou, e ela aparentemente não achou minha posição em espiral no chão sob a mobília estranha o bastante para me questionar a respeito, então prossegui em silêncio até terminar. E então *estava* terminado. Era brincalhão e meio bobo e, espero, engraçado o suficiente para fazê-la rir.

Por que você deveria namorar comigo

Uma apresentação informativa
em PowerPoint
por Henry Page

Argumentos principais

- Você tem atração por homens (espero — não seria a primeira vez que estive errado).
- Por acaso, sou homem.
- Gostei quando a gente se pegou. Tanto que eu gostaria de fazer isso com regularidade.
- Como você disse uma vez com sabedoria: #YOLO

BENEFÍCIOS DE NAMORAR COMIGO

- Pronuncio GIF corretamente.
- Maratonas de *Star Wars* com pizza e sorvete.
- Eu permitiria que você me pegasse sempre que quisesse.
- Minhas referências estão fora de controle.
- Nunca sou econômico com guacamole no Taco Bell.
- Você estaria me namorando.
- Por favor.

O QUE VIRIA PELA FRENTE
Uma análise detalhada de Henry Isaac Page

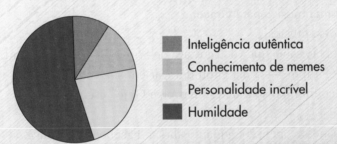

- Inteligência autêntica
- Conhecimento de memes
- Personalidade incrível
- Humildade

PRÓS E CONTRAS DE NAMORAR COMIGO

PRÓS	CONTRAS
Posso cozinhar tanto cupcakes quanto minipizzas.	Nenhum dos dois é muito bom.
Faço PowerPoints românticos.	Isso potencialmente constitui assédio sexual.
Tenho uma coleção extensa de cartas de Pokémon e merchandise de *Doctor Who*.	Seus pais podem desaprovar que você namore com um bad boy.
Não vou abandonar você como seu namorado do ensino fundamental. (Que cara de merda.)	Isso poderia ser interpretado como perseguição.
Ricky Martin I. Lo II teria uma infância mais estável se oficializássemos.	**NADA MAIS DE CONTRAS! PRÓS VENCEM!**

Depoimento de celebridade

"Como um narrador completamente confiável,
você pode acreditar em mim quando digo que
Henry Page é um floco de neve especial e único.
Em Tyler confiamos."

— famoso narrador confiável Tyler Durden

Eu li e reli e reli, pensando "Eu deveria mostrar para ela? Eu vou mesmo mostrar para ela?".

Então "Someday", dos Strokes, começou a tocar no Spotify de Lola. Minha música para Grace.

Nossa música.

— Não sabia que você gostava de *Strokes* — eu disse para Lola.

— Humm? — Lola girou devagar em sua cadeira. — Ah, eu não conheço muito o som deles, mas ouvi Grace escutar isso esses dias e gostei.

"Dane-se", pensei enquanto abria o Facebook e digitava.

HENRY PAGE

Grakov. Me encontre no auditório durante a última aula. Para sair, diga que é para resolver algo do jornal. Tenho algo pra te mostrar.

GRACE TOWN

Henrik. Que rebelde. Verei você lá.

Pisquei diversas vezes e desliguei o computador, então fiquei no escritório pelo resto do dia. A diretora Valentine passou pela sala em dado momento e me viu, minha testa pressionada contra a mesa, e disse:

— Page. Você não deveria estar em aula?

A que eu respondi, sem me levantar:

— Meus hormônios adolescentes me deixaram muito frágil emocionalmente para estar em um ambiente de aprendizado no momento.

Valentine ficou em silêncio por alguns segundos, então disse com simplicidade:

— Prossiga.

Então prossegui.

CAPÍTULO 14

"Eu vou ter que me matar", pensei enquanto andava de um lado para o outro no palco do auditório depois naquela tarde. Eu de fato não conseguia ver outra solução. Meu plano, sem sombra de dúvida, era espetacularmente estúpido, e eu não poderia imaginar viver com a humilhação de ser rejeitado, com ou sem redenção universal.

Grace se atrasou, o que me fez entrar em pânico e pensar que ela não viria, o que na verdade teria sido bom. Considerei desistir, mas então a porta dos fundos do auditório rangeu ao abrir e ela estava descendo pelo corredor central entre fileiras e fileiras de assentos, apoiando-se com força na bengala. Ela parecia tão pequena no espaço vasto e vazio, sua longa sombra estendida atrás dela. Como uma estatueta em miniatura em um diorama.

— O que é isso? — ela disse quando pulei do palco e corri até o corredor para encontrá-la.

— Um gesto grandioso de que vou me arrepender em cinco minutos.

— Oh.

Cliquei no botão de ligar do projetor e o slide de título apareceu brilhante na tela.

— Você é um ser humano ridículo — Grace disse, mas de um jeito brincalhão, e ela sorriu, e então mancou até a primeira fila de assentos comigo ao seu lado, colocou a mochila no chão e sentou. — Bom, vamos pôr o trem do arrependimento na estrada, então.

Grace assistiu a tudo por entre os dedos, como se fosse um filme de terror, e disse coisas como:

— Estou com tanta vergonha por você agora — enquanto ria.

Eu clicava no botão para o próximo slide de novo e de novo até *Prós e contras de namorar comigo* surgir na tela, e observei seus olhos correrem de um lado a outro enquanto ela lia, seu sorriso ficando cada vez maior. Mas quando ela chegou ao penúltimo pró (*Não vou abandonar você como seu namorado do ensino fundamental.*), Grace esfriou de imediato.

— Pare — ela disse, sua voz forte e clara, mas eu não tive tempo de parar porque ela já estava em pé, a mochila pendurada nos ombros enquanto ela titubeava rumo à saída mais próxima. Era o *Feitiço do tempo* da primeira tarde que a persegui depois do escritório de Hink: peguei minhas coisas e fui atrás dela, mas ela era rápida, seus movimentos, selvagens enquanto ela acelerava pela propriedade da escola.

— Espere! — eu disse, mas ela não esperou, não parou, não até eu a alcançar e colocar minha mão no ombro dela, momento em que ela afundou no chão bem ao lado do ponto de ônibus. Era como o maldito Obi-Wan em *A nova esperança*: ela pareceu se dobrar em uma pilha de roupas, o corpo desaparecido.

— Isso não está indo nem um pouco como eu tinha imaginado — eu disse enquanto sentava ao lado dela, passando as mãos pelo meu cabelo, e Grace estava meio rindo-chorando naquele momento, alguma coisa entre um cacarejo maníaco e hiperventilação.

— Ele estava dirigindo — ela disse entre respirações. — Dom estava dirigindo. Eu detonei minha perna, mas ele... ele... — Grace não conseguia dizer as palavras, mas eu não precisava que ela dissesse. Meu interior murchou, meu estômago e pulmões compactando para o tamanho de moedas. Eu tivera asma quando criança. Aquela sensação grossa na garganta, a maneira como a parte atrás do seu esterno vira concreto e cada respiração, uma batalha.

Tudo fazia sentido, chocante e subitamente. O cemitério. As roupas. O carro. A pista. A estação de trem abandonada. Jesus Cristo, até os Strokes.

Não tinha sido a música dela que eu vinha ouvindo. Tinha sido a dele. *Nossa música*. Caralho. Nossa música não era nem nossa música, era a *deles*. Tive o desejo súbito de vomitar Julian Casablancas para fora da corrente sanguínea.

Grace enterrou a cabeça contra meu ombro, mais por estabilidade do que qualquer outra coisa, como se ela fosse mesmo afundar na terra se não fizesse isso.

— É por isso que me transferi. Eu precisava de um novo começo, longe de todos os lugares em que a gente tinha estado junto. Eu estava tentando aguentar firme, e então do nada lá estava você, e eu não planejei gostar de você e eu não planejei beijar você e eu não planejei... Eu não queria ser a garota com o namorado morto, eu só queria... eu queria...

— Caramba. Grace. Eu nem sei o que dizer. *Caramba*. — Meu rosto estava em chamas. Murray e Lola estavam parados no ponto de ônibus, nos observando com carrancas, e eu realmente queria entrar no ônibus e dar o fora dali e ir para casa e começar a pesquisar métodos de suicídio. Autoimolação parecia preferível naquele momento. Ergui a mão para eles e disse só com os lábios: *Me esperem*.

Grace levantou a cabeça pesada do meu ombro, sua respiração ainda irregular.

— Eu entendo se você não quiser — comecei, mas então ela tinha me pegado pelo colarinho e estava me beijando como se eu fosse oxigênio e ela estivesse se afogando, então deixei ela sugar todo o ar da minha boca para se salvar.

Eu de alguma forma soube, naquele momento, que Grace Town era um pedaço de vidro com reentrâncias com o qual eu me cortaria de novo e de novo se me deixasse envolver. Que o caminho adiante seria marcado a ferro com tristeza e pesar e ciúme.

Pensei no poema de Pablo Neruda, ainda dobrado onde eu o tinha guardado na carteira no primeiro dia que ela me dera. Pensei em amá-la secretamente, entre a sombra e a alma. Talvez eu devesse fazer isso. Talvez fosse aí o lugar dos meus sentimentos: na escuridão, nunca percebidos.

Mas eu nunca tivera uma queda por uma garota antes, não assim, de qualquer forma, e, mesmo soando egoísta, eu me preocupava que nunca tivesse de novo. E se minha família tivesse uma longa maldição vodu esquecida para que o primogênito masculino apenas pudesse ser atraído por alguém a cada dezessete anos? O irmão mais velho do papai, tio Michael, nunca tinha tido (até onde eu sabia) um namoro sério. (Ele parecia ter um "colega de casa" chamado Albert que parecia vir bastante às reuniões de família, mas estou divagando.) Se a faísca da atração apenas viesse a cada dezessete anos para mim, eu teria trinta e quatro anos até encontrar outra garota de quem gostasse. E se com *ela* não desse certo, a próxima não viria até eu ter cinquenta e um. Isso parecia bastante tempo para esperar até ter seu primeiro relacionamento.

Grace gostava de mim. A gente se dava bem. E eu a queria. Deus, eu a queria. Mas eu estava de fato disposto a jogar toda a cautela pela janela e me envolver com alguém que ainda estava claramente em um luto muito profundo?

Então um professor disse:

— Deixe espaço para Jesus — pelo megafone. (Nossa escola tinha uma política em vigor de "nada de amar, nada de empurrar" para evitar gravidez adolescente e brigas. Os estudantes deveriam manter um raio de meio metro livre de toque em todos os momentos.) Grace se separou de mim, se enroscou em torno dos próprios pés e todos os alunos estavam no ônibus e o motorista estava buzinando e Murray estava gritando para eu me mexer logo, "seu maldito drongo!".

Pensei que Grace pudesse me oferecer uma carona para casa para que tivéssemos mais tempo para falar, mas ela não ofereceu, então eu apenas disse:

— Quero você de qualquer forma. — E então me virei e, tremendo, corri até o ônibus, respirando pela boca como eu fazia quando era criança antes de o inalador fazer efeito.

Conforme o ônibus saía do terreno da escola, ele passou por ela, já mancando rumo à rua. Ela corria os dedos da mão livre pelo cabelo, sua cabeça tombada para o chão como se ela tivesse acabado de receber notícias terríveis e trágicas. E eu pensei, enquanto uma ferroada de pena corria por minhas veias, que nunca tinha visto um ser humano parecer tão triste quanto Grace Town naquele momento.

CAPÍTULO 15

Não houve menção, na segunda-feira seguinte, aos eventos que sucederam na sexta-feira anterior. De fato, não acredito que tenham sido mencionados outra vez. Eu tinha decidido, durante o fim de semana, não me decidir de maneira sólida sobre como prosseguir até ver Grace de novo em carne e osso. Eu ainda estava inseguro, mais inclinado a dizer "vamos ser só amigos", porque era algo estupidamente complicado e tortuoso e eu não sabia se conseguiria lidar com isso.

Era o último ano. Entre a escola, o jornal, decidir para quais faculdades me candidatar (dica: qualquer uma que me aceitasse) e manter algo escassamente parecido a uma vida social, minha existência já estava ocupada e emaranhada o suficiente.

E então, é claro, coloquei o acidente no Google. Demorei um pouco para encontrar o artigo, porque o nome de Grace nunca era usado, e eu não sabia o nome completo do namorado. Quando encontrei, não quis ler. Era como receber uma nota de merda de um trabalho e ver uma muralha de texto do professor sobre tudo que você tinha feito errado, tudo que você não poderia mudar agora, então qual era o propósito?

Ainda assim, passei os olhos, absorvi trechos aqui e ali, tentei ler o mínimo possível porque as palavras me feriam como farpas.

As aulas na escola East River foram suspensas na quarta-feira depois da morte de um estudante do penúltimo ano e dos ferimentos graves de uma colega...

Pulei para o próximo parágrafo.

Acredita-se que a passageira não identificada seja a namorada do motorista, a garota de dezessete anos permanece em condição crítica nesta sexta-feira com ferimentos graves em sua...

Pulei para o próximo parágrafo.

O carro derrapou da estrada e capotou diversas vezes antes de se chocar contra uma árvore nas proximidades...

Pulei para o próximo parágrafo.

Acredita-se que o motorista de dezessete anos, Dominic Sawyer, tenha morrido com o impacto, enquanto a passageira foi levada para...

Pulei para o próximo parágrafo.

"O carro está destruído", disse o policial. "Não sobrou nada..."

Pulei para o próximo parágrafo.

Em East River, conselheiros da escola estão atuando hoje para fornecer apoio aos alunos e...

Pulei para o próximo parágrafo.

Jeffers disse que Sawyer era um dos estudantes mais gentis a quem já tinha lecionado. Brilhante em tudo e...

Pulei para o próximo parágrafo.

Planos para um serviço funerário para o estudante popular de East River serão...

Fechei o site.

Quando cheguei à minha aula de teatro à tarde, a única coisa que tinha decidido era que não podíamos ficar juntos. Não conseguiríamos fazer dar certo. Grace estava muito ferida. Estranho demais. Como você poderia superar isso? O que ela precisava era de um amigo, não um namorado. Eu poderia ser isso para ela. Eu poderia ser um bom amigo. Deus é testemunha de que ela precisava. Então fiquei sentado onde normalmente me sento na sala de teatro com paredes escuras, do outro lado da porta, próximo ao palco, esperando que ela chegasse. Claro que não seria tarde demais para cortar o mal pela raiz. Sentimentos poderiam ser suprimidos se você tentasse com vontade suficiente, certo?

Grace chegou lá tarde, como sempre fazia, e a sra. Beady não disse nada, porque ela nunca dizia.

Nada nela tinha mudado, em específico. Seu cabelo ainda estava uma bagunça. Sua pele ainda estava amarelada. Ela ainda usava roupas de homem, de seu namorado morto Dom. Ela ainda caminhava mancando de uma maneira nada atraente. Mas no momento em que nossos olhos se cruzaram pela sala e sua expressão dura suavizou ao me ver, eu soube.

Eu soube que queria tentar.

Então ela estava de luto e ferida e isso iria quase definitivamente acabar com um de nós ou os dois sendo destruídos. Mas vale a pena lutar por algumas coisas, certo?

CAPÍTULO 16

Porque sou um covarde, não perguntei a ela sobre ele. Talvez fosse melhor para nós dois se nos sentássemos e ela falasse dele e chorasse por causa dele e me contasse que ela ainda visitava seu túmulo com regularidade.

Havia coisas que me despertavam curiosidade, é claro. Quanto tempo tinham namorado? Há quanto tempo se conheceram? Eles dormiram juntos?

Ela o amou?

Mas Grace não me pertencia. Ela não era minha namorada. Eu apenas a tinha beijado duas vezes. Na verdade, ela tinha me pedido para não contar a ninguém sobre nós, para não chamar a atenção para as coisas, pelo menos até ela saber com certeza o que queria, porque era em geral considerado de mau gosto namorar alguém tão logo depois de o seu parceiro anterior morrer. Tentei como pude não ficar magoado por ela querer me manter em segredo, porque, bom, era justo o suficiente.

Então não pareceu que me cabia perguntar dele, e acho, no fundo, no fundo, que eu meio que não queria saber. A Grace por quem eu me apaixonara não tinha sido uma garota em luto por outra pessoa; ela tinha sido um mistério a ser desvendado, e parte de mim queria mantê-la desse jeito.

O negócio de namorar, imaginei, era ter algum tipo de atividade acontecendo. Ir ao cinema parecia meio idiota e antissocial, mas havia um novo filme de ação do Liam Neeson, e nós tínhamos toda aquela piada interna de Liam Neeson e aulas de improvisação para comédia, então decidi mandar uma mensagem na segunda-feira à tarde para ver o que ela estava fazendo.

HENRY PAGE

Tem planos para hoje à noite?

GRACE TOWN

Nada no momento. O que você vai fazer?

Pensei em ver aquele filme novo do Liam Neeson. Haverá, sem dúvida, muita comédia de improvisação envolvida. Quer dizer, tenho bastante certeza de que tem o mesmo enredo de todos os outros filmes do Liam Neeson, mas eu estou em paz com isso.

Onde e a que horas?

Bom, eu normalmente sugeriria o cinema perto da minha casa, mas o Regal vai ser provavelmente mais fácil se você estiver indo de ônibus como nós, plebeus. 19h45.

É, talvez eu vá de ônibus. Mas parece bom. Liam Neeson contra o mundo. Aposto no homem.

Ninguém mexe com Neeson! Encontro você lá umas 19h30?

Parece bom, Henrik Page. Vejo você lá.

Grace estava esperando do lado de fora do cinema quando cheguei, debruçada sobre o telefone, desgrenhada como sempre.

— Ei — eu disse quando ela ergueu os olhos e me viu. Eu deveria beijá-la? Nós já tínhamos nos beijado, mas aquilo queria dizer que eu estava autorizado a beijá-la sempre que quisesse agora? Nós estávamos autorizados a mostrar afeto em lugares públicos, ou isso quebrava a regra de não chamar a atenção?

— Henry Page — Grace disse. Por que eu ainda não a tinha beija-do? — Vamos comprar os ingressos?

— Parece um bom plano.

Em geral, nos Bons Dias de Grace, a conversa entre nós fluía com bastante facilidade. Ainda havia alguns silêncios esquisitos às vezes, em que eu não conseguia revirar meu cérebro até achar palavras mesmo que isso salvasse minha vida, mas hoje à noite parecia diferente. Havia uma nova tensão que nunca estivera lá antes, porque esse era um encontro *encontro* (não era?). Alguma coisa tinha mudado entre nós. Atração fora reconhecida, e isso de alguma forma deixou tudo mais difícil.

Quando as luzes se apagaram, tentei decidir se deveria pegar a mão dela. Eu tinha ficado de mãos dadas com Lola no cinema uma vez, du-rante a semana que finalmente culminaria no beijo que determinara a homossexualidade dela de uma vez por todas. Eu esperava de verdade que isso terminasse de uma maneira diferente.

Demorou até acabarem todos os trailers e comerciais para pipoca e bebidas para que a pele de nossos dedos finalmente se tocasse, ímãs que se moviam devagar, atraídos no escuro.

Ficamos de mãos dadas durante o filme todo, Grace desenhando círculos lentos na minha pele com a ponta dos dedos. De vez em quando, ela erguia minha mão até os lábios dela e me beijava. En-carei a tela por duas horas, vagamente ciente de que Liam Neeson estava quebrando alguém ao meio, mas, se você me perguntasse de-pois sobre o que tinha sido o filme, eu teria dito detalhes muito vagos sobre o enredo, no máximo.

Logo que terminou, caminhamos de volta ao ponto de ônibus jun-tos, nós dois com as mãos enfiadas nos bolsos porque era quase novembro e fazia muito frio para tirá-las. Ou talvez não fosse por causa do frio. Talvez fosse porque nosso relacionamento (chegava a ser um relacionamento?) deveria ser segredo. Tudo bem se pegar em festas escuras e dar as mãos em cinemas escuros, mas lá fora, onde pessoas poderiam nos ver, Grace e eu ainda éramos só amigos.

— Liam Neeson — Grace disse quando nos demoramos no ponto de ônibus. — Que cara foda.

— Eu sei.

— Melhor comediante do mundo.

— Uma pena que todas as piadas dele eram sobre aids.

— Do que você está falando? Aids é uma mina de ouro pra comédia. Ei, olha, é o seu ônibus.

Droga. Mas já? Eu esperava que o ônibus de Grace viesse primeiro. Que, enquanto esperássemos, nós nos sentaríamos na mureta de pedra que ficava em torno do parque da cidade e falaríamos e riríamos e nos pegaríamos.

— Saco. Bom, tchau — eu disse. Boa, Page. Muito boa.

Eu me inclinei. Eu a beijei rápido. Pressionei minha testa contra a dela por um segundo, esperando que esse pequeno gesto transmitisse o que eu não poderia dizer em voz alta: *gosto muito de você.*

Então eu me virei e fui, incerto de que qualquer coisa que eu tinha feito durante a noite estava correta. As luzes cáusticas do ônibus afastaram para longe a neblina da escuridão em que eu tinha estado nas últimas horas, e a situação toda de súbito parecia muito mais feia. Olhei para fora da janela todo o trajeto para casa, meu celular agarrado à minha mão, me perguntando se eu deveria mandar uma mensagem a ela dizendo como tinha me divertido e o quanto eu gostava dela. Mas parecia brega de certa forma. Como um tiro barato no namorado morto, ainda não decomposto por completo em seu túmulo.

E percebi então que essa nunca seria uma história de amor normal, se é que existia alguma. Mesmo que nenhum de nós quisesse falar dele, Dom sempre estaria ali, uma presença fantasmagórica da qual nenhum de nós poderia escapar. Eu o sentira no cinema, enfiado entre nós. Eu podia senti-lo agora, seu corpo meio decomposto no assento vazio do outro lado do corredor. Ele estava balançando a cabeça e dizendo: "Saindo com minha namorada enquanto meus globos oculares apodrecem? Golpe baixo, cara".

Mas poderia ficar mais fácil. Grace poderia ficar melhor. Ela poderia voltar a ser a garota que tinha sido, com o tempo. A garota que eu vislumbrava às vezes.

Meu celular vibrou na mão.

GRACE TOWN

Fui inspirada pelo sr. Neeson a assumir a posição de agente secreta voluntária do ônibus. Nenhuma ação suspeita até o momento. Vou manter você atualizado.

HENRY PAGE

Ainda acho que o garotinho ser o terrorista teria sido uma reviravolta incrível.

Sim. Com certeza.

E mantenho a opinião de que Neeson deveria ser Qui-Gon Jinn em todos os filmes dele, de agora em diante.

Seria muito mais fácil ser um agente de ônibus se eu pudesse usar a Força.

Espera, vou tentar.

E então?

Nada.

Tenho tentado por anos. Um dia. Um dia.

Sempre tem o lado escuro.

Eu tendo bastante pro lado escuro da Força. Uma vez tive um sonho que Bellatrix Lestrange era minha namorada, então tem isso. Ela não era uma namorada muito boa. Fixada demais em matar Harry Potter.
A gente brigava muito.

Você é tão carente.

Tudo o que eu queria era um pouco de atenção, mas não, ela estava sempre lá com Voldemort e os Comensais da Morte, planejando genocídios e matando crianças.

A pobre mulher obviamente tinha alguns problemas que precisavam de ajuda e você estava muito autocentrado para notar. Henry Isaac Page, você me desaponta.

Suponho que eu poderia ter apoiado mais... Talvez dito a ela de vez em quando quão bom era o trabalho que ela fazia perseguindo os sangue-ruins. Se o sonho algum dia surgir de novo, vou me certificar de ser mais entusiasmado sobre os interesses dela. Como matar garotos adolescentes e ser obcecada por Lordes das Trevas. Talvez pudesse ser uma atividade de casal. Um casal que mata junto fica junto.

Desejo o melhor aos dois. Aliás, momento de confissão (não me odeie): nunca li Harry Potter. Nem vi os filmes. Então apenas tenho uma vaga ideia do que você está falando e falando aí.

QUE. PORRA. É. ESSA?

Pois é.

QUE TIPO DE INFÂNCIA VOCÊ TEVE? SEUS PAIS ERAM NAZISTAS?

Não exatamente. Nunca fui muito fã de
fantasia. Me dê estrelas da morte e AT-ATS,
prefiro isso a varinhas e robes a qualquer
momento.

Eu só... Eu não sei mais como me sinto em relação
a você...

Harry Potter era um pré-requisito?

Todos nós devemos encarar a decisão entre o que é
certo e o que é fácil, Grace. Ler Harry Potter é o que é
certo.

Isso é algum tipo de citação, não é? Quem disse
isso? Aquele Dumblecoisa?

COMO VOCÊ OUSA ESTAR ONDE ELE ESTEVE.

É, não faço mais ideia do que você está falando.

Estou em casa em tempo recorde!

Isso é bom. Eu vou dormir. Eu ia mandar um gif muito romântico do Tudo por um furo, mas você tem que merecer esse tipo de coisa e você realmente perdeu muitos pontos de brownie com esse sacrilégio todo com Harry Potter.

Ótimo. Obrigada pelo convite! Vejo você amanhã.

Boa noite.

CAPÍTULO 17

A primeira coisa que fiz ao acordar de manhã foi mandar uma mensagem para ela.

HENRY PAGE

> Quer vir jantar hoje à noite, Town? Vou impressionar você com minhas habilidades culinárias.

GRACE TOWN

> Yo, Page, vou deixar você cozinhar pra mim, mas minha mãe tem os melhores dotes culinários de todos os tempos.

> (Isso foi um sim, por sinal.)

> (E também, minha mãe não sabe cozinhar.)

> Excelente. Vejo você no teatro.

Considerei enfiar um *bj* no final da mensagem, mas não sabia exatamente se já estávamos nesse nível, e o pensamento de o *bj* não ser recíproco foi o suficiente para me impedir de digitar o *bj*, então não mandei. Fiquei na cama, pegando no sono e acordando, até mamãe gritar do andar de cima:

— Henry, você está vivo? — Tive que me arrastar do emaranhado confortável de lençóis e me vestir para o dia contra a minha vontade.

No andar de cima, meus pais estavam em sua rotina normal da manhã: mamãe já estava vestida em um terninho azul-claro, seu cabelo claro com os cachos cheios de grampos, pronta para um dia na galeria. Papai estava enroscado em um robe branco absurdamente fofo, óculos de aro preto balançando na ponta de seu nariz. Eles estavam sentados em lados opostos da mesa, o mais distante possível um do outro, lendo as notícias da manhã em seus iPads.

— Mãe. Pai. Trago notícias — anunciei.

Papai ergueu os olhos de um artigo sobre uma das Kardashian:

— Você foi recrutado para a guerra? De que década você está falando?

— Argh, está bem: ô, meus velhos, tô com um tweet ao vivo pra vocês agorinha. Melhor?

— Oh, Deus, volte para a Segunda Guerra Mundial, por favor — disse mamãe.

— O que houve, garoto? — perguntou papai.

— Posso fazer o jantar hoje?

— Querido, a única coisa que você sabe fazer são minipizzas — disse mamãe.

— Eu sei. Vou fazer minipizzas pra todo mundo, se vocês não se importarem de comprar os ingredientes. Aliás. — Limpei a garganta. — Tem uma garota vindo.

— Vocês têm algum trabalho em grupo pra escola? — mamãe perguntou.

— Ela está dando tutoria pra você? — emendou papai.

— Você está vendendo algo pra ela?

— Você a atraiu sob falsas pretensões?

— Ela pensa que você vem de uma família rica?

— Você a está chantageando?

— Ela é uma usuária de drogas pesadas?

Revirei os olhos.

— Ah, ha-ha, vocês dois são *muito* engraçados.

— A gente acha — disse mamãe enquanto ela e papai davam um "toca aqui". (Certo, eu retiro o que disse sobre eles serem legais.)

— Bem, quem é ela? — meu pai perguntou.

— O nome dela é Grace. Nós estamos, hum, editando o jornal juntos.

— Oh, Henry. Você nunca ouviu o ditado "onde se ganha o pão não se come a carne"?

— Justin, isso é nojento — mamãe disse.

— Não estou comendo em lugar nenhum — eu disse.

— Bom — meu pai disse —, suponho que seria nesse momento que nós normalmente diríamos "nada de sexo, drogas ou rock'n'roll sob nosso teto", mas criamos sua irmã aqui, então tenho noventa por cento de certeza de que tudo isso já aconteceu.

— Eu encontrei *mesmo* um saquinho de pó branco na boca do alce esses dias — eu disse, coçando o queixo.

— Exatamente o que quero dizer — papai disse.

Mamãe se levantou e limpou o próprio prato e beijou a lateral da minha cabeça a caminho da pia.

— Vamos comprar os ingredientes. Você cozinha. E eu *vou* dizer: "Nada de sexo, drogas ou rock'n'roll sob nosso teto", mesmo que seu pai não diga.

Dei um tapinha nas costas dela:

— Isso não vai me impedir de cheirar linhas de cocaína da barriga de uma prostituta enquanto ouço Led Zeppelin, mas, ei, pelo menos você tentou.

Ela balançou a cabeça.

— Deus, às vezes eu não sei onde erramos tanto, mas tanto, com vocês dois.

Mamãe e papai estavam na cozinha desempacotando os ingredientes do jantar quando Grace e eu chegamos, eles dois vestindo uniformes completos de *Star Trek*, com orelhas de Vulcano e tudo o mais.

— Não — eu disse ao ver os dois. — Deus do céu, *não*.

Já tinha sido um pouco esquisito à tarde. Tínhamos feito nossa rotina normal de caminhar até a casa de Grace, mas, assim que entramos na rua dela, Grace soltou um longo suspiro e colocou a palma da mão no meu peito. Ainda tínhamos uma boa distância até a casa dela, mas Grace havia sentido uma perturbação na Força — um pequeno carro com painéis em três cores diferentes estava estacionado na garagem ao lado do Hyundai dela.

— Fique aqui — ela sussurrou.

— Quem é? — perguntei.

— Fique aqui se quiser uma carona.

Eu não deixei de notar como aquilo soava próximo a *Fique aqui se quiser viver*.

Então me sentei no meio-fio e observei Grace enquanto ela mancava excentricamente pela rua em direção à sua triste casa cinzenta. Ela sumiu por bastante tempo, talvez quarenta e cinco minutos, tempo suficiente para eu pensar que deveria ou chamar a polícia ou começar a caminhar para casa, antes de uma mulher com cabelo loiro platinado escancarar a porta da frente com um baque e seguir pelo gramado até o carro. Ela deu marcha a ré no veículo em mau estado com tanta velocidade e violência ao sair da garagem que bateu em uma lixeira no outro lado da rua antes de cantar pneus ao arrancar.

— Essa era sua mãe? — perguntei quando Grace enfim emergiu com as chaves do carro dez minutos depois, sua mandíbula travada, seus lábios, uma linha fina.

— Não. Sim. Não importa.

— Vocês são parecidas.

— Eu pareço com uma mulher de quarenta e cinco anos alcoólatra barra ocasional usuária de metanfetamina?

— Meu Deus, Grace, eu não quis...

— Eu *sei* que não. Não tem problema. Só dirija.

— Você mora com seu pai?

Grace ficou em silêncio.

— Não sei nada sobre você, e você nem me conta quando pergunto.

— Você sabe minha música e cores favoritas.

— Não estamos no jardim de infância. Quero saber coisas reais sobre você. Quero saber as coisas ruins também.

— Existe mais beleza no mistério.

— Não quero que você seja um mistério.

— Sim, Henry. Você quer.

E talvez o que mais tenha me ferido era que Grace estava certa. Meus melhores amigos e eu nunca precisamos lidar com pais instáveis ou lares partidos. Lola, Murray e eu éramos abençoados. A briga mais difícil que qualquer um de nós havia enfrentado com nossas famílias fora quando La tinha onze anos e fugiu de casa (toda a distância até minha casa). Durante sua lição semanal de inglês na ACM, a mãe haitiana pequerrucha de Lola, Widelene, tinha anunciado com orgulho para a classe que a pele solta em seu cotovelo era chamada de "uma pelancona" — um fato ensinado a ela por sua filha pré-adolescente, que ficou muito encrencada com seu pai quando ele descobriu. Lola e eu nos escondemos sob minha cama comendo Reese's e olhando fotos de peitos no laptop de Sadie. O que, em retrospectiva, não deixava nenhuma desculpa para eu não perceber *bem* antes que Lola tinha uma quedinha por garotas.

Grace e eu não tínhamos nos falado durante todo o trajeto para minha casa. E agora lá estavam meus pais tentando me envergonhar, e eu queria estar furioso com eles, mas nenhum deles era um alcoólatra ou usuário ocasional de metanfetamina, e eu nunca tinha tirado um tempo para ficar verdadeiramente grato por isso, então, quando meu pai disse:

— Vida longa e próspera — e fez a saudação vulcana, eu ergui as mãos rendido e disse num tom fraco:

— Por favor. Parem.

Os lábios de Grace estavam puxados em uma linha fina, sua tentativa de sorriso, mas seus olhos estavam vítreos e ela tinha o olhar focado de um general ciente da batalha que reprova as bobagens de todo mundo. Meu Deus. Isso ia ser divertido.

Limpei a garganta e prossegui:

— Grace, progenitores. Progenitores, Grace.

Enquanto Grace apertava a mão de minha mãe, meu pai disse:

— Henry, pega — e porque eu tinha obviamente desenvolvido reflexos na velocidade da luz naquela partida de touch football, peguei o que ele jogou sem pensar duas vezes. O que acabou sendo uma caixa de camisinhas Trojan. — Só por via das dúvidas. Não quero que você passe pelo inferno de uma gravidez indesejada, como nós tivemos. A gravidez a que me refiro, é claro, é a sua. Nós queríamos Sadie.

— Sabe, eu digo às pessoas que vocês são legais e então vocês consistentemente fazem parecer como se eu fosse um mentiroso compulsivo.

— Você diz para as pessoas que somos legais? — perguntou mamãe. — Ora essa, me teletransporte, Scotty!

— Não precisamos da aprovação dele — disse papai. — Eu já sei que somos os vulcanos mais ilógicos na cidade.

— Ai, meu Deus. Grace, por favor, se distancie deles devagar.

— Tchauzinho, um beijo e um queijo — disse meu pai enquanto eu pegava a mão de Grace e a puxava para longe deles.

— Foi um prazer conhecê-los! — Grace disse sobre o ombro.

— Não, não foi um prazer, não minta pra eles.

— Nada de coito em casa, por favor — minha mãe gritou atrás de nós em uma voz doce. Então, mais baixo: — Por que ninguém diz pra você que ser pai é tão divertido?

Pus a língua para fora enquanto fechava a porta do porão.

— Eu sinto *muito* pelos meus pais — eu disse.

— Não sinta muito. Não por causa disso.

— Você quer falar de sua mãe, ou...

— Muito atrevido de sua parte — Grace disse ao pegar a caixa de camisinhas das minhas mãos enquanto eu descia as escadas com ela, um degrau por vez. — Eu estava pensando... talvez eu pudesse passar a noite aqui, depois da festa de Halloween neste fim de semana? — Grace sacudiu a caixa de camisinhas. — Elas podem ser úteis.

— Ahn... uh...

— É nesse momento que você diz algo sedutor pra me conquistar.

— Se você fosse uma cenoura, seria uma boa cenoura?

Grace rachou em gargalhadas e atirou as camisinhas do outro lado do quarto.

— Bom, não vamos precisar delas.

Eu as recolhi e coloquei em minha mesinha de cabeceira.

— Não vamos excluir nenhuma possibilidade — eu disse.

Grace sentou na lateral da minha cama, me puxou para o lado dela e me beijou:

— Estou falando sério. Sobre o Halloween. Se quiser que eu fique, eu fico.

— Não sou muito bom com essa coisa toda de sedução sutil, então vou falar abertamente: imagino que você está sugerindo relações sexuais?

Grace revirou os olhos:

— Sim, Henrik. Parabéns.

— Entendi. Bom, isso parece bom pra mim.

— Excelente.

— Você é... Quer dizer, você e... *ele*? — Ele era raramente referido por nome. — Imagino que você não é...?

— Não sou virgem, não.

— Certo. Só conferindo.

— E você já...?

— Eu sou, ahn... Quer dizer, eu ainda não... realizei o ato.

Grace explodiu em risadas, enterrando o rosto no meu peito. Nossa, eu estava indo muito bem naquela noite.

— Você tem mais dificuldade pra falar de sexo do que pra falar de você mesmo.

— O que posso dizer? Sou um cavalheiro.

— Não, você é um esquisitão. Sexo é uma função humana básica. Você tem dificuldade de falar sobre respirar ou piscar?

— Minhas funções respiratórias são informações bastante particulares. Espere, aonde você está indo? — eu disse, agarrando o pulso de Grace enquanto ela se movia para se levantar.

— Não terminei de julgar seu quarto ainda.

— Sempre julgando — eu disse enquanto ela se levantava e começava a vagar em um círculo lento pelo porão.

— Dá pra saber muito de uma pessoa pelo quarto dela, você não acha? Quartos são como cenas de um crime. Tantas pistas a serem descobertas.

— Como é o seu quarto?

— Talvez você descubra um dia. Por enquanto, me deixe usar minhas habilidades investigativas nível CSI para determinar com exatidão quem você é.

— E então? — eu disse depois de alguns minutos ouvindo-a murmurar a música de abertura de CSI. — Quem sou eu?

Grace limpou a garganta:

— Julgando pela decoração e pelos eletrônicos com décadas de idade — ela disse, deslizando meus óculos e fazendo uma imitação bastante convincente de Horatio Caine —, concluo que esse é um tipo de bunker pra alguém que acredita em teorias da conspiração, e você provavelmente acha que o presidente é um reptiliano transmorfo.

— Isso é maluquice. Os membros da *família real* são reptilianos transmorfos. O presidente é só um feiticeiro comum.

— Ah, é claro. Minhas desculpas. O que é isso, no entanto? — Grace gesticulou para a cristaleira antiga em que meu bisavô tinha guardado sua coleção de absinto e sua parafernália de bebidas antes de ser banido da Holanda, momento em que ele de imediato mudou sua família toda e a cristaleira para os Estados Unidos.

Uma placa na forma de um estandarte tinha sido pregada no topo. *Matigheid is voor de døden*, dizia. *Moderação é para os mortos.* Johannes van de Vliert, fiel à sua filosofia de vida, morreu aos quarenta e sete anos de hepatite alcoólica. Ele era de longe meu ancestral favorito.

— É a melhor coisa neste quarto. Depois de você, é claro.

— É uma cristaleira… cheia de porcaria quebrada…

— Não é porcaria! — pulei da cama e fui até ela e a cristaleira, que eu vinha preenchendo com diversos tesouros desde o ensino fundamental. — Grakov Town, sua descuidada indecente. É um Gabinete de Curiosidades. As tigelas aqui são minhas favoritas. Li sobre essa técnica chamada Kintsukuroi em um livro de artes no fundamental. Já ouviu falar? — Grace balançou a cabeça. — Então basicamente é uma forma de arte japonesa antiga em que eles colam cerâmica quebrada com ouro fundido. Por exemplo, eles grudam todos os pedaços quebrados de volta, e quando terminado, está coberto nessas redes de veias douradas. Eles fazem isso porque acreditam que algumas coisas são mais bonitas quando já foram quebradas.

Grace pegou uma das peças de Kintsukuroi. Eu tinha onze no total agora, algumas delas presentes de Lola ao longo dos anos, algumas delas de mamãe depois de viagens para aquisição de arte no Japão, algumas compradas pelo eBay ou Craigslist com minha mesada. Havia algumas outras coisas na cristaleira também, todas quebradas ou tortas ou erradas de alguma maneira. Um bracelete prateado que Sadie tinha ganhado de presente, com a junção torcida. Uma lata de Coca-Cola com uma falha de impressão no rótulo.

— É uma pena que as pessoas não possam ser grudadas de volta com fios de ouro — Grace disse, virando a tigela nas mãos. Eu não tinha certeza se ela estava falando de si mesma ou da mãe ou de alguma pessoa em sua vida, e eu provavelmente jamais saberia, porque Grace Town gostava de ser um mistério. E então, percebendo que a natureza alegre de um minuto antes tinha passado, trazido para baixo agora por algo muito mais pesado, ela colocou a tigela de volta e disse: — Você sabe que isso só é menos assustador que colecionar bonecas Repolhinho, não sabe?

— Você não sabe de nada, Grace Town. As garotas amam Kintsukuroi.

Grace tentou e foi malsucedida em fingir um sorriso:

— Podemos fazer o jantar? Estou morrendo de fome.

— Claro — eu disse. — Claro.

Grace me ajudou a fazer as minipizzas. Bom, mais ou menos. A cozinha parecia um lugar alienígena em que ela nunca tinha posto os pés antes, e eu tive que orientá-la em como ajudar. *Você se importaria de cortar os tomates? Você pode ralar um pouco de queijo, se quiser.* Depois de cada pequena tarefa, ela ficava fora do caminho e me observava em silêncio, esperando por sua próxima instrução de um jeito esquisito.

Enquanto as pizzas estavam no forno, nós nos aventuramos a voltar para o andar de baixo e nos deitamos na minha cama, sem nos tocar, nós dois encarando o teto.

— O que você quer disso? — eu disse, dominado por uma investida súbita de coragem, porque eu estava genuinamente curioso. O que ela queria *mesmo* de mim? O que ela esperava obter disso tudo?

Grace não olhou para mim.

— Eu não sei. O que você quer?

— Você sabe o que quero.

— Não sei se sei.

— Eu quero você.

Ela sorriu um pouco então, mas nunca disse "Quero você também".

Durante o jantar, Grace estava esquisita perto dos meus pais, do jeito que ela ficava perto de quase todas as pessoas exceto eu, todo o calor sugado dela. Ela falava apenas quando falavam com ela e não ria ou sorria nos momentos certos. Ela comia pouco e falava menos ainda.

Quando a levei até a porta às onze da noite e a observei desaparecer na escuridão rumo ao cemitério, eu estava quase feliz de vê-la ir, preocupado que meus pais achassem que a primeira garota que eu trouxera para casa tinha alguma deficiência, de alguma forma.

Quando voltei para dentro, mamãe e papai estavam na cozinha, enchendo a máquina de lavar juntos. Eu me sentei em silêncio no balcão de café da manhã, aguardando a avaliação deles, o que eu sabia que viria, quer eu quisesse ouvir, quer não.

— Ela é muito sinistra — minha mãe disse depois de um tempo. — Linda, mas muito sinistra.

— Você acha? — eu disse, intrigado. *Sinistra* é a maneira como eu descreveria vampiros, não Grace. — Eu não tinha notado.

— Mas tem um sorriso bonito, quando ela *chega* a sorrir. Garota estranha.

— Estranheza é um ingrediente necessário à beleza — disse papai, passando os braços em torno da cintura de minha mãe. Mamãe concordou com a cabeça, mas se afastou dele, e enquanto eu os assistia pelos dez minutos seguintes, observei como se moviam pela cozinha sem se tocar, nunca eram atraídos um ao outro, e percebi que fazia muito tempo que eu não os via se beijar ou dar as mãos ou dançar devagarinho como faziam quando pensavam que ninguém estava vendo, como costumavam fazer quando eu era pequeno.

Muito, muito tempo.

Pelos três dias seguintes, era difícil uma hora passar sem que eu e Grace não nos víssemos. Nas manhãs antes da escola, nós nos sentávamos no escritório e trabalhávamos no jornal e tirávamos um com a cara do outro ao infinito. Nós trouxemos um kit de badminton e colocamos em nossas mesas fotos bestas de família emolduradas, de nós com Ricky Martin I. Lo II. No almoço, íamos ao McDonald's juntos, líamos passagens de nossos livros um para o outro na biblioteca (eu: sempre *Harry Potter*, ela: sempre poesia) ou caminhávamos por aí até o limite externo dos territórios da escola e chutávamos as últimas das pilhas de folhas e trocávamos ideias de temas toscos para o jornal, nenhum de nós percebendo que não tínhamos comido nada até o sinal tocar.

E então à noite, quando a escola e o trabalho acabavam, nós seguíamos a rotina que era agora nosso ritual: caminhávamos até a casa dela, e eu esperava do lado de fora enquanto ela buscava as chaves, e ela me fazia dirigir até minha casa de carro. E aí é onde tudo mudava. Aquele momento em que o sol se punha, era como se Grace virasse outra pessoa, como se os raios de sol a alimentassem de alguma forma e, sem eles, ela ficasse sem bateria, vazia. Na quinta-feira ela entrou e ficou sentada de modo desconfortável, agarrada a Lola como se fosse um colete salva-vidas, mal falando com Murray e raramente participando de qualquer conversa em grupo. Sozinha, Grace conseguia ser efervescente, iluminando o cômodo inteiro com sua inteligência e humor. Perto de outros, ela parecia perder seu brilho.

— Eu juro que costumava ser boa com essas coisas — ela me disse depois que Muz foi embora, já convencido de que Grace o odiava. — Boa em socializar, quer dizer. Eu costumava fazer isso o tempo todo.

—Acho que deve ser mais difícil. Sem ele. Certo? — Era uma das raras ocasiões que qualquer um de nós admitia que havia existido outra pessoa antes de mim que não estava mais lá agora.

Grace balançou a cabeça.

— Não mais difícil, não. Eu só esqueço de fazer isso. Eu entro na minha cabeça e fico caindo cada vez mais pra dentro do abismo. Esqueço que o mundo existe.

Que é o momento em que eu provavelmente deveria ter dito: "Isso soa bastante como algum tipo de problema psicológico, o qual você deveria buscar terapia e medicação para tratar", mas eu não fiz isso, porque não queria que Grace estivesse doente ou enfraquecida ou deprimida. Eu queria que ela escovasse o cabelo e lavasse as roupas e estivesse satisfeita e feliz.

Então eu fingi que ela estava.

E devagar, hora por hora, a contagem regressiva até a All Hallows' Eve passou, até que a data enfim chegou. Minha rua se tornou um anexo do cemitério, tumbas, teias de aranha e esqueletos espalhados por todos os lados. No meio do sábado, era como se um tipo de apocalipse kitsch tivesse explodido em nosso jardim. Sadie trouxe Ryan para visitar e esculpir abóboras no jardim, mas tudo em que eu conseguia pensar era na festa que aconteceria naquela noite. Ou, mais do que isso, no que aconteceria *depois* da festa, atividade para a qual eu me sentia completamente despreparado.

— Cara, o que diabos você está fazendo com essa abóbora? — Sadie disse enquanto analisava meu trabalho manual. Sadie, com seus piercings e dreads e jaqueta de couro, parecia uma maníaca com uma faca de trinchar em uma mão e uma abóbora presa entre os joelhos.

Minha abóbora era meio macia e minha faca, meio cega, e combinadas fizeram parecer como se o rosto tivesse sido esculpido usando uma espingarda serrada à queima-roupa. — Está pior que a de Ryan, e ele nem sequer tem habilidades motoras bem definidas. Sem querer ofender, Ryan.

— É uma interpretação surrealista da jack-o'-lantern tradicional, muito obrigado.

— Se ela pudesse falar, apenas sussurraria "Me mate" antes de vomitar sementes e polpa por todos os lados.

Suspirei e coloquei minha faca de trinchar no chão.

— Suds, sei que é antiético, mas você acha que conseguiria arranjar Valium do hospital?

— Por favor, para que você precisa de Valium?

— Grace meio que vai vir aqui hoje à noite, depois da festa. Dormir aqui, na verdade.

— Oh. *Oh*. Meu bebê está crescendo tão rápido!

— Sai fora, Demônia — eu disse, tentando empurrar Sadie para longe enquanto ela amassava minhas costelas em um abraço de urso, a abóbora dela rolando pelo gramado. — Argh, eu não devia ter contado pra você.

— Não se estresse muito, cara. As pessoas vêm trepando por milhões de anos. Você tem camisinhas?

Eu fiz uma careta:

— Sim.

— Sabe como usar?

— Meu Deus, Sadie. Sei.

— E você quer fazer sexo com essa garota?

— Ela é uma humana fêmea que permite, e eu sou um garoto adolescente. Essa pergunta é irrelevante.

— Não, não é. Olha, você não precisa amar uma pessoa pra perder a virgindade com ela, mas você deveria realmente conhecer esse alguém e confiar nele e se sentir confortável com ele e *querer* muito, mas muito, dormir com ele.

— Bom, sim. Acho. Quer dizer, isso mesmo. Quero estar com ela.

— E essa não é uma pergunta clichê estúpida, mas você se sente pronto? Quer dizer, sexo não é grande coisa, mas não é *não* grande, entende?

— Acho que me sinto pronto? — Eu não queria que a resposta soasse tanto como uma pergunta.

— Certo, bom. Isso é tudo que importa. Todo o resto é biologia. Agora me dê aquela pobre abóbora antes que você piore tudo.

Grace veio à minha casa no final da tarde para fazer minha maquiagem, carregando uma bolsa pequena, ainda que ameaçadora, para passar a noite.

— Tem problema se eu ficar aqui hoje à noite? — ela disse quando me pegou encarando a bolsa.

— Não. Não, nenhum. — Não era como se eu não quisesse transar com ela. Eu vinha pensando em transar desde que tinha cerca de doze anos.

— Bom — ela disse enquanto tirava uma paleta de pintura facial e uma garrafa de 800 ml de sangue falso da bolsa. — Agora, você quer ser um zumbi ou uma vítima de acidente de carro? Porque essas são as duas maquiagens de efeitos especiais que sei fazer.

Meus olhos piscaram para onde a bengala dela estava pousada, do outro lado da minha cama.

— Ah... Eu não...

— Era uma piada, Henry.

— Oh... — Forcei para fora um som nervoso de *ha*. Fazer piada com o acidente de carro horrível que matou seu namorado. Hilário. — Zumbi, acho.

Pela hora seguinte, fiquei sentado na ponta da cama enquanto Grace se movia ao meu redor, mantendo-se afastada de mim em sua maneira rígida de fantoche de sempre enquanto aplicava ferimentos de látex líquido e efeitos especiais de decomposição no meu rosto. O que eu sei que não é das situações mais românticas, mas pareceu quase clínica a forma como ela se movia em torno de mim, me tocando o mínimo possível.

Eu esperava que ela se fantasiasse de algo completamente esquisito, como um meme ou um personagem literário obscuro ou uma figura de uma obra de arte impressionista do século XVIII. Mas, quando ela subiu as escadas para se vestir e maquiar enquanto eu rasgava uma camiseta velha e me empapava de sangue falso, ela desceu de volta em uma fantasia sexy de vampira, um único pingo de sangue vazando do canto da boca.

Era a primeira vez que eu a via em roupas feitas para uma figura feminina, e era chocante. As pernas dela eram longas e torneadas, envoltas em meia-calça preta, seus seios e sua cintura acentuados por um espartilho preto de renda, que lhe dava o tipo de forma que eu nunca imaginava que uma aluna de ensino médio poderia ter. O cabelo loiro estava escovado, encaracolado e preso para trás com um véu preto que cobria até seus olhos esfumados, e ela tinha inclusive amarrado uma fita vermelha em torno da bengala.

Ela era sombriamente linda, uma *femme fatale*, uma viciada em heroína ressuscitada dos mortos, e eu mal conseguia reconhecê-la.

— Não pensei muito em uma fantasia, então reciclei essa do ano passado — ela disse, dando de ombros. — É meio tosca.

— Não. Eu aprovo de todo o coração.

— Mesmo? Porque você parece um pouco... chocado.

— Acho que eu não esperava... Não parece algo que você usaria, só isso. Não a você que conheço de qualquer forma. Eu esperava alguma coisa, sei lá, esquisita, ou algo que eu teria que fazer vinte perguntas pra entender. Mas você está sexy pra caramba.

— A Grace dessa época no ano passado era bastante diferente da Grace que sou agora.

Olhei para ela por mais um tempo e então concordei com a cabeça.

— Diz logo, Henry.

— Dizer o quê?

— O que quer que esteja acontecendo nesse seu cérebro misterioso. Consigo ver as engrenagens girando com fúria atrás dos

seus olhos, mas tudo que você faz é concordar com a cabeça.
Então diga.

— É só... Eu me pergunto às vezes... Caramba, eu não sou nada
bom com essa coisa de rascunhar... Se a pessoa que você era... E
se essa era quem você acha que é? Quer dizer, eu não a conheço de
maneira alguma, não sei nada sobre ela. Eu a vejo em você às vezes,
tenho esses flashes da garota que você costumava ser, mas... Ela era
uma atuação e você é mais você agora, ou será que a Grace que eu
conheço é uma atuação até você se sentir confortável em ser você
mesma de novo?

— As pessoas mudam. De jeito nenhum você é a mesma pessoa
que era quando tinha dezesseis anos.

— É, mas eu não mudei de escola e comecei a usar as roupas de
um cara morto.

Houve um baque de silêncio.

— Então você sabe — ela disse devagar, me encarando, sem piscar.
— A verdade se revela.

— Sinto muito, eu não deveria ter...

— Sei quem você quer que eu seja, Henry. Não é difícil de ver.

— O que isso quer...

— Você me olha de jeitos diferentes às vezes. Acha que não noto,
mas noto sim. Existem momentos em que você gosta muito de mim e
outros em que não gosta tanto. Mas não posso fingir estar bem porque
é isso que você quer.

— Grace, não é nada assim, de jeito...

— Olha, não vamos falar disso hoje à noite, certo?

— Eu quero *você*, o tempo todo.

— Sei que você acha isso. Mas às vezes não sei que versão de mim
você quer. A que eu sou. A que eu era. Ou a garota ideal tipo Kintsukuroi que você acha que serei daqui a alguns meses.

— Foi você quem disse que pessoas não podem ser fundidas de
volta com ouro.

— É exatamente o que quero dizer — concluiu ao se virar e começar a subir as escadas, degrau doloroso por degrau doloroso.

Digitei meu quinto rascunho de "Por que Henry Page está solteiro" enquanto a seguia, pingando sangue por todo o chão conforme avançava.

Rascunho Cinco
Porque aparentemente você ainda tem que correr atrás de garotas que nem podem correr.

CAPÍTULO 18

A primeira metade da festa, na maior parte, foi muito como a de Heslin. Nós fomos para o campo de futebol beber, desta vez não de uma banheira, mas de um — nem estou brincando — tanque industrial para água da chuva. (A banheira havia acabado no telhado de Heslin. Ninguém tinha assumido a responsabilidade ainda, mas eu suspeitava bastante de Murray.) A mistura era de cor vermelha e suspeitosamente espumosa, como se alguém tivesse limpado o tanque com detergente e não o tivesse enxaguado antes de mandar dez caixas de vinho barato para dentro. Ainda assim, não tinha um sabor venenoso como a última leva, e depois de duas garrafas cheias eu estava bastante intoxicado, e Grace também, graças a Deus, porque nós dois parecíamos ser pessoas muito mais legais quando bebíamos.

Nós seguimos para longe do grupo e nos dirigimos à casa de um amigo de um amigo do primo de alguém que tinha se formado três anos antes, em cujo porão acontecia a festa. Chegamos lá mais cedo do que todo mundo e Grace nos encontrou um canto afastado e escuro onde não era provável que fôssemos vistos nos pegando, mas tudo em que conseguia pensar era no sexo que deveríamos fazer depois, então apenas segui bebendo.

A música ficou mais alta e o porão se encheu devagar com zumbis e bruxas e piratas e versões sexy de coisas nada sexy, como as Tartarugas Ninja, um Plutão em papel machê de biquíni e Madison Carlson — por motivos que jamais entenderei — como uma espiga de milho sensual.

Grace se inclinou e me beijou rápido, então voltou para ver as pessoas fantasiadas lotarem o espaço.

— Vou parar de ir ao cemitério — ela disse calmamente, suas palavras um pouco arrastadas. — Isso é algo que nunca contei a você. Eu o visito quase todos os dias, no lugar onde ele está enterrado. Mas vou parar. Por você.

Fui pego de surpresa. Eu começara a aceitar a presença fantasmagórica de Dom como um fato da vida, como uma condição de namorar Grace Town. Ela sempre se vestiria como ele. Ela sempre cheiraria como ele. Ela sempre visitaria seu túmulo. Mas lá estava ela, já desistindo de um pedaço pequeno dele.

— Eu gostaria disso — respondi rápido, sem pensar, porque, agora que ela oferecera, percebi que *era* algo que eu queria. Eu queria que ela parasse de passar tanto tempo com seu namorado morto, deitada na grama sobre seu cadáver em decomposição, chorando lágrimas que se infiltravam pela terra para descansar sobre seu caixão.

— E não quero que você ache que estou, tipo, me conformando com o mínimo ou sei lá — ela continuou, ainda olhando fixamente para a frente. — Nunca me dei tão bem com alguém do jeito que me dou com você.

Tive que resistir à tentação naquele momento de perguntar a ela se Dom e eu estivéssemos lado a lado, os dois inteiros, os dois vivos, qual de nós ela escolheria. Porque eu sabia, ainda assim, que seria ele. Por muito tempo, seria ele. Talvez sempre. E senti o rasgo no meu coração se abrir um pouco mais. Aqui estava ela, fazendo o melhor para declarar seus sentimentos por mim, e tudo que aquilo causou foi aprofundar um pouco mais a ferida.

— Você andou bebendo. Não quero que tome decisões hoje à noite. Espere até estar sóbria. Pense bem. Quero que tenha certeza. — *Quero que tenha certeza de que pode abandoná-lo.*

Grace se virou para mim e me olhou por bastante tempo, seu foco se movendo de um dos meus olhos para o outro e então voltando a cada poucos segundos.

— O quê? — eu disse depois de um tempo.

— A maioria dos caras seria bem cuzão com tudo isso. Você tem sido tão legal.

— Por que eu seria cuzão? — Eu estava me forçando a ser mais legal a respeito disso do que eu de fato me sentia, mas eu não podia dizer isso, ser um bosta apenas faria com que ela corresse mais na outra direção. — Você foi honesta sobre tudo desde o começo. — *Exceto sobre o acidente de carro e o namorado morto e o cemitério e as roupas, no caso.*

Ela fez a coisa dos olhos mais duas vezes, então os fechou, inclinou-se e me beijou. Eu a observei o tempo todo para me certificar de que ela não abriu os olhos, como se esse fosse algum tipo de indicador de ela realmente querer dizer o que dizia. Grace manteve os olhos fechados, e quando pude sentir o beijo chegar ao fim, mantive meus olhos fechados conforme ela se afastava. E pensei *Como alguém poderia beijar outra pessoa desse jeito e não significar nada?*

— Quanto tempo temos que esperar aqui antes de irmos para sua casa? — Grace disse.

Meu coração assumiu um galope. Ah, sim. A perda da virgindade. Eu me esquecera por um instante.

— Quero ver todo mundo antes. Passar um tempinho. Esperar até meus pais pegarem no sono.

O que eu queria de verdade, o que não contei a Grace, era que as pessoas nos vissem juntos, nos flagrassem, nos acusassem de sermos mais do que amigos com sorrisos maliciosos no rosto. Queria que nosso relacionamento tivesse bases sólidas fora de nós, como se mais gente saber de nós significasse mais motivos para ela ficar. Nós estávamos em um relacionamento como o Gato de Schrödinger, nem vivo nem morto pois não tínhamos estado em sintonia, porque havia todas as chances de que sermos observados nos mataria. Eu sabia que era perigoso. Afinal de contas, se ninguém soubesse, ninguém tomaria conhecimento se não funcionasse. Minha dor de cotovelo seria privada. Mas era uma aposta que eu estava disposto a fazer.

Então, conforme a sala foi se tornando mais barulhenta com conversas, eu a beijei. Nós falamos e bebemos e flertamos, Grace ficando mais leve e aberta a cada gole de álcool, e eu a beijei, esperando que alguém que nos conhecesse visse, apontasse, gritasse nossos nomes.

E, por fim, mais ou menos uma hora depois, alguém notou.

— Eu sabia! — gritou Heslin, e um bom acúmulo de tensão que tinha ficado preso com força dentro de mim durante a noite toda foi liberado. Tínhamos sido vistos. Tínhamos sido observados. Havia alguém além de nós que poderia testemunhar que éramos reais. Que tínhamos estado aqui. — Eu sabia *pra caralho*!

— Shiiiiu — sibilei para Heslin, porque, mesmo que eu quisesse que ele soubesse, não queria que Grace soubesse que eu queria que ele soubesse.

Grace se afastou de mim de imediato, se levantou e disse:

— Você está pronto pra ir? Vou pegar minhas coisas.

Assenti com a cabeça e a observei desfilar pela multidão fantasiada para pegar seu casaco. Heslin ainda sorria para mim:

— Há quanto tempo você tá trepando com ela?

— Por favor, não conte pra ninguém, estamos tentando deixar quieto. — Não pareceu necessário informá-lo que eu não tinha, ainda, trepado com ela de maneira alguma.

— Seu segredo está seguro comigo — disse Heslin enquanto se inclinava para bagunçar meu cabelo. A gente raramente se falava na escola, mas parecia que o fato de ele saber algo de minha vida quase sexual, de alguma maneira, garantia uma ligação mais próxima.

— Eu deveria ir atrás dela — eu disse enquanto me levantava.

— É, você deveria — disse Heslin, me dando um tapinha nas costas. Então nossa sobreposição quântica tinha acabado. Grace Town e eu estávamos ou vivos ou mortos, não mais os dois ao mesmo tempo.

Eu não tinha certeza, ainda, de qual acabaria sendo.

Caminhamos para casa juntos, cambaleantes, no escuro. Em meu estado semi-intoxicado, sabendo o que iríamos fazer, eu enfim tinha a coragem de fazer as coisas que queria fazer com ela. Eu a empurrei contra uma cerca de arame coberta por videiras assustadoras e a beijei, com mais voracidade do que jamais tinha tido. Eu a beijei no pescoço, na clavícula, passei as mãos pelo seu quadril, suas coxas. Grace respondia com arfadas, passava os dedos pelo meu cabelo, agarrava tufos dele, empurrava o corpo dela contra o meu. Ela afundou seus dentes de brinquedo no meu pescoço, o suficiente para doer, mas não para romper a pele.

— Me leve pra casa, Henry Page — ela disse, com sangue falso ainda sujo nos cantos da boca. E então ela se virou e começou a caminhar na escuridão, e eu a segui, é claro, minhas mãos em torno de sua cintura, beijando-a por todo o caminho até lá. Chegamos ao andar de baixo sem acordar meus pais, graças a Deus, então era hora de fazer O Sexo.

Nós nos sentamos na minha cama juntos e limpamos toda a nossa maquiagem antes. Tirei minha camiseta e limpei todo o sangue seco do meu peito, me perguntando se eu me parecia de alguma forma com como ele ficara depois do acidente, e se era nisso que ela estava pensando, ou se ela estava pensando em mim. E então nos sentamos por um minuto depois disso, em silêncio, e eu cogitei desligar a luz, porque talvez fosse mais fácil no escuro.

Mas Grace sabia o que estava fazendo. Ela tinha feito isso antes. Ela se aproximou furtivamente de mim e me beijou, e então ela estava abrindo a parte de trás do espartilho.

— Puta merda — eu disse em voz baixa quando ela o tirou, porque ela era linda, e toda minha hesitação evaporou ante a visão de seus seios nus.

Nós nos beijamos um pouco mais, e então baixei sua meia-calça, a ponta dos meus dedos roçando o tecido das cicatrizes. Havia dois grandes retângulos vermelhos cortados na parte superior de suas coxas.

— De onde eles tiraram os enxertos de pele — ela disse conforme eu os tocava. — O primeiro não pegou muito bem, então tiveram que voltar para mais. — Eu tirei a meia-calça por completo e a joguei do outro lado do quarto. O pior das cicatrizes estava na panturrilha — de onde pele e músculo tinham sido arrancados —, coberta com uma trama de pele que fazia a carne parecer um pássaro depenado. Essa perna era cerca de metade do tamanho da outra, fina e descarnada e com aparência frágil. Feridas e vergões recentes surgiam por toda a pele imaculada, uma recordação de sua última expedição à pista de corrida de East River.

Era incrível que ela sequer conseguisse caminhar.

— Eles já mudaram os pinos uma vez. Em alguns anos eles talvez até consigam tirá-los. Não tenho certeza. Talvez eles um dia consigam juntar Humpty Dumpty outra vez.

Eu me inclinei para baixo e beijei a pele vermelha inflamada em sua panturrilha:

— Você é perfeita.

Então começou.

Não foi super-romântico. Não havia música tocando ao fundo ou velas acesas. Não foi como nenhuma daquelas comédias românticas que mostram breves toques de pele e mãos se fechando em lençóis brancos de doer. Não era nem como a pornografia que eu já tinha visto. Tinha mais suor, silêncio, intensidade, esquisitice. Era só eu e ela, e nenhum espaço entre nós.

Eu tinha passado uma boa parte da minha manhã pesquisando no Google "como ser bom no sexo", o que não se mostrou ser muito útil no momento. Eu me esqueci de tudo que AskMen.com tinha me informado e em vez disso fui com o que eu sentia que estava certo.

E então acabou. Minha virgindade se foi. Não houve nenhum suspiro extravagante nem nada assim, mas não pode ter sido tão ruim, porque ela disse:

— Isso foi mil vezes melhor do que eu achei que seria — e eu não tinha certeza se deveria estar satisfeito por ter sido o.k. ou ofendido porque ela tinha esperado que seria ruim. Grace descansou a cabeça no meu ombro e eu beijei a testa dela enquanto ficamos deitados juntos, nus no escuro, nenhum de nós falando e nenhum de nós conseguindo pegar no sono.

Por fim, quando ela pensou que eu tinha pegado no sono, Grace Town começou a chorar. Eu a senti tremer contra mim enquanto tentava controlar a própria respiração, senti suas lágrimas quentes na minha pele conforme elas caíam no meu peito. Ela soluçou apenas uma vez, então limpou os olhos, sua respiração se acalmou e ela sussurrou:

— Sinto sua falta — e então ela pegou no sono pesado.

Fiquei acordado por mais uma hora, encarando o teto enquanto as lágrimas dela evaporavam de minha pele, tentando decidir se eu queria vomitar porque estava bêbado ou porque a garota com quem havia perdido minha virgindade tinha provavelmente pensado no namorado morto durante a coisa toda.

CAPÍTULO 19

Quando acordei pela manhã, Grace já estava de pé, revestindo sua pele com camadas de roupas de Dom. Uma borboleta por uma noite, de volta ao seu casulo. Fingi estar adormecido enquanto a observava juntar sua fantasia de vampira em uma sacola plástica e a enfiar na lixeira ao lado da minha escrivaninha. Ela foi embora sem se despedir.

Naquela noite, eu mandei uma mensagem a ela.

HENRY PAGE

> Boa noite, Town. Então, em alguma noite desta semana, estou pensando em ver o novo filme da Pixar. Não está liberado para todas as idades por ter leve violência animada e humor bruto, tenho a sensação de que vou amar. Quer ir?

Mandei a mensagem às 19h58. Grace a visualizou de imediato, começou a digitar de volta, então deletou o que quer que fosse dizer. Dez minutos passaram, então mais dez, ainda sem resposta. Eu não estava autorizado a chamá-la para sair, mesmo depois de termos dormido juntos? Eu tinha ultrapassado os limites inauditos de nosso relacionamento (ou o que quer que fosse)?

Jantei. Conferi o celular. Sem resposta.

Ela mudou de ideia, ela mudou de ideia, ela mudou de ideia.

Tomei banho. Conferi o celular. Sem resposta.

Ela mudou de ideia, ela mudou de ideia, ela mudou de ideia.

Tentei o dever de casa de matemática. Conferi o celular. Sem resposta.

Oh, Deus, oh, Deus, oh, Deus. Ela mudou de ideia, ela mudou de ideia, ela mudou de ideia.

Fui dormir com a sensação de que alguém tinha aberto um guarda-chuva negro no meu peito. Sob minha clavícula, meu pulmão foi puxado para cima, e, abaixo dele, havia um buraco escancarado onde minhas entranhas costumavam ficar. Enfim, às 23h59, bem quando eu estava escorregando para o mundo inconsciente, Grace respondeu:

GRACE TOWN

Pixar! Claro que quero ver isso. Pode marcar. Boa noite!

O ataque insano de endorfinas que inundaram meu sistema no momento que meu telefone vibrou e o nome dela surgiu na tela era preocupante. Eu nunca tinha sido viciado em nada, mas pensei que talvez fosse assim que um viciado desesperado por um pouco de droga se sentia.

— Edward Cullen, seu pobre desgraçado miserável — eu disse enquanto travava a tela do celular e encarava o teto. — Eu não deveria tê-lo julgado com tanta dureza.

Depois da escola na segunda-feira, Grace e eu decidimos continuar andando além da casa dela e pegar um ônibus para a cidade, onde um festival de outono de comida e cerveja havia sido organizado no parque. Eu tinha dever de casa para fazer e trabalhos aos quais me dedicar, e o jornal provavelmente poderia ter se beneficiado de uma atenção cuidadosa, mas Grace estava feliz e ela escovara o cabelo e de jeito nenhum eu deixaria de passar tempo com essa versão dela.

No parque, o espaço entre as árvores tinha se transformado em um vilarejo de pequenos toldos brancos, um sabor diferente de comida e/ ou cerveja abrigado sob cada um. Era o sonho de qualquer hipster: móveis de paletes, chaleiras antigas penduradas por barbantes em cada galho de árvore, uma estação de decoração do seu próprio bambolê. A Plastic Stapler's Revenge tinha até conseguido ser contratada para um show, e suas músicas acústicas irregulares (nenhuma das quais, infelizmente, era sobre itens de papelaria vingativos) ecoavam por todo o parque.

— Com o que vamos banquetear, Town? — eu disse, mas o final da minha pergunta foi perdido para o grito de outra.

— Grace? — chamou uma voz masculina desconhecida.

Nós dois nos viramos para encontrar sua fonte: um cara alto, loiro, não feio e com um monte de amigos altos e não feios.

— Lyndon! — Grace disse, e então ela estava disparando pela multidão rumo a ele, e ele a levantou do chão/bengala quando ela o alcançou, e eu estava pensando, conforme eu a seguia com as mãos nos bolsos, sobre o quanto eu subitamente desprezava o nome Lyndon e qualquer pessoa ligada a ele.

Fiquei ao lado de Grace por cinco minutos consecutivos enquanto ela conversava com ele, antes de os olhos de Lyndon desviarem para mim, e Grace se lembrar que eu existia:

— Ah, desculpe! Esse é Henry. Nós trabalhamos juntos no jornal da escola. Henry, esse é Lyndon, meu primo.

Apertei a mão dele, pensando que talvez Lyndon não fosse um nome tão pretensioso no final das contas. Qualquer monstro que estivesse tentando se soltar de dentro do meu peito desde que ele gritara o nome dela voltou para o fundo de sua jaula.

Puta merda, pensei enquanto analisava seus traços e notava que, sim, eles eram bastante parecidos, eram definitivamente parentes. *Será que sou do tipo ciumento?* Suponho que é uma dessas coisas que você não consegue saber de verdade até se defrontar com ela. Como você não pode realmente saber se é corajoso e heroico até alguma coisa terrível acontecer e você ser forçado a agir. Eu sempre pensei que seria do tipo destemido, calmo e controlado, com ares de Sully Sullenberger. Afundar com o navio, o último a sair do avião, esse tipo de coisa. Mas agora eu não tinha tanta certeza.

Pensei em Tyler Durden, nele dizendo: "Quanto você pode conhecer sobre você mesmo se você nunca esteve numa briga?". Mas quanto você pode saber sobre si mesmo se nunca gostou de ninguém antes? Nunca me senti tão distante de mim mesmo quanto naquele momento. De quem era o corpo que eu estava ocupando? De quem era o cérebro dentro do meu crânio? Como é que eu poderia ser eu, morando dentro da minha pele, e ainda não fazer ideia de quem eu era?

Grace e eu tínhamos vindo ao festival planejando comer algo, mas Lyndon e seus amigos tinham todos mais de vinte anos, então nós demos dinheiro a eles, e eles nos compraram sidra com especiarias e vinho com canela. Nós nos sentamos juntos sob uma árvore, as centenas de luzinhas penduradas iluminando o parque ficando cada vez mais embaralhadas conforme o álcool subia à minha cabeça. Compartilhamos pratos de todos os diferentes vendedores de comida — sopa agridoce da tenda tailandesa, carne misteriosa cheia de mel do lugar chinês com lanternas vermelhas, rolos transparentes de arroz mergulhados em espesso molho doce do estande vietnamita.

Na hora em que meu pai me mandou uma mensagem às nove da noite dizendo *Aqui*, meu estômago estava cheio e minhas pálpebras, pesadas.

Me levantei de onde eu tinha ficado deitado na grama, encarando as luzes de fadinhas brilhando nos galhos sobre mim, e me despedi de Grace, que estava escandalosamente linda sob a luz dourada. Eu estava bastante consciente de que Lyndon nos observava, então deixei minha despedida o mais casual possível, apesar do fato de que nós em geral nos beijávamos para nos despedir. Eu até a chamei de "cara".

— Tenho que ir, cara. Vejo você amanhã — eu disse. Então dei tchau para todas as outras pessoas e parti pela multidão do festival, com as mãos nos bolsos. Olhei para trás uma vez. Grace estava olhando para mim. Eu esperava que ela desviasse o olhar, mas ela não fez isso, e eu não tinha certeza do que isso queria dizer. Se eu deveria voltar para ela ou não. Mas o primo dela estava lá e nós não estávamos juntos, e o que quer que nós tivéssemos, o que quer que fosse isso, o mundo não deveria saber sobre nós. Eu não sabia, se eu voltasse *mesmo* e a beijasse como eu queria, se isso seria a coisa errada, que a deixaria brava. Então virei a cabeça e segui andando, consumido pela multidão, com a certeza de que Sully Sullenberger teria voltado e a pegado nos braços e que eu era quase definitivamente um covarde ciumento.

Meu telefone vibrou no trajeto de carro para casa, enquanto meu pai me contava sobre seu dia e eu me esforçava muito para não soar como se tivesse bebido.

GRACE TOWN

> Então, esse tchau foi uma droga.
> Você ainda quer ir ao cinema esta
> semana?

HENRY PAGE

> Eu não sabia se eu podia beijar você na frente
> do seu primo ou não, então eu meio que entrei
> em pânico e fugi. Ou se ainda estamos fazendo
> a coisa toda de "não chamar atenção" ou não...
> Então, pois é, desculpe. Mas cinema com
> certeza. Quinta à noite, 19h30. O cinema perto
> da minha casa. Podemos relaxar no meu quarto
> depois da aula, ou ir jantar ou algo assim antes.

> Parece bom. Na realidade não sei o que está aconte-
> cendo.

> Somos casos perdidos, eu e você. Fico impressionado
> que Hink tenha nos colocado em posições com poder
> de decisão.

Na quarta-feira, acordei com Grace me ligando às seis da manhã.

— O que houve? Você está bem? — eu disse, pulando sentado assim que vi o nome dela na tela. Deveria ter sido um sinal, como eu estava constantemente preocupado com ela. Deveria ter sido um sinal, porque eu sabia que ela estava deprimida e imprudente e havia sempre aquela voz no fundo da minha mente que tinha medo que seu pesar levasse o melhor dela. Não que eu sequer pensasse que ela iria se ferir nem nada assim. Era mais como se eu pensasse que ela poderia espontaneamente se dissolver de propósito, seus átomos espalhados por todos os lados na brisa.

— Relaxa. Não consigo dormir, só isso. Você tem algo importante pra fazer na escola hoje?

Eu tinha um trabalho de inglês (incompleto) (PQP) para entregar, tinha uma reunião sobre o andamento do jornal com Hink, e Hotchkiss vinha me perguntando sobre meu dever de matemática por uma semana, mas eles pareciam de longe muito menos importantes do que passar tempo com Grace, então menti e disse:

— Não.

— Bom, porque estou do lado de fora da sua casa. Vamos sair numa aventura.

— Você está aí?

Houve uma batida na janela do porão. Grace estava agachada do outro lado do vidro encardido, parecendo cansada, ainda vestida nas mesmas roupas que tinha usado no dia anterior.

Quando minha mãe desceu as escadas para me acordar uma hora depois, fingi estar doente enquanto Grace se escondia sob a cama. Depois de a Progenitora ter ido trabalhar, implorei ao meu pai que me deixasse passar o dia com Grace já sabendo que ele me entregaria à mamãe assim que pudesse. Ele enfim concordou com relutância, sob a condição de que ele estivesse autorizado a jogar *GTA V* no meu quarto o dia inteiro, e eu estava proibido de contar a qualquer um.

Eu estava chocado de encontrar o carro de Grace estacionado em seu lugar usual do lado de fora da minha casa.

— Você dirigiu até aqui? — perguntei.

— Surpresa.

— É a primeira vez desde...?

— É. Sei lá por quê. Acordei no meio da noite e decidi que estava na hora. Afinal de contas, nunca vão me chamar pro *Velozes e furiosos 11* se eu não voltar a dar cavalinhos de pau.

Eu sorri, e Grace disse:

— Henry. Não olhe pra mim desse jeito.

— Que jeito?

— Como se você pudesse ver veias douradas se formando diante de seus olhos — ela disse, mas num tom brincalhão, não acusador. — Eu ainda não sou uma tigela.

— Não é uma tigela. Devidamente anotado.

Dirigimos para o norte, para a fronteira da cidade, e então passamos pelo parque nacional por mais de uma hora, reduzindo a velocidade em todos os pontos de observação, mas nunca parando. Aqui na costa, mal parecia ser outono. Os lapsos de praia visíveis pela floresta eram brancos como papel, e apesar de a maioria das árvores estar sem folhas, havia sempre-vivas em torno delas, palmeiras e moitas. Nós dirigimos com as janelas abaixadas apesar do frio, meu rosto dormente e meus ouvidos ecoando com a velocidade.

Por fim, a costa aberta foi engolida por uma floresta, ainda tão colorida quanto uma caixa de joias, apesar do frio que se aproximava. As placas de trânsito diziam coisas como REDUZA A VELOCIDADE, ESTRADA SINUOSA À FRENTE, mas Grace as ignorava. Na verdade, ela colocou a música tão alto que ela não conseguia nem me ouvir se eu estivesse gritando, e então aumentou a velocidade. As cores sumiam das minhas juntas a cada curva fechada na estrada enquanto eu me agarrava em desespero para evitar ser jogado para todos os lados no banco da frente. Grace freava, acelerava, cantava os pneus, deslizava em torno de cada virada. E, então, em vez de reduzir a velocidade e se preparar para a próxima, ela acelerava entre as curvas.

Eu me segurei e rezei às divindades em que eu nem acreditava para que eu não morresse hoje. Não assim. Não como ele. De novo e de novo, imagens de acidentes se repetiram na minha mente. O choque impossivelmente duro de um carro contra uma árvore, o veículo amassando-se contra ela como um leque. Um corpo — o meu — puxado do veículo, atirado pelo para-brisa, uma boneca de pano de sangue e osso. Pele se desprendendo no asfalto. Partes do corpo desgrudando, a ponta lascada de ossos perfurando a pele.

Grace era uma boa motorista, se não maníaca. Eu confiava que ela tinha controle do carro, mas, naquela velocidade, seu tempo de reação seria desprezível. Bastava um animal na estrada, uma hipercorreção, um buraco difícil de ver. E então, ainda assim, havia a voz prolongada no fundo da minha mente, a que me lembrava de novo e de novo de me preocupar com a segurança dela.

Eu nunca me sentira tão perto da morte antes. Nunca tinha tido tanto medo de minha própria mortalidade como quando estava naquele carro com ela ao volante.

Se coisas assim importavam a ela? Grace via o mundo como um pouco mais do que um padrão de átomos ordenado temporariamente. Morrer apenas queria dizer que os átomos que brevemente se organizavam na sua forma humana seriam dispersados de novo para outros lados.

Finalmente, finalmente, ela parou o carro em um ponto de observação e desligou a música. Ela sorriu para mim e saiu para a leve brisa costeira. Era um tipo de dia estranho. O sol brilhava com calor, mas o vento carregava todo o frio do oceano.

— O que diabos foi aquilo? — eu disse conforme batia a porta. Minhas pernas e mãos tremiam, e não era do frio. Tentei não a deixar notar quão nervoso eu estava, porque uma parte pequena de mim pensava que talvez, só talvez, ela estivesse tentando esculhambar minha cabeça de propósito. Eu me sentei na cerca feita de barreiras que separava o ponto de observação da área selvagem atrás dela e descansei os cotovelos nos joelhos, tentando estabilizar a respiração. Grace se sentou ao meu lado, às vezes a maneira como ela se posicionava em relação a mim era platônica como uma irmã, seu cachecol cobrindo metade de seu rosto.

— Eu costumava dirigir por essa estrada o tempo todo, mesmo antes de tirar a carteira — ela disse, suas palavras abafadas. — Eu a conheço como a palma da minha mão. Na verdade, conheço melhor que a palma da minha mão. Consigo fazer um mapa dela de cabeça. Eu não conheço muito bem a palma da minha mão. Por que as pessoas dizem isso?

— Porra, você não pode dirigir desse jeito depois de quase morrer num acidente de carro.

— Não fui eu quem saiu da estrada, se você quer saber. Foi Dom. Eu amava essa estrada antes de ele morrer. Eu deveria conseguir amá-la de novo.

A amargura em sua voz. Grace nunca tinha falado de Dom sob qualquer luz negativa antes, mas lá estava ela, culpando-o pelo acidente que o matou. Suponho que fazia sentido para ela ficar furiosa.

— Eu só... Você não pode ficar com ele, tá bem? Você não pode seguir aonde ele foi, por mais que você queira. Então pare de tentar.

— Merda, Henry. Eu não pensei que...

— É exatamente isso que quero dizer. Você não *pensa*. Você está fazendo curvas fechadas tão rápido que seus pneus cantam. Aquela coisa toda não está certa.

— Eu só queria me sentir como eu mesma de novo. — Quando eu não disse nada, Grace se levantou. — Vamos. Tem um restaurante a uns dez minutos daqui, entre as árvores. Vou pagar seu almoço pra me desculpar.

E com essas palavras, o horror quase-morte da última meia hora derreteu, substituído pela sensação besta que eu tinha quando Grace fazia a coisa gentil ocasional que me levava a acreditar que ela estava se apaixonando por mim de novo. O que era muito confuso.

O restaurante ficava no penhasco com vista para o oceano. Ela pagou meu almoço, como ela disse que faria, e comemos do lado de fora na grama, aquecendo-nos sob o sol.

Lola me mandou uma mensagem enquanto comíamos.

Quando terminamos a comida, Grace e eu nos deitamos juntos sob o vasto céu azul, nenhum de nós falou até ela dizer:

LOLA LEUNG

Onde é que em nome do santo Jesus amado vocês estão?

HENRY PAGE

Credo, você é tão carente. Parque nacional. O clima está muito gostoso pra salas de aula.

Traga seu traseiro para a escola neste instante ou juro que vou entregar você para Hink por seu desbaratamento.

Quem usa "desbaratamento" em conversas do dia a dia?

É melhor que vocês estejam trocando ideias sobre um tema incrível pra caralho pra esse jornal idiota. Eu nem estou brincando mais, Henry.

Não me faça salvar você de você mesmo. Odeio ser o herói relutante. É o motivo pelo qual eu não uso uma máscara e luto contra o crime nas noites de Gotham.

ORGANIZE SUAS MERDAS.

Cara, estou com tudo sob controle.

É melhor que esteja, ou vou colocar uma das Kardashian na capa. Ou talvez TODAS as Kardashian.

Preciso do jornal para as minhas candidaturas de faculdade também. Não se esqueça disso, seu bosta.

> Desculpe, La. Vamos nos apressar logo.

> Ótimo, porque tenho Widelene Leung do meu lado, e ela vai te matar se você me fizer mal. Ela sabe onde você mora.

> Anotado.

— Já volto.

Eu a observei se levantar e mancar pelo jardim na beira do penhasco e colher as últimas das flores do outono. Então ela caminhou de volta pela ladeira levemente inclinada de grama no sentido do restaurante, o pequeno buquê de flores amarelas agarrado numa mão, a bengala na outra.

Ela tinha apenas partido por dez minutos. Não pensei nada a respeito. Só mais uma esquisitice de Grace Town.

Na quinta-feira à tarde, nós ficamos até tarde no jornal, então pegamos um ônibus para o pequeno cinema perto da minha casa. Jantamos cachorro-quente antes do filme. Grace derramou ketchup na parte da frente de sua camiseta dos Ramones grande demais, mas não fez nenhuma tentativa de limpá-la.

— Vou fingir que tenho um ferimento de facada — ela disse enquanto lambia o ketchup dos dedos.

Encarei os lábios dela e pensei nela nua.

Dentro do cinema, fizemos o que sempre fazemos no escuro. Fingimos que estávamos juntos. Ela me beijou uma vez, antes de o filme começar, e então ela passou seus dedos em círculos leves pela palma de minha mão. Como uma quiromante, incerta do futuro, tentando adivinhar seu destino a partir das rugas que atravessavam minha pele.

Não sei o que ela leu ali. Talvez nada mesmo.

Caminhamos juntos para casa quando o filme acabou, cada um de nós com as mãos na lateral do corpo. Por fim, Grace agarrou a minha com um suspiro. Não parecia uma vitória. Eu me senti como se tivesse reprovado em uma prova.

Caminhamos de volta para minha casa, a mão dela na minha, e, pela primeira vez, eu me senti como se fôssemos um casal de verdade. Que isso estava — na realidade, de fato — indo a algum lugar.

Meu Deus, pensei enquanto caminhávamos. *Estou mesmo me apaixonando por ela.*

Não seja idiota, disse uma outra voz na minha cabeça. *Você não pode simplesmente se apaixonar por alguém depois de conhecer a pessoa por dois meses.*

Jack e Rose se apaixonaram depois de, tipo, quatro dias, argumentei.

Você quer mesmo usar Titanic *como evidência de que isso vai acabar bem?*, a voz disse.

Droga.

— Bom, obrigada pelo convite, garoto — ela disse quando chegamos à minha casa.

— Sempre que quiser, Town.

Então ela me beijou sem entusiasmo no caminho do jardim que desembocava na minha porta da frente, o corpo dela quente contra o meu, apesar do frio.

Vou me casar com ela, eu pensei enquanto a observava caminhar para casa, e sorria para mim mesmo, porque, pela primeira vez desde O Beijo, eu sentia que sabia alguma coisa neste mundo com certeza.

CAPÍTULO 20

Uma semana passou. Foi uma boa semana, cheia de Dias Bons de Grace. Nós estávamos produtivos. Nossos redatores juniores enviaram conteúdo para o jornal que não era sobre gatos. Lola tinha feito o design de quase metade das páginas. Nosso artigo sobre *Magic: the gathering* fora editado até chegar a cinco mil palavras. Eu me aventurei no dever de casa de matemática. Eu não necessariamente entendi nada daquilo, mas houve uma tentativa de qualquer forma.

Grace e eu também transamos de novo. Ela não chorou desta vez, e isso foi legal.

As coisas estavam começando a ser promissoras.

Na quinta-feira à noite ela foi jantar na minha casa. Nós estávamos sentados na minha cama no porão, rindo e tirando um com a cara do outro enquanto minha mãe e meu pai faziam o jantar. Eu me perguntei se aquela noite seria enfim a noite em que oficializaríamos. *Você é minha namorada agora?* Pratiquei de novo e de novo na minha cabeça, pratiquei a ponto de poder deixar escapar na conversa. E então, é claro, uma vez que ela dissesse sim, haveria o aspecto público disso.

Eu imaginava o que as pessoas diriam quando nós mudássemos nossos status do Facebook. Quer dizer, não que eu *precisasse* disso. Mas era legal fantasiar a respeito. As pessoas que tinham sabido des-

de o começo — Lola, Murray — comentariam coisas do tipo *Ugh,
Deus do céu,* FINALMENTE e *É muita areia para o seu caminhãozinho,
parceiro.* As pessoas que não faziam ideia ficariam chocadas. Pensei
nos *Hum... O* QUÊ? e nos comentários dos amigos de Grace que não
me conheciam. *Tão feliz por você, Grace. Tão, tão contente que você
encontrou alguém.*

Nós estávamos — por motivos que eu não consigo me lembrar
agora — de conchinha, ambos lendo em silêncio a página de Matthew Broderick no meu iPhone. Eu estava enroscando uma mecha
do cabelo dela nos dedos enquanto líamos, perturbado de que eu
algum dia a tinha enxergado como qualquer coisa além de obsce-
namente linda. Naquele primeiro dia, eu a tinha visto na aula de
teatro, era como se ela estivesse com *jet-lag* — aquela aparência
que as pessoas têm depois de voar de um lado do mundo para o
outro, como se não estivessem apenas exaustas e sujas, mas como
se cada célula de seu corpo estivesse literalmente desalinhada do
ambiente. Agora eu gostava que os átomos de Grace vibrassem em
uma frequência diferente.

Pensar sobre os átomos dela me fez pensar na pele dela, o que me
fez pensar na pele dela sem nenhuma roupa, o que me deu um súbito
acesso de coragem. Eu disse, bastante devagar:

— Bom, quanto a toda essa *situação...*

A mudança em Grace foi repentina, mas palpável. Ela se afastou
de onde tinha estado aninhada em meu ombro. Parou de ler sobre
Matthew Broderick. Parou de sorrir. E eu pensei *Oh, merda. Oh,
merda. De novo não. Por favor, que eu não tenha me enganado* de novo.

— Sim — ela disse. Mas ela sabia por que estava ali, não sabia? Ela
sabia o que eu queria. Ela sabia desde o começo como eu me sentia.
Como ela poderia se tornar tão fria tão rápido?

— Acho que quero saber onde estamos com isso.

— Eu não sei de verdade o que dizer a você.

— Na última vez que falamos sobre isso, você disse que iria parar
de ir ao cemitério.

— Eu disse?

— Sim. Na festa de Halloween. Você estava meio bêbada, acho.

— Sinto muito. Sempre penso de um jeito idiota quando bebo. Eu não deveria ter dito isso a você.

— Então você... você não vai parar?

— Henry.

— Odeio falar disso tanto quanto você.

— Eu ainda consigo senti-lo. Ele está em meus ossos. Quando pego no sono, consigo sentir o calor dos dedos dele na minha pele.

— Não estou pedindo que você o abandone.

— Então o que você quer de mim? Estou dando tudo o que tenho a você.

— Eu quero, quando alguém nos perguntar se estamos namorando, poder dizer sim. Não quero ter que esconder dos meus amigos. Quero que as pessoas saibam que estamos juntos. Quero poder segurar sua mão e beijar você em público sem me preocupar se estou autorizado. Quero que isso seja real. — Grace não disse nada, apenas encarou o teto, até eu dizer por fim: — O que você quer fazer?

— Talvez... — Houve uma longa pausa enquanto ela inspirava e expirava diversas vezes, seus olhos se lançando de um lado para o outro enquanto ela buscava palavras. — Talvez a gente devesse desacelerar. Quer dizer, a gente entrou nisso tão rápido. Se voltarmos as coisas um pouco, talvez não pareça tão errado.

— Eu pareço *errado* pra você?

— Não é isso que quis dizer. Eu quis dizer... Não estou pronta pra ficar melhor. Ainda não.

— Eu não ligo. Quero *você*, exatamente como você é.

— Não quer não. Você quer uma versão *dela*. Você está comigo na esperança de que eu me torne aquela garota. Você se apaixonou por uma ideia, não por uma pessoa real, e me mata quando reparo em você olhando para mim, mas enxergando outra pessoa.

— Isso é bobagem.

— Será?

— Deus, eu odeio isso. Odeio tanto essa coisa toda. Quero *você*, Grace Town. Quis *você* desde o começo.

Eu a puxei para cima de mim, para que sentasse nos meus quadris, e ela se inclinou e me beijou do jeito que me beijava, do jeito que me dava certeza de que ela estava apaixonada por mim mesmo que eu soubesse que ela não estava e provavelmente nunca estaria. Abri os olhos e a observei, como eu fazia às vezes, para me certificar de que o beijo era real. Grace se afastou de mim com os olhos ainda fechados, o menor dos sorrisos estampado em seus lábios. E eu demorei até aquele momento para perceber que ela não estava me beijando, nunca estava, nunca de verdade, pelo menos não na cabeça dela.

Talvez nós dois estivéssemos apaixonados por ideias.

Os olhos de Grace piscaram devagar ao abrir e me encontrar encarando-a. Ela pareceu confusa por um momento, como se genuinamente tivesse se esquecido por um instante mínimo que não estava beijando Dom. Então o peso caiu sobre suas feições, e ela se ergueu de cima de mim e saiu da cama.

— É melhor eu ir — ela disse, passando a mochila por cima do ombro sem olhar para mim.

— Pensei que a gente fosse fazer tarefa.

— Não é como se eu fosse passar em alguma das minhas matérias de qualquer forma.

— Não jantamos ainda.

— Não estou com muita fome. Vejo você depois.

Eu não disse adeus.

Depois de meia hora deixando a bola ácida dentro do meu peito corroer devagar a pele da minha traqueia, eu me levantei e me arrastei para o banho. Fiquei em pé sob o fluxo quente e tentei pegar água com a mão em concha, mas ela ficava escapando por entre os espaços, e tudo aquilo era muito metafórico e doía como o diabo porque eu sabia, *eu sabia* que a estava perdendo. E não era algo que eu podia consertar.

Seres humanos não podiam ser consertados com ouro fundido.

Pressionei minha testa contra os azulejos brancos gelados da parede do chuveiro. Minha cabeça pulsava como se eu estivesse prestes a chorar, mas meus olhos estavam secos. *Garota certa, momento errado*, pensei, mesmo que soubesse que era um engano, porque Grace nunca seria a garota certa. Mas, droga, eu ainda a queria tanto. Eu ainda precisava dela tão profundamente. Meu corpo inteiro doía com o pensamento de perdê-la e eu de súbito me senti como um verdadeiro babaca por julgar os términos dos meus amigos com tanto rigor. Foi assim que Murray se sentiu o tempo todo por causa de Sugar Gandhi? Ele a sentiu queimar a pele dele, mais quente que água fervente?

Tinha que haver, *tinha que haver*, uma maneira de fazê-la me amar.

Meus olhos saltaram abertos, meu cérebro tomado pelo tipo de momento de epifania que apenas pode ser provocado por um banho longo e quente. Desliguei a água rápido, enrolei uma toalha em torno da minha bunda rosa e ressequida, e cambaleei, ainda pingando, para o andar de baixo, para a cova que era meu quarto no porão, frenético de que talvez não estivesse lá. Mas estava lá, guardada com cuidado na última gaveta da minha escrivaninha, grande, como se o espaço tivesse sido feito para aquilo.

Uma máquina de escrever azul-clara, uma Olivetti Lettera 32 manual. O mesmo modelo que Cormac McCarthy usava. Eu a comprara no eBay três anos antes por trinta e cinco dólares depois de ler *A estrada* e decidir que romances escritos em máquinas de escrever eram vastamente superiores a romances escritos em computadores (mas provavelmente ainda não tão bons quanto romances escritos à mão). Eu não tinha, até aquele momento, escrito nada além de *Só trabalho, sem diversão, fazem de Jack um bobão* de novo e de novo nos dois lados de uma página para me certificar de que a banda estava funcionando. Depois disso, ela havia ficado na minha escrivaninha por seis meses ao lado do iMac moribundo, até que a visão dos dois juntos me deixava tão culpado por não escrever em nenhum dos dois que eu enfiei a Olivetti na última gaveta e não tinha pensado nela desde então.

Na gaveta de cima havia uma resma de papel de algodão para máquina de escrever, grosso, cor de canário, roubado do set de *O grande Gatsby* por Murray da última vez que ele estivera em Sidney. Quando erguido contra a luz, uma mínima sugestão de um padrão cor de damasco era visível no canto superior do papel. Era uma das coisas mais lindas que eu tinha.

Querida Grakov, escrevi, meus dedos pressionando as teclas em uma tempestade de sons mecânicos.

Eu iria escrever uma carta para Grace Town. Eu diria todas as coisas que eu tinha dificuldade de dizer em voz alta. Eu sabia que ela preferia rascunhos falados, mas ela nunca tinha lido meu trabalho, e talvez depois de ler, ela entendesse por que eu preferia escrever a falar.

Mandei a ela um Snapchat daquelas duas palavras, *Querida Grakov*, e coloquei uma legenda de: "Se prepare pra ser arrasada". E então escrevi:

```
    Querida Grakov,

    Nos últimos meses, tenho vivido minha
vida segundo uma verdade simples: que, no
final, nada do que fazemos aqui importa de
verdade. Algumas pessoas temem o esqueci-
mento. Algumas são assustadas pela ideia de
que sua vida é sem sentido. Você me ensinou
a achar isso lindo. Você me ensinou a deixar
isso me dar coragem.
    A coragem, por exemplo, de mostrar a uma
garota uma apresentação de PowerPoint sobre
namorar comigo, sabendo que, se ela dissesse
não, qualquer evidência de minha vergonha um
dia seria devorada pelo universo. Foi você
quem me ensinou que o esquecimento é nossa
recompensa por ser humano, que o próprio te-
cido da realidade em si é gentil o suficiente
para garantir que todos os nossos pecados e
besteiras vão ser arrancados.
    É a mesma coragem que estou usando para
escrever esta carta a você, revelando exatamente
como me sinto. Você é especial, Grace Town.
Você é linda. Você brilha. Eu nunca me can-
```

so de olhar para você, ou de estar perto de você. Antes de você, eu nunca tinha sido capaz de imaginar querer alguém na minha vida do jeito que te quero. Do primeiro dia que você me fez me dirigir para casa, houve uma química diferente da que eu tinha sentido por qualquer outra pessoa.

Esse não é o tipo de coisa de que uma pessoa se distancia, mesmo que a situação seja difícil. Mesmo que seja tão bagunçada que você comece a acreditar que pode estar em O show de Truman porque, que inferno, alguém deve estar escrevendo o roteiro dessa droga. Sei que você sabe disso, porque, se não soubesse, algum de nós já teria ido embora, ou nós não teríamos nem começado. Porque vale a pena lutar por algumas coisas.

Ainda existe o problema que é ele, é claro. Sei que você ainda o ama e consigo entender isso.

Eu nunca pediria que escolhesse entre nós. Eu nunca te daria um ultimato, ou um limite de tempo, ou te culparia se não pudesse deixá-lo para trás. Em primeiro lugar, porque fazer isso seria irracional e só faria você se ressentir de mim. Em segundo lugar, porque não acredito que eu deveria ter que fazer isso. Sei quem sou. Sei meu valor. Espero que você possa ver isso também.

Então, Grace Town, é assim que me sinto. Eu queria poder ser eloquente assim quando falamos, mas sou um escritor de coração. Sou uma negação na palavra falada, mas tem um

pequeno pedaço de minha alma nesta carta.
Resumindo: estou aqui, estou a fim, vou ficar
e quero você.

É o fim da Terra e a morte do universo que
me dão a coragem insana para dizer que sou
seu, se você me quiser.

Tudo o que resta agora é você decidir
o que quer. Não é uma tarefa fácil, estou
ciente, mas algo que deve ser feito de qualquer forma.

Vejo você do outro lado, garota.
Henrik

Reli a carta uma dúzia de vezes, então a dobrei, coloquei em um envelope e escrevi o nome dela à mão na frente. Então eu a pus junto da máquina de escrever de volta na escuridão da gaveta, me sentei e esperei que ela mandasse um Snapchat em resposta. Ela não mandou, mesmo que eu soubesse que ela o tinha aberto, então enviei uma mensagem a ela.

HENRY PAGE

Acabei de abrir o Safari no meu telefone e abriu na página da Wikipédia de Matthew Broderick. Bom que não estou em público.

GRACE TOWN

Matthew Broderick nunca é algo para se envergonhar. O que é essa carta que você está escrevendo? Não tem cara de uma tarefa de inglês.

Pois eu lhe informo que estou contemplando com seriedade as implicações do capitalismo na literatura feminista pós-moderna, então aí está.

A carta é sobre TODAS AS COISAS E TRECOS. E também ela é escrita em papel do set de filmagem de O grande Gatsby, porque sou refinado assim.

As coisas e os trecos, hein... Parece interessante. Sobre você ser refinado...

Sem comentários.

O GRANDE GATSBY, TOWN. Você receberá uma carta escrita em papel que esteve na presença de Leo DiCaprio. Provavelmente tem umas células da pele dele. CÉLULAS DE PELE DELE.

Como você colocou as mãos nisso? Pensei que você estivesse exagerando. Além do mais, isso não deixa você refinado, deixa o papel refinado.

Não, ele realmente é do set do Gatsby. Muz conhecia um cara que conhecia um cara que o deixou entrar no depósito do set e disse que ele poderia pegar o que quisesse, porque eles tinham acabado de filmar. Eu queria que ele pegasse um carro, mas, infelizmente, isso era sonhar um pouco grande demais. Então veja bem, sou pelo menos 85% refinado por associação.

Bom, mil perdões, lorde Page. Nós, plebeus, nos curvamos perante você e seu papel cenográfico incrível. Não somos merecedores.

Não se preocupe, você é pelo menos 15% chique por associação a mim. Você pode até ganhar um ponto ou dois de porcentagem depois de tocar o papel Gatbsy.

Legal. Bom. Vou ler amanhã depois da aula, acho.

— Sr. Page — disse Hink ao final da aula de inglês do dia seguinte. Eu estava sentado no meu lugar usual na fileira da frente, entre La e uma garota chamada Mackenzie, que uma vez tinha me perguntado se "muito" era escrito com *n*. — Um minuto, por favor.

— Claro.

Fiquei na minha mesa enquanto o resto da turma saía para o almoço, tentando adivinhar se Hink iria me descascar por a) não ter feito a tarefa de casa, b) encarar a caspa acumulada em seus ombros e imaginá-la como Kikos Marinhos presos em um poço de piche por toda a aula, ou c) ambos.

Uma vez que a sala ficou vazia, Hink caminhou para a frente de sua mesa e se sentou nela, com as pernas cruzadas, as mãos descansando no joelho. Eu me perguntei se, no mundo esquisitão de Alistair Hink, isso deveria ser um sinal de intimidação.

— Quer explicar onde está seu trabalho?

— Trabalho?

— O que você deveria ter entregue semana passada. O que você não entregou.

—Ah. — *Merda.* Aquele *trabalho.* O que eu tinha deixado de lado em favor de quase ser morto em um parque nacional e escrever uma carta de amor idiota e pomposa.

— O que está havendo com você, Henry? Você está faltando a reuniões do jornal, você não cumpriu nenhuma das tarefas de leitura ou deveres de casa para aula desta semana, e agora isso. Conversei com a sra. Beady e o señor Sanchez e alguns de seus outros professores também, e todo mundo está preocupado. Sr. Hotchkiss diz que você se distrai com frequência em matemática.

Deus, Hotchkiss, que filho da mãe.

— Isso não é nada fora do normal, pra ser honesto.

— Sei que esperamos muito de você. Talvez mais do que esperamos da maioria dos outros alunos. Então se as coisas estão difíceis demais, se tudo está se acumulando e você não consegue lidar, você precisa me dizer. Nós podemos encontrar maneiras de ajudar.

— Está bem, de verdade. Estou bem.

— A srta. Leung veio me ver ontem. Ela sutilmente sugeriu que o jornal pode estar sofrendo devido a um relacionamento desacertado entre você e a srta. Town.

Droga. Ela realmente fez isso.

— Duvido que Lola tenha "sutilmente sugerido" qualquer coisa.

— Bem, sim, suas palavras exatas foram "estão destruindo o próprio gene dessa publicação com seus desbaratamentos", mas achei que era melhor ficar inaudito. Ela na verdade disse "desbaratamentos" tantas vezes que tive que pôr no Google depois que ela saiu para conferir se era uma palavra real. "Seus desbaratamentos, professor Hink, seus desbaratamentos. Eles estão arruinando tudo com seus desbaratamentos!"

— Por favor, pare de falar *desbaratamento*.

— Você e Grace ou faltaram ou remarcaram todas as reuniões que planejei para discutir o jornal. Sem um tema ou conteúdo suficiente, Lola não consegue terminar o design a tempo. Estou começando a me preocupar.

— Vou colocar isso sob controle. Prometo.

— Bom. Porque, se vocês dois não conseguirem resolver isso até o final do mês, vou ter que substitui-lo como editor.

— Mas… eu trabalhei pra caramba por dois anos.

— Trabalhou sim. Mas isso não quer dizer que você pode *parar* de trabalhar pra caramba agora. Agora vá ajustar seu comportamento. E pelo amor de Deus, puxe um pouco o saco de Hotchkiss, por favor?

— Judas — sibilei quando entrei no escritório do jornal depois da aula e encontrei Lola relaxando no sofá do sexo, lendo um dicionário.

— O que implicaria que você é Jesus? — ela disse. — Pouco ego?

— Não consigo acreditar que foi até Hink. Aliás, você sabia que a gente tinha uma tarefa para entregar semana passada? Eu me esqueci completamente dessa.

— Eu *disse* que ia dedurar vocês dois se não dessem um jeito. — Lola se levantou e caminhou até mim e segurou meus ombros. — Sei que você é o capitão de um navio afundando e você está determinado a ir com ele. Isso é admirável pra caralho, mas, quando isso tudo for pro espaço, quero estar em uma porra de um bote salva-vidas.

— Quem é Grace nessa analogia?

— Aqueles caras no *Titanic* que tocaram violino até o último momento.

— Estranhamente preciso.

La pegou o dicionário e o jogou no meu peito.

— *Escolha* um tema. Apenas feche os olhos, abra em qualquer página e aponte alguma coisa. É meu aniversário *amanhã* e tudo o que quero de você é isso. Uma. Maldita. Palavra.

Grace entrou naquele momento e olhou de Lola para mim e para o dicionário forçado agressivamente contra meu peito.

— Um cenário inusitado — ela disse ao largar a mochila, se apoiou na bengala e esperou.

— Lola está me forçando a escolher um tema pro jornal. — Peguei o dicionário dela e fechei meus olhos com força e segui as instruções. — *Falhar* — eu li. — Verbo. Definição número um: "ser malsucedido". Definição número dois: "Ser menos do que o esperado". Parece bastante correto.

— Não sei se você fez isso de propósito ou não, mas esse na verdade é um bom tema, então use essa droga. Você — disse Lola, me largando e enfiando suas garras nos ombros de Grace no lugar. — A vida é um festival de merda, e você está passando por um momento muito, muito difícil, mas você *não pode* afundar com o navio. Entre em um bote salva-vidas. Dê um jeito ou dê o fora. — Lola fez todo o gesto de "estou de olho em vocês" para Grace e para mim, então pegou sua mochila e saiu do escritório, resmungando alguma coisa entredentes que soava muito como "desbaratamento".

— Bom, isso foi bastante surreal — disse Grace. — O que foi tudo aquilo dos botes salva-vidas?

— Hink está furioso porque não fizemos nada no jornal.

— Mas fizemos?

— Meu Deus, Grace, preciso de ajuda com isso. Você deveria ser a editora assistente, então por que não me assiste com nada?

— Mas o que temos pra editar? A gente fez tudo o que podia sem um tema. Por que você não decide logo o tema como "falha"?

— Porque não consigo lidar com tanta ironia.

Então ela pareceu furiosa, e eu quis beijá-la para fazê-la (e talvez eu mesmo) se sentir melhor, mas eu tinha medo de que, se eu tentasse, ela se afastasse de mim, e eu não queria ficar marcado com aquela sensação a tarde toda, então não a beijei.

— Eu vou embora — ela disse. — Tenho coisas pra fazer hoje à tarde.

— Espera aí — eu disse, e me virei e dei uma corridinha até minha mochila para buscar a carta onde ela estivera alojada o dia inteiro, em minha cópia de *Nunca te vi, sempre te amei*. Eu não a tinha esquecido. Nem por um segundo. Ela havia pairado sobre mim como uma pequena nuvem cinza. Eu aguardara o momento certo o dia inteiro, esperando que uma injeção insana de coragem tomasse conta de mim.

— Ah, é. Isso. *A Carta* — ela disse, pegando o envelope de mim, dobrando-o e colocando na bolsa. E eu soube. Eu soube que aquele momento seria ou nosso último como estávamos ou o primeiro como algo mais. Um começo ou um final. Não poderia ser nada no meio. Eu disse que nunca a faria escolher entre nós e agora eu estava fazendo porque não podia aguentar mais. Ela o amava; ela ainda o ama. Eu sabia disso.

Mas eu não valia alguma coisa também?

— Você pode ler agora? — eu disse.

— Você quer que eu leia na sua *frente*?

— Ahn... sim?

— Você não pode só falar? Tudo que está na carta está dentro de você neste momento. Não quero a versão filtrada. Não quero as palavras bonitas, o rascunho final. Quero que você diga algo em estado bruto. Algo real.

— Posso ler em voz alta pra você, se quiser.

— Não foi o que eu disse.

— Vamos lá, pelo menos me deixe passar os olhos, lembrar o que eu disse.

— Você não se lembra de como se sente?

— Claro que me lembro, só não sei como colocar em palavras.

— Tente.

— Você é... você é especial.

Grace suspirou:

— Sou um floco de neve lindo e especial? Eu completo você?

— Não! Aí diz... Olha, tudo está aí, certo? Está tudo aí dentro, tudo que quero que você saiba. Você só tem que ler.

Grace não leu. Ela apenas disse:

— Vejo você amanhã à noite para a coisa da Lola — e abriu a porta e saiu. Tudo pareceu tão estranho e sinistramente final. Tentei me lembrar do último beijo que compartilhamos, tantas horas atrás, mas eu não conseguia me lembrar dos momentos específicos desse beijo, o que me incomodou, porque eu sabia que poderia muito bem ter sido o último.

Saí para o hall e a observei mancar pelo piso revestido em linóleo rumo à porta, parando a cada poucos passos para descansar a perna.

Depois de ela sair da minha casa noite passada, ela deve ter ido para a pista de East River forçar seu ferimento até que doesse outra vez. Talvez fosse algo como se cortar. Talvez desacelerar o processo de cura fosse a única coisa que a fizesse se sentir no controle. Talvez o ferimento fosse a última coisa que a ligava ao acidente e, portanto, a Dom, e ela não estava pronta para deixá-lo partir ainda.

Ou talvez ela apenas se odiasse tanto que pensava que mereceria estar com dor.

Finalmente, Grace chegou à saída e a porta bateu fechada atrás de si, e ela desapareceu no terreno da escola. Ela não olhou para trás nenhuma vez.

Como se, de uma maneira ou outra, ela já tivesse se decidido.

O aniversário de Lola era no dia seguinte. Georgia dirigiu de sua cidade natal e chegou à minha casa quando o sol estava nascendo. Os pais de Lola, Han e Widelene, nos deixaram entrar na casa, e então nós quatro fomos em silêncio encher balões, preenchendo o corredor, a sala de estar e a cozinha com mais de duzentos deles. Estávamos todos animados no final, a cabeça girando por falta de oxigênio, mas valeu a pena para ouvir La dizer:

— O que droga é isso? — em sua voz rouca meio adormecida, e então começou a rir como uma maníaca.

— Feliz aniversário! — gritamos em uníssono enquanto ela vagava para dentro da cozinha em sua camisola rosa muito pouco Lola, a mão pousada sobre a boca, o cabelo tão impressionantemente amassado que o fazia parecer um moicano.

Depois de ela tomar banho e trocar de roupa, buscamos Muz e fomos todos tomar café da manhã na cidade. Georgia deu um cacto para Lola. ("Isso é romântico pra *caralho*", foi sua reação ao desembrulhá-lo. "Dando um passo para a frente na nossa relação.") Muz deu a ela um conjunto de tintas a óleo em uma caixa de bambu, e eu, uma vela de esqueleto de gato, uma dessas que queimam até restarem os ossos quando acaba toda a cera.

Lola e eu sempre acreditamos muito no valor de presentes metafóricos, então enquanto todo mundo viu o esqueleto demoníaco de um gato de cera no pacote, Lola viu a mensagem: nossa amizade é como esta vela em formato felino — todas as merdas podem ser consumidas pelo fogo, eu e você seguimos sólidos no fundo. Sempre.

— Henry, sua criatura magnífica — ela disse, pressionando a testa na minha têmpora. — Que grande feito eu fiz numa vida passada para merecer a fortuna de viver ao lado de sua casa nesta encarnação?

— Vocês dois são tão fofinhos que às vezes desejo que você não fosse uma lésbica furiosa, para que os dois se casassem e vivessem uma vida majoritariamente adorável juntos — Georgia disse. — Quer dizer, estou feliz que você é uma lésbica furiosa, mas estou perdendo o fio da meada.

Comecei a pensar em que tipo de presente dar a Grace em seu aniversário no final do mês. Nenhum dos presentes normais que namorados compram para suas namoradas serviria, porque a) Grace Town não era minha namorada, e b) eu tinha bastante certeza de que ela sentiria náuseas ante a visão de flores, chocolate ou joias. Não precisava ser algo grandioso; só precisava significar algo.

Mas o que você dá para uma garota cuja mente é como o universo, quando o cérebro dentro de sua cabeça está preso com firmeza no planeta Terra?

Rascunho Seis
Porque você vale nada menos do que poeira de estrelas, mas tudo o que posso dar a você é sujeira.

CAPÍTULO 21

Papai me deixou na casa de Grace no sábado à noite enquanto o céu se abria e a chuva começava a cair. Corri para me abrigar sob uma árvore alta em frente à casa. Quando cheguei ali, com o cabelo já pingando, meu celular vibrou.

GRACE TOWN

> Estou dez minutos atrasada. Fique no jardim.
> Não entre.

Olhei para a casa triste e sombria com suas cortinas fechadas e seu jardim com grama alta demais e voltei meus pensamentos para quando Murray tinha se preocupado se Grace era algum tipo de criatura sobrenatural. Uma vampira. Um anjo caído. Havia definitivamente segredos dentro daquelas paredes que ela não queria que eu soubesse, mas que tipo de segredos eram?

A porta rangeu ao abrir e um pequeno homem careca apareceu das sombras. O mesmo homem que sempre passava lá em casa durante as tardes para buscar o carro de Grace.

— Henry Page? — ele perguntou, apertando os olhos sob a pouca luz. — É você?

— Ahn, sim — eu disse baixo. E, então, mais alto: — Sim, sou Henry Page.

— Ah, incrível. Sim, incrível. Entre, entre. Meu nome é Martin.

Um impulso irracional de medo me atravessou. *Fique no jardim. Não entre.* E se a mensagem de Grace não tivesse sido um pedido, mas muito mais uma advertência? E se Martin fosse um lobisomem ou algo assim? E então, sob o medo irracional, havia o medo real. De trair Grace. O que quer que estivesse na casa, ela não queria que eu visse ainda. Ou talvez nunca.

— Ahn... Eu não me importo de ficar aqui fora. Grace vai chegar em alguns minutos.

— Não seja bobo, a chuva está ficando mais forte. Entre e se esquente. — Martin acenou com uma mão para que eu entrasse, a outra pressionando a porta de tela para mantê-la aberta. Então fui. Mais porque estava frio e escuro e chovendo, porém um pouco porque eu queria saber o que ela escondia de mim. Pensei de novo em Sully Sullenberger, como ele nunca faria o que eu estava fazendo, como eu estava me afastando mais e mais de seu encanto de bigode branco.

— Cale a boca, Sullenberger — resmunguei para mim mesmo.

— Henry — disse Martin, apertando minha mão. — Ouvimos falar muito de você.

— Coisas boas, espero. — Que era a coisa clichê que você deveria responder quando diziam isso para você. Mas isso me deixou um pouco empolgado. Alguém tão próximo de Grace saber que eu existia.

— Na maior parte, na maior parte — ele disse com uma risadinha. — Por favor, fique à vontade. Você pode esperar no quarto de Dom, se quiser — ele disse, então gaguejou. — Bom, quarto da Grace agora, suponho.

— Desculpe? Dom. Morou. Aqui? — eu perguntei desse jeito esquisito, uma pausa entre cada palavra enquanto meu cérebro tentava processar o significado ligado àquela frase.

Martin franziu a testa:

— Morou aqui? Grace contou a você que não somos os pais dela, certo?

— Ahm... não. Eu meio que deduzi que você fosse o pai dela.

— Não, não. Meu nome é Martin *Sawyer*. Dominic era nosso filho. Grace se mudou para cá cerca de um mês antes do acidente. Devo ter certeza de que ela contou a você tudo sobre seus problemas com a mãe? Depois de Dom partir, Mary e eu insistimos que ela permanecesse conosco. Eles tinham ficado juntos por tanto tempo, tantos anos. Grace é praticamente nossa filha.

— Grace… mora… no quarto de Dom?

— Achei que ela teria contado isso a você.

— Ahn. — Balancei a cabeça, passei a língua sobre os lábios e olhei para os lados pela primeira vez. As paredes eram bege, quase um laranja-pálido, e toda a mobília era feita de madeira escura. As escadas tinham carpete desgastado até sumir em alguns pontos por causa da idade, e na parede havia dúzias de fotos. Fotos sorridentes de formaturas e fotos desbotadas de casamentos, e ele estava em todas elas, Dominic, de novo e de novo.

A foto mais recente dele era com Grace sentada sobre seus ombros largos, suas mãos pousadas nos tornozelos ilesos dela. Era a primeira vez que eu via uma foto dele. A visão dele me picou como veneno. Dom era largo e desenvolvido e bonito de uma maneira clássica. O oposto exato de mim. Na foto com Grace, ele estava usando um casaco de futebol americano e sorrindo imensamente. Grace tinha a cabeça inclinada para trás numa gargalhada, guinchando de alegria dentro de seu capacete de futebol americano, os dedos dela no cabelo dele.

Senti a bile subir borbulhando de algum lugar nos vestígios negros e destroçados de minhas vísceras. Não ciúme. Não ansiedade. Apenas tristeza.

— Dom era o nosso caçula — disse Martin, me levando para longe do muro de torturas. — Um pequeno intervalo entre ele e Renee. Os dois mais velhos já tinham saído de casa na época do acidente. É bom ter Grace aqui. Não sei se eu conseguiria lidar com o silêncio.

— Sinto muito. Eu não fazia ideia de que essa era a casa dele.

— Não há nada do que se desculpar, garoto. Você tem sido um bom amigo para ela. Você e sua namorada, Lola. Apreciamos tudo que vocês fazem por ela.

— Minha. Namorada. Lola? — eu disse, outra vez com pausas entre cada palavra, e Martin estava olhando para mim como se eu fosse meio lento. Grace vinha mentindo para ele. Vinha mentindo sobre o que nós éramos. Mas, de novo, por que ela não mentiria? Como exatamente você iria contar para o pai do seu namorado morto que você estava dormindo com outra pessoa? — Sim. Minha namorada, Lola. Nós adoramos Grace.

Martin apontou com a cabeça para uma porta no final do corredor.

— Você pode esperar lá dentro. Grace vai chegar logo. Vou mandá-la atrás de você.

— Obrigado. — Esperei que Martin saísse e então abri a porta devagar, com uma mão, hesitante de dar o primeiro passo na entrada de sua tumba. O ar estava pesado e tinha um cheiro distinto de Grace.

Não.

De Dom.

Eu quis vomitar. Ou tomar um banho fervente. Ou vomitar enquanto tomava um banho fervente. Mas minha curiosidade ainda era mais forte, então, em vez disso, acendi a luz e entrei.

Era um quarto de garoto adolescente bastante típico, cheio do mesmo tipo de bagunça aleatória que o meu. O edredom xadrez estava enrugado e desfeito no pé da cama. Havia uma estante repleta de livros do gênero *Harry Potter* e *O senhor dos anéis*. Um violão descansava em uma cadeira. Um toca-discos com pilhas de vinis antigos. Um globo. Um skate. Uma mochila. Uma escrivaninha e um laptop e revistas de esportes e troféus de infância. Um quadro-negro e uma tela com um retrato de Mozart nela e bugigangas de terras distantes. Na cômoda estavam os acessórios de Dom — uma mistura de longos colares de couro com âncoras e cruzes e caveiras — e seu desodorante.

Nós usávamos a mesma essência.

O retrato de uma vida inteira reduzido ao tamanho de um quarto. Fiquei em pé ali por alguns minutos, absorvendo a quietude do lugar. Lá estava ele, diante de mim, tudo que ele tinha sido, tudo que ele era.

Eu me perguntei se Grace se sentia próxima à morte dele nesse quarto, como eu me sentia, ou se ela se sentia próxima à vida. E me maravilhei com a injustiça disso tudo. Como uma pessoa podia estar tão amarrada a esse mundo em um momento e partir dele no seguinte.

Entrei no closet de roupas e puxei a cordinha para acender a luz. Lá havia mais de sua tumba. Todas as suas roupas. Um terno passado, provavelmente preparado para a formatura. Uma jaqueta de futebol americano do time de East River. Meia dúzia de pares de sapatos. Caixas sem rótulos nas estantes superiores.

A camiseta de banda cinza que Grace usara no cinema estava dobrada na estante. Havia uma mancha escura onde ela derrubara o ketchup, quase como se ela tivesse lavado com uma esponja em vez de...

Então me ocorreu.

— Oh, Deus... — sussurrei enquanto pegava a camiseta. A mancha tinha sido lavada com esponja, mas a camiseta não tinha sido lavada. O tecido ainda tinha o cheiro de Grace. De Dom. De mim.

Grace não lavava as roupas de Dom. Ela não lavava seus lençóis. Sempre havia aquele cheiro azedo e de garoto que pairava sobre ela aonde quer que fosse. Eu imaginava que fosse uma esquisitice dela, ou que ela tinha práticas higiênicas ineficientes, mas ficar parado no closet de seu namorado morto era uma maneira ótima de causar uma epifania.

Grace vivia nele. Cada hora de cada dia, ele estava lá com ela. O cheiro dele em sua pele. Grace era o fantasma, não Dom. Duas pessoas haviam morrido naquele dia, mas uma delas ainda tinha um corpo.

Olhei em torno do quarto de novo, tentando encontrar qualquer sombra de algo que pertencera a ela. Não havia nada de Grace ali exceto por um envelope na mesa de cabeceira que continha seu nome. A carta que eu escrevera a ela, ainda fechada. Não havia roupas de garota, sapatos de garota, nada de maquiagem, nada das coisas que você encontraria nos quartos de sua irmã, sua mãe ou suas amigas.

Ela usava as roupas dele e o desodorante dele e ela dormia em seus lençóis emaranhados todas as noites. Quem quer que ela tivesse sido — a garota linda e radiante em sua foto de perfil do Facebook — havia partido, substituída por essa impostora de Dom.

Dá pra saber muito de uma pessoa pelo quarto dela, ela tinha me dito uma vez. O que havia ali para eu saber daquele quarto além do fato de que Grace Town não existia de maneira alguma?

— Então agora você sabe — disse Grace em voz baixa.

Eu me virei para encontrá-la olhando para mim de baixo do batente da porta, a camiseta de Dom ainda amassada em meus dedos trêmulos. Olhando para ela naquele instante, era fácil perceber que ela não era do mundo físico. Sua pele era translúcida como papel perfumado, e seu cabelo loiro caía em cortinas pálidas para pousar brusco e morto nos seus ombros. Havia indícios de machucados sob a pele de seus olhos, como se ela tivesse chorado tanto que a fizera sangrar. Grace era uma alma perdida, um fantasma à deriva, a personificação de fumo passivo.

Quis tocá-la. Eu não conseguia me lembrar se eu, algum dia, a tinha sentido quente sob a ponta dos meus dedos, ou se ela sempre havia sido engendrada de algo mais etéreo que pele.

— Grace, eu sinto muito. Eu não deveria ter...

— Eu me mudei um mês antes do acidente — ela disse, pegando a camiseta suja de mim, dobrando-a e colocando-a de volta na sua prateleira no closet. Ela afofou o tecido com as mãos, então colocou a testa contra a prateleira, os olhos fechados. — Os Sawyer vinham tentando fazer com que me mudasse pra cá fazia anos. Eu finalmente tive coragem de fugir da minha mãe. Foi o melhor pior dia da minha vida.

— Isso é terrível. Grace... Eu não... Eu não sei o que dizer. Não sei como ajudar você.

Grace ergueu os olhos para mim:

— Não estou quebrada, Henry. Não sou um pedaço de cerâmica do seu armário. Não preciso ser consertada.

— Eu sei disso. Não quis dizer isso. Mas... dá pra saber muito de uma pessoa pelo quarto dela, você se lembra? — Havia ido tão mais fundo do que ela estivera disposta a me revelar. Grace não o tinha perdido do ponto de vista físico, ela tinha perdido a promessa que ele era também. Não seria só seu cadáver que nos assombraria, mas o fantasma de uma vida que eles poderiam ter tido juntos. Ele sabia tudo dela, tudo de ruim, tudo de bom, e eu apenas tinha autorização para uma espiada ocasional. Toda a energia em potencial que Dom juntara havia sido espalhada de volta no universo quando ele morreu, e ela estava escarafunchando para continuar com tudo. — Então, como é o seu quarto?

— É *isso* que você quer saber? Eu não tenho um, tá bem? Meu "quarto" antes de me mudar para cá era um sofá no porão do marido da minha mãe.

— Às vezes sinto como se você não existisse.

— Sai daqui.

— Você esconde tudo de mim. Você não me conta nada.

— Sai daqui, sai daqui, sai daqui!

Então Martin Sawyer estava na porta. Ele olhou de Grace para mim e de volta de novo e disse:

— Henry.

E eu disse:

— Estou indo.

Rumei para fora da casa pisando forte, passando pelo corredor cheio de fotos dele que a cumprimentavam, sorrindo, todas as manhãs e todas as noites. Eu estava ferido e bravo e com um ciúme estúpido, o que era idiota, porque larvas estavam provavelmente comendo os glóbulos oculares dele naquele momento, ou talvez elas tivessem terminado com seus olhos e tivessem avançando para o cérebro, ou o coração, ou os testículos, e essa não era exatamente minha ideia de um bom sentimento. Ele não poderia mais amá-la e ainda assim conseguia tê-la, e tudo aquilo parecia tão desesperadamente injusto para todo mundo envolvido.

Eu estava sentado na sarjeta do lado de fora da casa dela quando meu telefone tocou. Murray. Sequei uma lágrima do olho e atendi:

— Sim, eu sei, estou a…

— Oi, Henry. É Maddy.

— Quem?

— Madison Carlson. Da escola.

— Ah… Por que você está me ligando do telefone de Murray?

— Acho que quebrei Murray.

— Não consigo lidar com isso neste momento. Tenho que ir para a festa da Lola.

— Não, falando sério, ele está deitado de cara na grama e não se move tem, tipo, uns vinte minutos, e Lola foi embora.

— O que você fez com ele?

— Bom, ele me perguntou se eu tinha ouvido mais alguma coisa de Seeta, então contei a ele do novo namorado dela, e então ele meio que afundou nos joelhos e se deitou e se negou a se levantar. Acho que ele pode estar morto. Não posso lidar com um corpo, Henry.

— Droga. Me mande o endereço de onde vocês estão. Vou aí buscá-lo.

— Estamos no campo de futebol. Todo mundo foi embora. Você precisa vir pra cá urgente.

Não cheguei lá com urgência. Desliguei e vaguei devagar da casa de Grace até a escola, esperando que Murray crescesse antes de eu chegar lá, para que eu pudesse ir logo para casa e morrer em paz. Caminhando, mandei uma mensagem para La e disse a ela que talvez não conseguisse ir porque Murray tinha se ferido no esquenta da festa.

Quando cheguei lá, quase não os enxerguei porque estava escuro e Madison estava deitada também, usando a lombar de Murray como travesseiro.

— Pensei que seria melhor ficar confortável enquanto esperava você — ela disse.

— Sugar Gandhi tem mesmo um novo namorado? — perguntei.

— Se você está se referindo a Seeta, a) sim e b) isso é incrivelmente racista.

— Quão mal ele está?

— Olhe isso — Madison se levantou e seguiu para chutar Murray nas pernas, ao que ele não reagiu.

— Meu Deus, garota, pare. Não chute cachorro morto. — Eu o cutuquei no pescoço para me certificar de que ele ainda estava quente, e ele estava. — Muz, parceiro? — Quando ele não respondeu, instruí Madison a pegar as pernas dele enquanto eu o pegava pelos ombros e o virava. Os olhos de Murray estavam abertos, encarando sem piscar o céu noturno. Apertei suas bochechas até ele ficar com boca de peixinho.

— Como você está, cara? — eu disse.

— Ah, oi, Henry. Não vi você aí — ele disse sem olhar para mim, as bochechas ainda juntas.

— Quem sabe você não quer se sentar?

— Ah, não, vou ficar deitado aqui até me decompor e pássaros carniceiros bicarem e separarem minhas entranhas.

— Não acho que o pessoal da manutenção vai deixar essa passar.

— Me arraste para baixo da arquibancada, então. Me enterre ao lado de Ricky Martin I. Lo.

— Ele está chapado? — Madison perguntou. — Você tomou alguma coisa, Murray?

— Não, nós enterramos um peixe debaixo das arquibancadas — expliquei. — É uma longa história.

— Assassinos de peixe racistas. Ótimo.

Então alguém gritou meu nome do outro lado do campo, e um pequeno corpo escuro correu até nós pela noite. Lola derrapou na grama ao lado de Muz e pegou a cabeça dele em suas mãos e a virou para diversos lados enquanto empurrava o cabelo dele para trás e o inspecionava em busca de ferimentos.

— O que aconteceu? Você teve uma concussão? Chamo uma ambulância? — ela disse freneticamente.

— Só se os médicos puderem consertar corações partidos — Murray disse.

Lola ergueu os olhos, para Madison e para mim, franzindo a testa.

— Seeta Ganguly — Madison explicou — tem um namorado.

— Ele nem é indiano! — Murray lamentou. — O nome dele é Taylor Messenger! Os pais dela não ligam pra quem ela namora!

— Sua mensagem — La disse, estreitando os olhos para mim — dizia que ele estava ferido.

— Eu disse que ele *poderia* estar ferido. Além disso — eu completei, gesticulando para a forma estirada de Murray —, coração partido é um tipo de ferimento.

— Que dupla fodida vocês dois — Lola deu um tabefe na nuca de Murray enquanto se levantava. — Eu já estou com a droga do saco cheio com toda essa *bobagem* hormonal adolescente. Você — Lola apontou o dedo na minha direção. — Você vai colocar suas merdas em ordem. Você vai entregar os trabalhos no prazo. Você vai *parar* de ficar obcecado por uma garota que nunca pediu que você a amasse.

Assenti com a cabeça sem falar.

— E você — Lola disse, virando-se para Murray com ainda mais ferocidade. — Faz meses. Francamente, acho seu comportamento lastimável. Deixe a garota em paz. Você é melhor que isso.

Murray começou a chorar, e vomitou no próprio colo em seguida.

— Podemos ir pra sua festa agora? — disse Madison.

— Não! Nada de festas pra nenhum de vocês! Levante do chão agora mesmo, Murray Finch, ou Deus me ajude… — Soluçando e coberto de vômito que tinha cheiro forte de tequila, Muz tateou até conseguir se levantar. La tirou o cabelo dos olhos dele, de uma maneira não grosseira. — Nós vamos comer Burger King, vamos todos ficar sóbrios, e então vamos pra casa de Henry fazer algo produtivo com a nossa vida.

Uma hora e duas refeições do Burger King depois, eu estava sentado de pernas cruzadas sob a cabeça de alce no meu porão, girando um anel de cebola frio em torno do meu dedo. Eu tinha um dicionário no colo, Lola estava usando um gerador de palavras aleatórias no iMac, e Murray estava revirando o *Urban Dictionary* no celular. Madison Carlson, que havia nos seguido em silêncio até a minha casa (bastante provavelmente por medo da ira de Lola se ela tentasse escapar) tinha pegado no sono na minha cama. Que não é um lugar em que eu imaginaria ver a deusa adolescente Madison Carlson. Tentei não notar a maneira como seu jeans preto se agarrava às curvas de seus quadris, ou o jeito como seu cabelo se espalhava por meus lençóis, ou em como ela tinha cheiro de baunilha e temperos leves, a própria antítese de tudo que Grace Town era.

— A pesquisa diz... *fantasiado* — disse Lola, que decidira que o melhor uso de nosso sábado à noite era tentar salvar o jornal, o que eu já sabia que nesse ponto estava além da salvação, porque era muito tarde para juntar qualquer coisa decente. — Isso poderia funcionar, na verdade. Vocês podem fazer artigos sobre as máscaras que usamos como estudantes de ensino médio e outros tipos de merdas profundas.

— Não, shiu, isso é muito melhor — Muz disse. — Você poderia fazer o tema ser "disforia de espécies". Uma sensação de que uma pessoa está no corpo da espécie errada. Nós poderíamos finalmente abordar meu desejo transespecista de me tornar um dragão. Pense nos artigos possíveis: "Seis graus de Smaug", "Puff, o dragão mágico, dá sua primeira entrevista depois da reabilitação", "Falkor, o dragão da sorte: como a história finalmente acabou".

— Não banalize transespecismo — Lola disse.

— Não duvide que eu faça parte do povo de dragão.

Então Murray começou a chorar de novo, assim paramos de tentar salvar o jornal que eu provavelmente destruíra sozinho com meus desbaratamentos e colocamos nossa energia em encher um colchão de ar até a metade, em que dormimos juntos, nós três enroscados um no outro.

— Desculpe por a gente ter arruinado seu aniversário, La — sussurrei para ela, mas ela pressionou os dedos nos meus lábios e balançou a cabeça.

E pensei que, apesar de a dor de querer uma garota que não existia ter se gravado em meus ossos e infeccionado o tecido macio de meus pulmões, as coisas poderiam definitivamente estar muito piores.

CAPÍTULO 22

As duas semanas seguintes foram fundidas juntas em um borrão de correr atrás das tarefas de aula, faltar às reuniões do jornal com Hink, mudança climática e ausência. A ausência de folhas laranja, para começo de conversa, conforme o outono ia de "tudo sabor *pumpkin spice*" para "toda minha linha do tempo do Facebook é um gigantesco meme do Ned Stark".

E em segundo lugar, a ausência de Grace Town.

— Onde anda aquela sua namorada esquisita? Não aparece aqui faz um tempinho — disse Sadie uma tarde enquanto Murray, Lola, Madison Carlson (um incremento novo e estranho) e eu entrávamos pela porta da frente. La, com rapidez, fez aquele movimento com a mão pelo pescoço que quer dizer "abortar missão", mas foi tarde demais. — Ah, merda. — Sadie mordeu o lábio. — Sinto muito, garoto. Você e Grace terminaram?

— Nós não usamos mais a palavra com *G* — disse Murray. — Por favor, se refira a ela de agora em diante como Aquela-Que-Não-Deve-Ser-Nomeada.

— Grace teria que ter sido minha namorada pra gente terminar — eu disse a Sadie enquanto tirava o cachecol do pescoço e o pendurava.

— Cara, é *Aquela-Que-Não-Deve-Ser-Nomeada* — Murray disse. — Caramba. Vê se acerta.

— O que houve?

O problema era que eu não tinha muita certeza do que acontecera. Eu sabia que havia estragado tudo em grandes proporções entrando na casa de Dom, mas eu não tinha esperado que Grace evaporasse. Eu queria me desculpar, puxá-la para um canto e dizer todas as coisas que eu não conseguira dizer em voz alta, mas Grace havia parado de aparecer do lado de fora do meu armário depois da escola. Grace havia parado de aparecer, ponto final.

Nas poucas vezes que ela se deu ao trabalho de aparecer para a aula, nossos professores também pareceram determinados a nos manter longe.

— Ei — sussurrei para ela na segunda semana, quando ela finalmente voltou à aula de teatro e retomou sua posição no fundo da sala. — Senti sua falta.

— Henry, preste atenção, por favor — a sra. Beady disse. — Você não pode se dar ao luxo de perder lições sobre a teoria dramática de Bertolt Brecht. — Beady apontou para onde o resto da sala de aula estava sentado, ao pé do palco. — Bem aqui.

— Posso falar com você depois da aula? — sussurrei enquanto levantava. Grace Town olhou para mim, mas não disse nada, e depois da aula ela já tinha partido.

Passei de carro pela casa dela algumas vezes quando mamãe me deixava pegar o carro emprestado, mas seu Hyundai nunca estava na garagem. Andei de bicicleta perto do cemitério durante as tardes, na esperança de vê-la colocando flores no túmulo de Dom, mas, apesar de as flores frescas aparecerem quase todos os dias, eu nunca a via lá. Havia evidência dela em todos os lados. Às vezes eu vislumbrava a parte de trás de sua cabeça no refeitório, ou descobria que alguém tinha alimentado Ricky Martin I. Lo II quando eu esquecia, ou *Visualizado às 17h50*, *Visualizado às 11h34*, *Visualizado às 20h05* apareciam sob as mensagens que eu enviara perguntando onde ela estava, mas ela nunca estava lá. Não de verdade. Nunca.

Grace Town se tornara o fantasma que ela queria ser, e a ausência dela — a ferida de ranhura que ela deixou para trás quando se arrancou da minha vida — me fez recuperar o fôlego.

— Ela era real? — perguntei a Lola uma tarde. Estávamos sentados do lado de fora do campo de futebol com um cantil de chocolate
quente, vendo nuvens finas deslizarem sobre nós. — Ou eu a inventei?

— Meu Deus, você é tão melodramático — ela disse, respingando
chocolate quente em mim. Era o cheiro, mais do que qualquer coisa,
que matava minha alma de pouco em pouco. O cheiro dela nos meus
lençóis, nas minhas roupas, pairando forte no escritório do jornal. Cada
vez que eu podia sentir seu cheiro por perto sem a ver, algo dentro de
mim se amarrotava em uma descompressão explosiva. Havia uma tentação momentânea, menor que o espaço de uma batida cardíaca, em
que eu considerara nunca mais lavar nada que eu tivesse, apenas para
saborear o que eu tinha de vestígio dela. Mas então, não. Deus, não. O
quarto de Dom, a tumba de Dom — eu não poderia. Então arranquei
minha roupa de cama. Lavei todas as roupas. Evitei o escritório (e o sr.
Hink) a todo custo.

O ônibus era quase tão ruim quanto. Eu o tinha pegado umas poucas vezes nos últimos meses, e não esperava precisar pegá-lo naquela
primeira tarde em que Grace não se materializou do lado do meu armário. Era barulhento e lotado e tinha cheiro de um tempo antes dela;
tinha cheiro de sua ausência. Não havia mais lugar para mim, então
precisei me sentar com uma aluna do primeiro ano na frente, que me
fuzilou com os olhos durante quase toda a viagem.

Dei de ombros para Sadie:

— Eu provavelmente caguei tudo.

— Olha os modos, Henry — disse meu pai da cozinha. Ele estava
fazendo tacos com Ryan, que estava sentado em seus ombros e puxando seu cabelo para dirigi-lo como o rato em *Ratatouille*.

— Não tem conserto? — perguntou Sadie.

—Acho que não. Acho que ela foi embora.

Nós quatro fomos ao porão. Desde a noite em que Madison Carlson dormira na minha casa, Murray tinha começado a passar as roupas
com ferro e a tentar escovar o cabelo selvagem, o que fazia com que

ele parecesse estar se preparando para tirar a foto do anuário em algum momento dos anos 1980. Ele estava correndo contra (e perdendo para) Madison em *Mario Kart* quando todos os nossos telefones soaram ao mesmo tempo. Lola checou o dela primeiro. O rosto dela despencou, e seus olhos dispararam para encontrar os meus.

Essa notificação era de Grace Town, convidando para sua festa de aniversário na Feira de Ação de Graças no sábado. Umas cem pessoas tinham sido convidadas, a maioria delas de East River. La pulou da cadeira, mas apertei em "Participar" antes que ela pudesse arrancar o celular das minhas mãos.

Lola suspirou e balançou a cabeça:

— Tem uma tempestade se aproximando — ela disse, apesar de o meu aplicativo do clima prever pouco mais do que chuva leve.

CAPÍTULO 23

O final de novembro trouxe consigo um influxo de parentes excêntricos que vieram de todos os cantos distantes do país para a) frequentar a feira anual de produtos de Ação de Graças do fim de semana, b) comer toda nossa comida, e c) transformar minha vida num inferno.

Em geral os parasitas tinham passe livre da casa no Dia de Ação de Graças, o que queria dizer que eles normalmente montavam acampamento no porão e me mandavam dormir no andar de cima, mas vendo que era o último ano de escola e que eu tinha tanta coisa para estudar, os parasitas foram (muito a contragosto) relegados a dormir no quarto antigo de Sadie e em um colchão de ar na sala.

Os visitantes incluíam:

- minha avó paterna, Erica Page, uma mulher assustadora que supostamente fora uma espiã durante a Guerra Fria e tinha um passado escuso sobre o qual ela se recusava a falar;
- o namorado de vovó, Harold, um arquiteto e paisagista tranquilo e agradável, que seguia Erica por aí e dizia pouco mais do que "sim, querida" pela última década;
- o irmão de papai, Michael;
- o "colega de casa" do tio Michael, Albert;

- a irmã de mamãe, Juliette, e três de seus cinco filhos, todos os quais foram batizados em homenagem a animais ficcionais. Pongo, Duquesa e Otis eram supostamente novos demais para ficar em casa sozinhos (apesar de Pongo ter quase a minha idade). Bagheera e Aslan tinham escolhido de propósito faculdades do outro lado do país, para fazer a logística de viagem fácil impossível. Tia Jules ainda não conseguia entender por que nunca voltavam para casa, para as festas, mesmo depois de terem mudado seus nomes legais para Bradley e Asher;
- a tia e o tio de Lola, Wing e Richard, que inexplicavelmente estavam em nossa casa este ano, em vez de ficar na casa de Lola. Mais seus dois filhos, Sarah e Brodie.

O jantar do Dia de Ação de Graças prosseguiu como a maioria dos jantares prosseguem na residência Page (ou em qualquer residência, aliás). Albert caiu em lágrimas depois de tio Michael apresentá-lo aos parentes de Lola como seu "companheiro de casa de muitos anos". Tia Juliette cozinhou demais o peru e também decidiu que o meio da refeição principal era o momento ideal para perguntar a Pongo se ele já tinha fumado maconha. E vovó Page, ao dar uma demonstração do que ela tinha aprendido em sua ACM local, conseguiu deixar Brodie momentaneamente inconsciente com um bastão de Wiffle Ball.

Mas a polícia não foi chamada, e tio Nick, o ex de Juliette, não apareceu em nossa casa e quebrou sua ordem de restrição este ano, então foi basicamente um sucesso retumbante.

A Black Friday trouxe consigo outra tradição familiar dos Page: ir para lojas às cinco da manhã em uma tentativa de satisfazer nossos desejos capitalistas mais profundos em um único dia. Infelizmente, essa também era a tradição de quase todas as outras famílias na cidade. Nós todos fomos quase atropelados por uma pequena manada, havia acontecido uma altercação que envolveu spray de pimenta que deixou nossos olhos queimando, Brodie tinha sumido por diversas horas, e houve notícias de que alguém fora esfaqueado em uma loja de departamentos, mas eu comprei uma câmera GoPro e um Yoda animatrônico com oitenta e cinco por cento de desconto, então, eba, consumismo, acho.

Na sexta-feira à noite, eu tinha me entrincheirado no porão para escapar da carnificina de perguntas no andar de cima, vindas da minha tia e da minha avó sobre por que eu parecia tão tristonho.

— Eu vejo esse jeans justo e o cabelo comprido — entreouvi vovó dizer aos meus pais. — Ele foi doutrinado para dentro de um círculo emo, esse é o problema. Li tudo a respeito nos computadores da ACM.

— Ah, não — disse mamãe. — Ele na verdade está praticando satanismo. — Isso calou minha avó bastante rápido.

Então chegou sábado. Frio. Escuro. Miserável. Apropriado para o aniversário de Grace. Hora da tempestade iminente: a Feira de Ação de Graças.

Apesar de a feira de produtos ter sido originalmente planejada para exibir gado e produtos de outono, ela se tornou — desde sua criação, cerca de setenta anos antes — o evento social favorito dos adolescentes de toda a cidade. Alguma coisa no ar frio e fresco, nas luzes piscantes festivas, e o cheiro de comida frita propiciavam a atmosfera perfeita para o abandono adolescente irresponsável.

Passei a maior parte do dia me preparando. Normalmente eu não dava a mínima para minha aparência, mas na noite de hoje... Na noite de hoje parecia importante estar o mais atraente possível. Cortei meu cabelo curto. Comprei uma jaqueta nova — acinzentada —, um novo jeans skinny preto e um novo cachecol preto. Não usei as roupas antigas do meu pai, mas o casaco de lã caro que meus pais tinham me dado como presente adiantado de Natal. Engraxei meus sapatos. Penteei e alisei meu novo cabelo. Pincei um fio teimoso da minha sobrancelha. À noite, eu parecia um Henry diferente. Um Henry mais velho, de uma época muito passada.

Embrulhei o presente que comprara para Grace enquanto esperava por Lola e os outros. No final das contas, eu tinha me conformado com um livro de presente, um livro infantil chamado *You Are Stardust*, você é poeira de estrelas, de Elin Kelsey. Não era exatamente metafórico;

o papel não representava a fragilidade da vida ou do nosso relacionamento, nem nada assim. Era só algo que eu achei que ela fosse gostar.

Eu o embrulhei em papel pardo, uma tradição iniciada com Murray muitos anos atrás, depois de ele assistir *A noviça rebelde* pela primeira vez. Nós nunca nos dávamos cartões. Em vez disso, desenhávamos no papel de embrulho, às vezes citações profundas e significativas, às vezes rabiscos aleatórios, às vezes Abe Lincoln montado em um velociraptor indo para a batalha. Variava. (Por exemplo, neste ano, o de Lola tinha sido símbolos de *Magic: the gathering*. Ela não ficou impressionada.)

Pensei primeiro em poesia, alguma citação romântica ou comovente, mas não se encaixava. Então rascunhei Walter White em lápis preto, a mesma imagem que os irmãos Salamanca usaram em *Breaking Bad*, e escrevi *Happy Heisenbirthday, bitch* embaixo.

— *Caramba* — disse uma voz das escadas. Era Lola em seus trajes da marca ASOS de sempre, parecendo que tinha viajado no tempo para cá vinda dos anos 1990. — Henry, você está *gato*. Tipo, *super*gato. Eu normalmente não acho a espécie masculina atraente, mas *caramba*.

— Seu tom de surpresa absoluta não é bom pra minha autoconfiança.

— Dê uma volta pra mim, gracinha.

— Como você ousa me tratar como um objeto — eu disse, mas me levantei e virei para ela, e ela assobiou.

— Você está um jovem pegador elegante.

Então Georgia e Muz chegaram e trouxeram Pongo para o andar de baixo, e começamos a jogar Eu Nunca com doses de vodca, mas ainda no pôr do sol meus nervos estavam acabando comigo, então surrupiei uma garrafa de vinho do armário de bebidas dos meus pais e a levei para o porão e tomei um copo. Quando aquilo não acalmou meus nervos de maneira alguma, tomei outro copo, e um terceiro, até que já era hora de ir e quase toda a garrafa tinha acabado. Na hora em que chegamos lá e a luz do pôr do sol fria e rosada estava se espalhando sobre a extensão da feira, nós todos estávamos balançando, embriagados não só de bebida, mas da promessa mágica da noite à frente.

La engatou seu braço no meu enquanto entrávamos.

— Você está pronto pra isso? — ela perguntou.

— Não.

— Como você acha que ela vai estar?

— Nunca consigo prever o que ela vai fazer. Todos os amigos de East River estarão lá, então imagino que vou apenas dizer oi e feliz aniversário e vai ser só isso. Isso é tudo que quero fazer, na realidade. Vamos só nos divertir, La. Eu e você contra o mundo. Dane-se o resto.

— Parece um plano bastante encantador, meu querido.

Eu não sabia onde Grace estaria, apenas que ela estaria ali em algum lugar, cercada de pessoas que eu não reconheceria. Nós cinco atravessamos a multidão rumo à roda-gigante, seus cestos multi-coloridos brilhando como doces duros sob a luz do final da tarde. Os alto-falantes de um carrossel crepitavam "Moonlight Serenade", de Glenn Miller, enquanto um casal de velhos dançava na fila para batatas fritas de um carrinho de comida. E enquanto a música tocava, eu a vi pela multidão. As pessoas se dividiam entre nós, como se pudessem sentir que eu a encarava. Grace Town não era Grace Town.

Ela estava vestida em um casaco vermelho com batom vermelho nos lábios. Seu cabelo loiro mel estava lavado e encaracolado e caía em torno do rosto em curvas suaves. Sua pele estava corada, como se ela tivesse estado no sol o fim de semana inteiro. Inclusive blush em suas bochechas, como se ela tivesse feito um esforço real com sua aparência. Eu conseguia ver o que Lola queria dizer quando falava que Grace parecia com Edie Sedgwick. Elas duas tinham aquele olhar meio *femme fatale*, meio de quem poderia ter acabado de ter uma overdose de heroína, mas foi trazida de volta à vida por uma injeção de adrenalina. Ela estava iluminada, radiante, as estrelas que morreram para lhe dar todos os átomos que a compunham brilhando do seu além-vida. Eu nunca tinha visto nada tão dolorosa e desoladoramente lindo.

Grace estava cercada, como eu sabia que estaria. Eu tinha tido vislumbres da garota que ela fora antes — o tipo de garota que poderia preencher uma feira com amigos —, mas aqui havia prova, em carne e osso. Grace me viu encarando, então sorriu e acenou me chamando.

— Henry — sussurrou Lola, apertando meu braço. — Não.

— Olhe pra ela, Lola.

— Eu *estou* olhando. Tudo que vejo é isca. — Eu não disse nada, mas porque La era minha melhor amiga, e porque nós nos conhecíamos por toda a vida, ela suspirou e me deixou ir. — Tome cuidado.

Grace e eu caminhamos um na direção do outro pela multidão, nossos passos mais lentos que as pessoas se amontoando em torno de nós. O tempo parecia desacelerar também, como se estivesse coberto em mel grosso, doce e dourado.

— Olhe pra você — eu disse a ela, e ela sorriu com cansaço, do jeito que sorria.

— Faz bastante tempo — ela disse, amaciando o tecido vermelho de lã de seu casaco. Eu conseguia notar por sua leveza, pelo jeito que sua voz soava tão doce e despreocupada, que ela, também, já estava bêbada. — Eu mal me sinto como eu mesma nessas roupas.

Passei os dedos por sua bochecha fria, e Grace sorriu e beijou a palma da minha mão.

— Você está linda — eu disse. — Senti sua falta.

— Podemos resolver isso.

Então ela pegou minha mão e me levou para longe dos meus amigos e dos dela. Eu tinha esperado passar a noite à distância dela, roubando olhares pela feira, talvez tendo uma conversa breve. Agora minha mão estava na dela, nossos dedos entrelaçados, como tinham estado naquela noite em que caminhamos do cinema para casa. A noite em que eu tivera certeza de que ficaríamos juntos.

Foi como a montagem de um filme, tudo visto através de um filtro. Nós vagamos pela feira por horas, eu com meu braço em torno de sua cintura, e ela nem parecia se preocupar que as pessoas nos vissem. Naquela noite, Grace não era Grace; ela era efervescente, despreocupada, uma personagem saída de livro. Nós competimos um contra o outro nos carrinhos de bate-bate. Demos algodão-doce um para o outro. No topo da roda-gigante, tomamos goles de vodca pura direto da garrafa. A cidade, estendida no horizonte, parecia pequena de lá de cima, uma série de construções de brinquedo em uma foto estilo *tilt and shift*. Eu até ganhei para ela um prêmio nas bocas de palhaço. E engoli aquilo tudo, cada momento disso, pensando que era assim que as coisas seriam de agora em diante.

Grace pegou minha mão de novo — Deus, por que era tão fácil para ela me tocar quando ela bebia? — e me levou para longe da multidão, em direção ao campo vazio próximo à roda-gigante, onde era mais quieto e havia menos pessoas.

— Mudei de ideia — ela disse quando paramos.

Meu peito e rosto começaram a queimar de imediato. Minhas orelhas pareciam estar numa grelha. Por semanas, eu trabalhara rumo a este momento, com a certeza de que nunca chegaria, e agora ele estava aqui e, em vez de me sentir exultante, eu me sentia prestes a vomitar. Eu queria tanto continuar convicto, fazê-la se sentir mal por todas as semanas de inferno pelas quais ela me fizera passar quando escolheu o namorado morto em vez de mim.

Você escolheu outra pessoa, eu disse na minha cabeça, pela centésima vez. *Como é que eu deveria superar isso?*

Mas porque ela era linda e eu a queria tanto, e aqui estava ela, enfim dizendo a coisa que eu desesperadamente queria que ela dissesse, eu apenas respondi:

— Grace, eu não sei mesmo… — Minha voz começou a sumir e ela começou a falar por cima de mim e com cada palavra linda que saía de sua boca como veneno, eu ficava mais e mais doente, como Murray dizia que eu ficaria, e a queria mais e mais.

— Eu nunca conheci ninguém como você. Preciso que saiba disso — ela disse. — Eu amei Dom, amei mesmo, mas há algo entre nós que nunca houve com ele.

— Grace.

— Falo sério, Henry. O jeito como nos damos bem, a química que temos. Dom e eu nunca fomos assim. Você é tão especial. A maneira como somos juntos… Depois dele, eu nunca pensei que daria a mínima pra alguém de novo. Eu não *queria* dar a mínima pra alguém de novo. Mas lá estava você. E eu tive medo, porque foi tão logo depois, mas nós funcionamos, Henry. Deus, eu quero tanto você, o tempo todo.

— Não quero ouvir essas coisas quando você bebeu. Quero que diga isso para mim quando estiver sóbria.

— Eu posso nos ver juntos. Juntos de verdade. Quero fazer isso.

— Quero que diga essas coisas pra mim amanhã quando acordar. Quero que tenha certeza.

— E o jeito como você lidou ao ver o quarto dele. Pensei que seria uma merda, mas a maneira como você se comportou me fez querer você mais.

— Amanhã você sequer vai se lembrar que disse isso?

— Preciso saber se você vai embora fazer faculdade.

— Não sei. É provável.

— Porque, se vamos fazer isso, preciso que você fique. Não estou pronta pra ir embora. Então preciso saber se você vai ou não.

— Grace... Não sei ainda. Não me decidi.

— Sei que estou sendo ousada demais e sinto muito.

— Tudo bem. Quer dizer, eu fui bastante ousado desde o começo.

— Mas é assim que *deveria* ser com sentimentos. As pessoas deveriam ser ousadas. Tenho inveja que você consiga dizer exatamente como se sente em relação a mim.

— Nunca consigo. Só às vezes. Só com você.

— Você ainda me quer?

— Nada mudou pra mim — eu disse, o final da minha resolução se esfarelando. Porque eu não poderia culpá-la por ainda amá-lo. Porque ela ainda estava trêmula, ainda indecisa, e eu não.

Eu não.

Eu nunca estaria.

E eu não estava em nenhum tipo de posição de me fazer de difícil. Eu tinha medo de que, se me fizesse, Grace se afastaria. Eu me apoiei contra a parede, os dedos da mão esquerda no meu cabelo, meus olhos queimando mas secos. Eu não conseguia olhar para ela.

— Me diga como você se sente em relação a mim — Grace pediu, com a cabeça no meu ombro, seu peito pressionado contra o meu.

— Grace.

— Quero ouvir de novo.

— Isso não é justo.

— Eu sei. Mas sinto falta de ouvir, então quero que diga de qualquer forma.

— Eu nunca me senti em relação a ninguém do jeito que me sinto em relação a você.

— Mais.

Então Lola estava lá. La. Um demônio e um anjo misturados em um ser.

— Aí estão vocês dois! — ela disse, puxando Grace de mim, desligando a fonte do veneno. — Grace, querida, uma garota gata *demais* chamada Piper está procurando por você.

Grace olhou para mim.

— Venha me encontrar — ela disse, inclinando-se para beijar minha bochecha. E então ela foi embora, e eu estava afundando no chão, a cabeça nas mãos, Lola ao meu lado.

— Acho que vou ter um surto psicótico.

— Aquela *maldita* garota. Mulheres, eu juro. A gente deveria ir, agora.

Mas claro que a gente não foi. Grace era minha droga, e na noite de hoje, o traficante estava dando doses de graça. Eu ficaria até ter uma overdose.

Então La e eu voltamos para a feira. Fizemos o primo de Grace comprar bebidas para nós. E mais tarde da noite ela me encontrou de novo, e de novo ela estava na sua versão bêbada costumeira: sedutora, falante, risonha. Ela pairava em torno de mim. Passava os dedos pelo meu cabelo. E eu deixava. Como um idiota completo, eu fiquei lá e deixei que ela fizesse isso em mim e deixei as pessoas nos verem juntos, todos os amigos dela, e senti meu peito apertar, mas ela tinha dito coisas tão gentis. Coisas tão bonitas. Pensei que talvez nós ficássemos juntos no final das contas. Porque as pessoas simplesmente não fazem isso com as outras. As pessoas não procuravam os outros e então professavam seus sentimentos para eles se elas não sentissem isso, não é?

— Você precisa enlouquecer, Henry — Grace disse de súbito. Ela estava sentada no meu colo, seus lábios na minha têmpora. — Você só precisa ir e comer várias garotas. Pra eu poder odiar você. Seria muito mais fácil odiar você.

— *Do que* você está falando?

— Isso é tão *fodido*. Essa coisa toda é tão *fodida*. — As palavras dela estavam arrastadas, sua postura, afundada. Grace estava bêbada. Tipo bêbada, de verdade, legitimamente. Eu a tinha visto tonta antes, mas nunca acabada. — Preciso ir ao banheiro.

— Certo — eu disse enquanto ela saía de cima de mim e tropeçava rumo ao banheiro, onde eu imaginei que ela iria vomitar e sentar e chorar por um tempo. E talvez eu devesse ter me levantado e a seguido, mas não fiz isso. Fiquei sentado na mesa sozinho por vinte minutos, comendo um enrolado de salsicha, então fui procurar uma de suas amigas, Piper ou qualquer que fosse o nome dela, para ir atrás dela e ver se ela ainda estava viva (ela estava).

Piper saiu dez minutos depois e me encontrou no meio das pessoas, pescando peixes amarelos com Lola em um jogo de lago com patos.

— Você pode levar ela pra casa? — perguntou Piper. — Ela disse que só vai sair se você a levar pra casa.

— Olha… Não sei se essa é uma ideia muito boa.

— Ela diz que ainda se importa com você, Henry.

Sei que ela ainda se importa comigo, quis dizer. *Tive que ouvir tudo a respeito nas últimas duas horas.*

— Sim, certo, tanto faz. Traga ela. Vou fazer com que ela chegue em casa segura.

La e eu ficamos parados juntos, próximos à saída da feira, esperando que Piper tirasse Grace do banheiro. Ela saiu aos tropeços dez minutos depois, o rímel borrado, os lábios e os olhos inchados de choro. Cruzei os braços e observei enquanto Piper a sentava na grama e ia até um vendedor de algodão-doce pegar água. Não era justo que algumas pessoas ainda conseguissem ser lindas mesmo quando eram um caos bêbado.

— Henry Page — Grace disse para mim de modo neutro quando Piper enfim conseguiu levantá-la e fazê-la andar. — Me leve pra casa.

— Vamos lá, vamos dar o fora daqui — disse Lola, passando o braço de Grace em torno de seu pescoço.

Eu não queria levá-la para casa. Eu não queria levá-la para minha casa e tirar suas roupas e ficar deitado com ela nua na minha cama. Não parecia justo. Que ela pudesse escolher me ter a hora que quisesse.

Começou a garoar na rua, o que pareceu reavivar Grace de alguma forma. Ela se soltou de Lola e começou a girar em círculos instáveis, gotículas de água grudando no cabelo e no casaco. Sua bengala estava longe, abandonada em algum ponto durante a noite, mas ela parecia mais ágil sem ela. Como se não precisasse dela de verdade, só a mantivesse por segurança, da mesma maneira como mantinha as roupas dele.

— Eu costumava dançar balé — ela disse, estendendo as mãos por cima da cabeça conforme se movia. — Eu costumava dançar. Não sei se contei isso a você. Só mais uma coisa que não consigo mais fazer.

Lola segurou minha mão, sua cabeça em meu ombro, enquanto assistíamos Grace dançar na chuva, porque você não podia não assistir. Você não podia não ser arrebatado por aquilo. Ela algo próximo à reverência.

Depois de um minuto, Grace fez uma mesura, sorrindo. Lola aplaudiu.

— Oh, nossa, Henrik não parece nada feliz comigo — Grace disse para Lola, sorrindo largamente. — Fui muito má com ele. Eu provavelmente mereço.

— Acho que você deveria ter isso de volta — eu disse, pegando "A dança" de seu lar, na minha carteira, onde tinha apodrecido por meses, um poema que fora uma profecia desde o começo.

Grace o tomou de mim e riu, e passou os braços em torno do meu pescoço:

— Não quero de volta, meu querido Henry. Dei isso a você.

— Você nunca vai ser minha namorada, vai? — eu disse com dureza. Lola estava em pé ali do nosso lado, mas eu estava mais bêbado do que percebia, então não me importava. Eu não me importava se ela ouvisse.

— Meu Deus — Grace disse, afastando-se para longe de mim.
— Você em algum momento pensa em outra coisa? O que você quer
de mim?

— Quero que você esteja comigo. — Argh, tão carente.

— Eu *estou* com você. Literalmente. Agora. Estamos juntos.

— Você entendeu o que eu quis dizer.

— Por que você teve que escrever aquela carta idiota? Por que a
gente não podia continuar fazendo o que estava fazendo? Odeio ficar
toda clichê de Hollywood com você, mas *por que* a gente precisa colocar um rótulo nisso?

— Ai, meu Deus. Você percebe quão idiota está soando?

La, nesse momento, estava fazendo uma excelente demonstração
de parecer que algo no seu celular era intensamente interessante.

— Eu? E você? O que você *quer*? Você quer oficializar no Facebook pra todos os seus amigos e sua família curtirem? — Ela rasgou
o poema na metade e na metade e na metade de novo e deixou todos
os pedaços caírem na calçada encharcada. — Você não pode proje-
tar suas fantasias nas pessoas e esperar que elas cumpram o papel,
Henry. As pessoas não são recipientes vazios para você encher com
seus devaneios.

— Venha pro Burger King conosco — Lola disse, deslizando entre
nós, colocando as mãos na cintura de Grace. — Pegar algo pra comer.
Venha pra casa de Henry ou pra minha e durma pra baixar isso.

— Se eu for pro Burger King, vou vomitar em todo mundo lá —
Grace disse enquanto se apoiava no ombro de Lola para se equilibrar.
Ela olhou de volta para mim, piscando conforme tentava focar a visão,
seus cabelos pálidos caindo sobre seu rosto. — Queria ver como você
reagiria. Se eu me forçasse a ser ela por uma noite. Grace Kintsukuroi, toda costurada com ouro fundido. Você nunca tinha me olhado
daquele jeito antes, quando me viu pela multidão. Acho que você tem
sentimentos por alguém que não existe.

Então Grace soltou o ombro de Lola e vomitou na calçada e meio
que se desintegrou em um monte no chão. Nós demoramos cinco minutos para deixá-la em pé de novo, e outros cinco para convencer o

motorista do Uber que pedimos que ele não precisaria chamar um padre experiente e um padre jovem se a levasse para casa.

— Obrigada por cuidar de mim e tudo o mais — ela disse enquanto escorregava no banco de trás.

— Não tem problema — eu disse. — Só... chegue em casa bem.

Então ela disse:

— Eu amo você, Dom — logo quando eu estava fechando a porta do carro. E no momento em que ela bateu, senti meu coração rasgar um pouco mais. O último fio que estivera me mantendo inteiro rompeu. Eu não conseguia respirar enquanto observava aquele Uber entrar no trânsito e a levar para longe. Eu não queria respirar mais. Eu queria me deitar na calçada e ser engolido pelo concreto.

— Ela disse o que eu acho que disse? — perguntou Lola, que juntava os pedaços rasgados de Neruda do chão e os colocava na bolsa. Eu realmente tinha esperado que ela não ouvisse.

— Sim — respondi, encarando o carro com as mãos nos bolsos, ainda sem saber com certeza como eu ainda estava vivo.

— Olha, não deixe isso acabar com você. Se apaixonar por ela sempre ia ser uma coisa bem difícil. Grace ama você, certo? Do jeito dela. Se tivesse sido você primeiro, se tivesse sido você antes dele, ela perceberia que o que sente é um tipo de amor. É só que o que eles tiveram...

— Era maior? Era melhor?

— As pessoas são perfeitas quando tudo que sobra delas é memória. Você nunca vai ser bom o suficiente em comparação a um cara morto.

— Obrigado pela honestidade. — Balancei a cabeça. — Quando ela está sóbria, ela é tão agridoce. É só quando está bêbada que me faz pensar que ela me quer de verdade.

— Mas é aí que as pessoas são mais verdadeiras, não é? Quando toda a inibição meio que derrete e as pessoas dizem o que elas realmente sentem.

— Tipo que elas amam seus ex-namorados mortos?

— Vamos lá. Você entendeu.

— Sim. Quer dizer, você não pode sair por aí beijando as pessoas e tirando a virgindade delas se você não está apaixonado, certo?

— Exato. Seria inescrupuloso. — Lola passou o braço em torno dos meus ombros e beijou minha bochecha. — Eu amei você quando beijei você, sabia? Ainda amo. Muito mesmo.

— Valeu, La. Amo você também.

— Excelente. Agora vamos providenciar um Burger King. Estou *faminta* pra caralho.

Quando chegamos em casa, não entrei. Fui para o quintal, para a oficina em que papai fazia todo seu trabalho de carpintaria. Encontrei gasolina. Montei a fogueira externa que meus pais usavam quando recebiam pessoas nos meses mais frios. Acendi um fogo. Uma a uma, arranquei as páginas de *You Are Stardust* e as joguei nas chamas.

Não vi isso como destruição do livro. Vi como libertação dos átomos.

Lola e Georgia vieram na hora do almoço no domingo (sem convite, naturalmente, cada uma carregando punhados de comida que tinham roubado da cozinha no andar de cima).

— Estou pensando em uma palavra de cinco letras que começa com *V* e termina com *A* e tem um *I* — La anunciou, derramando seus contrabandos pela minha cama.

— *Vazia?* — perguntei.

— *Vadia*, seu viciado maldito. *Vadia*.

— Meu coração dói, La.

— Bom. Você *merece* estar sofrendo — ela disse enquanto rastejava sob os cobertores da minha cama e prendia suas pernas nas minhas.

— Lola, não podemos ostentar nosso relacionamento amoroso secreto na frente de sua namorada! — eu disse com dramaticidade, tomando o rosto dela em minhas mãos.

— Pode ficar com ela — disse Georgia enquanto ligava a televisão e o PlayStation e se acomodava com conforto no sofá. — Ela está de ressaca e choramingona e sendo um total pé no saco. Você ouviu sobre o admirador dela da noite passada? Samuel? Parece que ele pediu o número dela pro Murray.

— *Pfft.* Como se isso fosse novidade — disse Lola. — Homens caem aos meus pés o tempo *todo.* — Ela desembrulhou um bastão de caramelo, estendeu-o para mim, então desembrulhou outro e começou a chupá-lo. — Notícias d'Aquela-Que-Não-Deve-Ser-Nomeada?

— Sim. Mandei uma mensagem pra ela de manhã.

— *Henry.*

— Eu sei, eu sei.

— E?

— E foi como sempre. Ela disse que estava bêbada e idiota e que sentia muito, e que nesse momento eu já deveria ser mais esperto e não acreditar nela.

— Merda. Você não ficou bravo com ela por dar uma toda de sr. Darcy e jurar amor eterno de súbito? E *então* dar uma de *O exorcista* e vomitar nos seus sapatos?

— Não.

Lola se aninhou mais perto e fez carinho na minha cabeça:

— Você vai ficar bem.

— Eu sei.

La e eu pegamos no sono sob o som de Georgia amassando crânios em *BioShock Infinite.*

CAPÍTULO 24

Na primeira sexta-feira de dezembro, fui arrastado da aula de matemática do sr. Hotchkiss sem nenhuma cerimônia pelo sr. Hink (que, tenho certeza, apreciou muito a oportunidade de interromper cálculo). Caminhamos em silêncio ao escritório da diretora Valentine, onde Lola já estava sentada em frente à sua mesa. Espalhadas em frente a ela estavam trinta páginas em tamanho de tabloide, a metade delas em branco.

— Poderia explicar isso, Page? — disse Valentine.

Eu vinha esperando por essa reunião havia algum tempo. Eu apenas não tinha conseguido reunir a energia para me preocupar. Grace não fora à escola a semana inteira depois do Dia de Ação de Graças e, apesar da insistência de Lola de que eu precisava organizar minhas merdas ou ela iria direto para Valentine, eu não tinha feito nada, porque eu não conseguia nem me forçar a entrar no escritório do jornal.

— Parece ser uma impressão malfeita do jornal.

— Pedi uma impressão a Lola, na manhã de hoje, de tudo que terminaram até agora — disse Hink. — Foi isso que ela me entregou.

Desbaratamento, Lola disse apenas com os lábios.

Traidora, respondi também sem falar.

— Olhem, nós temos *mesmo* mais do que isso. Temos esse artigo gigantesco sobre *Magic: the gathering*, e temos alguns outros textos quase prontos. Podemos enviar isso pra Lola nos próximos dias.

— É muito tarde pra isso — disse La. — É isso que venho tentando te dizer. Não posso fazer trabalho de design de três meses em alguns dias.

— Vocês entram em gráfica na segunda-feira, sr. Page. Se fosse exclusivamente minha decisão, eu demitiria você de sua posição neste exato momento, mas o sr. Hink ainda tem fé que você consegue surgir com alguma coisa. A gráfica já foi paga, e deixe-me dizer a você que nunca, nesses trinta e cinco anos, o *Westland Post* não foi para a gráfica. Você não vai ser a exceção. Estamos entendidos?

— Sim.

— Você está liberado das aulas pelo resto do dia. Vá ver seus redatores, vá para seu escritório e vá. *Terminar*. O. Jornal.

— Sim — repeti.

Lola marchou ao meu lado para o escritório, e chamou as salas de aulas de todos os redatores juniores, e, durante a tarde, Hink e a diretora Valentine vieram supervisionar e escolheram o tema "momento de vida" para que nós nos concentrássemos. Apesar de ser a pior edição já produzida na totalidade já bastante inexpressiva do *Westland Post*, eu pensei que talvez, só talvez, eu conseguiria organizar minha merda por tempo o suficiente para mandar o maldito jornal para a gráfica. Isso foi até eu conferir meu celular e descobrir duas coisas:

1.   Uma mensagem da minha mãe que dizia:

PROGENITORA

> Estamos na casa de Grace. Venha direto pra cá quando ler isso. Ligue se precisar de carona.

O que fazia exatamente zero sentido.

E:

2. Uma mensagem de voz de um número desconhecido. Eu a conferi rápido, ainda inseguro de por que minha mãe estava na casa da minha meio-que-ex-namorada.

— Henry — disse uma voz familiar pelo telefone, apesar do pânico e das lágrimas. A pessoa tinha estado chorando. Demorei um segundo para reconhecê-lo, para entender por que o som de sua preocupação fazia meu estômago afundar como um paralelepípedo. — É Martin Sawyer, o pai de Dominic. Você poderia me ligar assim que receber esta mensagem, por favor? Nós só, ahn. — Ele soluçou. — É uma emergência. É... Não sei se Grace contou pra você, mas hoje é o aniversário de Dom, seu primeiro aniversário desde que ele nos deixou, e ela está... ela... — Não ouvi o resto da mensagem.

— Grace — eu disse. — Algo aconteceu com Grace.

A diretora Valentine ergueu os olhos de onde lia no sofá do sexo.

— Estou bastante ciente de que a srta. Town está desaparecida no momento, mas a questão está sendo resolvida pela família e pela polícia.

— Você *sabia*? — eu disse, em um tom que nunca usara para me dirigir a um adulto antes. — Você sabia e não nos contou?

— O prazo de sua impressão é segunda-feira. Você tem menos de setenta e duas horas para terminar meses de trabalho.

— Tenho que ir — eu disse, agarrando minha mochila. — Tenho que encontrá-la.

— Henry, se você deixar este escritório, não tenho escolha a não ser destituir você de sua posição como editor.

Eu já estava correndo. Lola gritou atrás de mim, mas eu não podia abrir minha boca porque pensei que poderia vomitar.

Grace Town estava morta.

Eu sabia, eu sabia, eu sabia, no fundo de alguma esquina esquecida da minha alma onde era possível saber coisas sem entender como. Corri como eu não tinha conseguido correr naquela partida idiota de touch football para a qual ela me arrastou. O que, aparentemente, não era tão rápido quanto Lola.

— Henry, espere! — ela disse.

— Lola, volte.

—Até parece que vou voltar. — O que parecia um argumento bom o suficiente para mim, então corremos juntos, e enquanto corremos, pensei *Aquela covarde. Ela foi e se matou e me deixou aqui sem ela.* Se eu algum dia tive dúvidas sobre se eu a amava, realmente, de verdade, elas todas se dissolveram nos dez minutos excruciantes que passamos correndo até a casa dela, sabendo, sabendo, sabendo as notícias que ouviria quando chegasse.

Havia um carro de polícia na entrada. A porta da frente estava escancarada de uma maneira perturbadora, do jeito que fica em programas policiais quando algo terrível acontece do lado de dentro. Cambaleei para dentro. Havia um policial parado no alto da escada e adultos por todos os lados com suas expressões preocupadas, dois deles eram meus pais. Ofegante, minhas mãos nos joelhos, olhei para os dois e disse de modo bastante raso:

— Ela... está... morta? — Minhas palavras fizeram uma mulher loira de meia-idade que eu nunca conhecera explodir em lágrimas. Mamãe se aproximou e me abraçou, e então disse:

— Não, não, não, não, não — de novo e de novo naquela voz suave que mães usam para acalmar seus filhos depois de pesadelos. Papai foi confortar a mulher berrando, que, numa segunda olhada, era muito claramente a alcoólatra mãe de Grace Town. Elas tinham as mesmas feições magras e vazias que as faziam parecer viciadas em drogas sob a luz errada, mas ao mesmo tempo muito lindas. Com seu cabelo loiro brilhante e maquiagem borrada e grandes olhos de coelho, ela parecia até mais com uma *femme fatale* do que Grace em si.

— O que está havendo? — perguntei quando recuperei o fôlego e consegui me separar de minha mãe. — Onde está Grace? Por que vocês estão aqui?

— Grace sumiu. Ela saiu de casa por volta do pôr do sol sem o celular e ainda não voltou. Martin foi à nossa casa procurando por você, pensando que você talvez soubesse onde ela está. Nós demos o seu número pra ele e viemos pra cá esperar você. Nós ficamos aqui só uma hora.

— O carro de polícia... eu pensei... Vocês deveriam ter me tirado da aula assim que souberam que ela sumiu.

— Tenho certeza de que ela está bem — disse papai.

Martin se aproximou então, passando os dedos pelo cabelo. Eu nunca tinha visto um ser humano parecer tão abatido. Ele falou com a mãe de Grace, cujo nome nunca aprendi.

— A polícia acha que deveríamos procurar por ela nos lugares em que normalmente passava tempo. Sei que ela e Dom estavam pensando em ir pra casa do lago no aniversário dele, então Mary e eu vamos dirigir para lá agora. Vou ligar para alguns de seus amigos, fazê-los conferir a biblioteca onde ela escrevia, o café onde ela sempre tomava café da manhã e talvez a casa flutuante no porto.

Todos esses lugares. Todos esses lugares que eu nunca soube que ela frequentara, que ela gostara. Grace em uma casa flutuante? Fazendo o quê? Tendo outra crise existencial? Pensando em poeira de estrelas e átomos e na falta de significado da vida? Mas não. Provavelmente não. Provavelmente tomando um banho de sol numa tarde de primavera, Dom ao seu lado, música de festa ao fundo, os dois bebendo vinho doce, sorrindo seus sorrisos de comedores de salada. Provavelmente isso. Provavelmente a Grace do Facebook, a garota que nunca conheci.

Talvez nunca fosse conhecer agora.

Então surgiu a pergunta que eu vinha temendo. Martin se virou para mim.

— Henry, você pode pensar em qualquer lugar onde ela possa estar?

Eu revirei meu cérebro em desespero para lugares em que eu a vira. Grace em nosso escritório aquário. Grace na aula de teatro com paredes escuras. Grace no meu quarto de porão, aninhada em meus lençóis, usando apenas uma das minhas camisetas.

— Ahn... Talvez... Ahn... Vocês checaram o cemitério? Ou a pista de corrida?

Martin assentiu com a cabeça, mas parecia desapontado.

— Fomos a esses dois lugares hoje de manhã. E ao local do acidente, no parque nacional.

— Eles bateram o carro no parque nacional?

— Eles estavam a caminho de um restaurante lá pra almoçar — disse Martin. Meu peito se comprimiu da mesma maneira como quando os Gutcrushers me pulverizaram durante o touch football. Grace tinha me levado em um encontro no lugar onde ele morreu. Colheu flores do jardim e me deixou sozinho na beira do mar enquanto ela se afastava para deixar flores em seu memorial na beira da estrada. Meu Deus. — Mas nós podemos checar de novo hoje à tarde, suponho. Algum outro lugar? — Balancei a cabeça, bastante consciente de que a mãe de Grace tinha parado de chorar e agora estava me encarando, sem piscar, da mesma forma que a filha dela fazia com frequência, do jeito que faz você se sentir como se sua pele fosse feita de vidro e cada segredo que você guardou algum dia está gravado em seus ossos. — Certo, bem, se você pensar em qualquer lugar em que ela possa estar, nos avise. Desculpe, é melhor eu ir fazer algumas ligações.

Então veio a pior parte.

A espera.

Esperar enquanto as pessoas eram atribuídas a locais para ir e procurar por ela. Esperar enquanto mais policiais chegavam e diziam coisas confortantes entre perguntas que sugeriam uma crença velada de que ela provavelmente se matara. Esperar enquanto dirigíamos sem rumo pelos subúrbios, desacelerando o carro para rastrear conforme passávamos por qualquer um que pudesse ser uma garota adolescente, parecendo predadores sexuais à espreita. Esperar em casa conforme o sol se punha e os policiais nos aconselhavam a descansar um pouco, que Grace apareceria "de um jeito ou de outro", o que era uma coisa de merda para se dizer. Esperar, completamente vestido na minha cama, conforme o relógio passava da meia-noite e eu ainda não tinha ouvido nada. Esperar sem nada para fazer exceto imaginar o corpo dela em algum lugar, afundado sob a água, como Ofélia ou Virginia Woolf, porque é assim que Grace faria isso, se fizesse, alguma coisa dramática e literária que faria as pessoas falarem da natureza trágica, mas poética da morte. Eu estava quase tentado a subir as escadas e me certificar de que ela não tinha colocado a cabeça no forno, estilo Path. Então comecei a pensar em como *Manic Pixie Dream Girls* cometeriam suicídio. Elas andavam de bicicleta holandesa em trilhos de trem fotogênicos até que um expresso da meia-noite passasse para levá-las? Ou se afogavam em seus viveiros de peixe secretos?

O viveiro de peixes.

Sentei reto como um raio naquele momento, porque eu era *um. Grande. Idiota. De. Merda.*

— Sei onde ela está — eu disse em voz alta. Viva ou morta, eu sabia onde ela estaria.

Não havia tempo nem motivo para acordar meus pais, eu enfiei uma jaqueta, roubei as chaves da mesa de jantar e corri para o carro. Dirigi para a cidade. Escalei a cerca de ferro fundido. Torci o maldito tornozelo rolando pela cerca viva. Manquei até a estação de trem abandonada. Arrombei a fechadura para entrar. Corri para baixo, pela escada em espiral que se torcia para dentro do porão.

E lá estava ela, no escuro, mergulhada até a cintura na água imóvel. Viva. Gloriosa, miraculosamente viva. Minhas entranhas dereteram em alívio até eu ser apenas uma casca sem conteúdo. Minhas pernas quase cederam debaixo de mim.

— Grace! — gritei conforme eu meio que corria e meio que escorregava para baixo das escadas. — Grace!

Grace se virou para me encarar. Apesar de não haver luz exceto a da lua, eu conseguia ver rastros de lágrimas caindo em seu rosto. A palma de suas mãos estava descansando reta sobre a superfície da água, e ela estava respirando desse jeito curto e agudo que lançava plumas de branco diante de seus lábios. Desacelerei por um momento, com a certeza de que estava sonhando, porque ela parecia saída de um mito. Havia uma grinalda de flores desbotadas trançadas em seu cabelo, e ela estava vestida de branco, toda de branco, como um vestido de casamento.

Ali estava Ofélia, em carne e osso.

Corri para dentro da água até não poder correr mais, então andei até onde ela estava, tirei meu casaco e o coloquei em torno dos ombros dela, porque ela tremia.

— Vamos, temos que tirar você da água — eu disse, mas ela não se moveu, não se movia. Grace olhou para mim, lágrimas nos olhos. E então o mundo implodiu. Era como se ela tivesse se rasgado aberta, enfim, e deixado a dor vazar. Ela chorava, berrava, esses soluços enormes e violentos vindo dela de novo e de novo, quase demais para o corpo dela lidar. Ela entrou em colapso contra mim, seu peso inteiro nos meus braços, e juro que conseguia *sentir* a tristeza radiar dela. Eu inspirei tudo com cada respiração até a pressão sair dela.

— Por que ele tinha que morrer, Henry? — ela disse de novo e de novo entre soluços. — Por que ele tinha que morrer? Por que não poderia ser eu?

— Sinto muito. — Eu a apertei contra mim e a segurei com força, porque eu não sabia o que mais dizer ou fazer. — Eu sinto muito mesmo.

E aquilo continuou assim até meus dentes estarem rangendo e eu não conseguir mais sentir minhas pernas.

Então, simples assim, Grace parou de chorar, como se ela tivesse uma quantidade específica de lágrimas no inventário e elas tivessem acabado. Ela saiu dos meus braços se empurrando e andou de volta para as escadas sem olhar para mim, meu casaco trilhando na água atrás dela. Quando ela chegou ao primeiro degrau, escalou e se sentou, tremendo, com os pés ainda na água gelada. Eu a segui, é claro, porque eu a teria seguido a qualquer lugar. Naquela noite, se ela tivesse andado para o outro lado, para as profundezas daquele porão, eu a teria seguido para lá também.

Eu me sentei ao lado dela, de pernas cruzadas, e tentei não mostrar com quanto frio eu estava, porque eu queria estar com ela, apenas nós, sozinhos, antes de eu ter que levá-la de volta. Eu me inclinei e peguei o celular do bolso interno do meu casaco e liguei para Martin. Ele atendeu depois de um toque.

— Por favor, Deus, me diga que ela está viva — ele disse.

— Encontrei ela. Ela está bem. Vou levá-la para casa.

— Ah, graças a Deus, graças a Deus, graças a Deus. Traga ela de volta pra nós.

— Pode deixar. Vejo você logo. Ela está bem. Ela está segura. Você poderia, por favor, avisar meus pais que ela está segura, que estou bem e que estarei em casa logo?

— Sim, é claro. Obrigado. Muito obrigado.

Desliguei.

— Todo mundo estava bastante preocupado com você — eu disse com calma.

— Sabia que eu estava sendo monitorada por risco de suicídio no primeiro mês depois que ele morreu? Todo mundo imaginou que eu tentaria me apagar uma vez que ele tinha ido embora. Tipo, eu nem poderia ficar de luto em paz sem as pessoas baterem na porta do banheiro para se certificar de que eu não tinha cortado os pulsos. Dom nunca pensaria isso de mim. Dom era o único que me conhecia.

Eu não podia olhar para ela. Algumas horas atrás, eu tinha tido certeza de que Grace estava morta. Que tinha se matado. Eu era um deles. As pessoas que não conheciam sua alma. Não como ele.

— Eu não estava deprimida. Ainda não estou deprimida. Estou furiosa pra caralho. Quero contar a você sobre ele — ela disse entre dentes que tremiam de leve.

— Grace… você não precisa. — Eu não conseguia dizer o que eu realmente queria dizer. *Por favor, não. Deus do céu, por favor não a deixe contar dele para mim. Você já não me destroçou o suficiente?*

— Eu sei. Mas fui injusta com você. Você merece saber a verdade.

— A verdade?

— Eu conheci Dom quando tinha nove anos. Deus, tem tantas coisas da infância que se derretem num borrão, mas o dia em que eu o conheci… era o começo do outono, então estava fresco, mas tudo ainda estava verde. Meu pai já estava morto e minha mãe não tinha estado em casa fazia três dias, e não havia mais comida na casa. Liguei para meu tio e ele me buscou, mas ele não era muito melhor com crianças do que a própria irmã, então me largou com essa mulher que trabalhava com ele, Mary. Eu me lembro de que, na viagem de carro para lá, ele me contou que ela tinha um filho da minha idade, mas eu odiava garotos. Eles eram sempre malvados comigo na escola, quando eu ia. Essas criaturas estranhas e exóticas, sabe?

"De qualquer forma, quando chegamos lá, Dom estava pulando em uma cama elástica no quintal. Eu me lembro de pensar que ele era o garoto mais bonito que eu já tinha visto, o que era estranho, porque eu nunca tinha pensado em garotos daquela maneira. Eu era uma criança incrivelmente tímida, mas ele não era. Ele pulou direto da cama elástica quando me viu e me pediu para entrar e jogar *Mario Kart* com ele. Eu nunca tinha jogado antes, eu nunca tinha nem *visto* um video game antes, então ele teve que me ensinar, mas foi super-paciente e me deixou ganhar. Foi um dos melhores dias da minha infância. Jogamos video game e, então, quando o sol se pôs, ficamos de mãos dadas enquanto assistíamos a desenhos em um laptop na casa da árvore dele. Eu o amava. Eu amava sua família. Eu não sabia, antes deles, que pessoas daquele jeito existiam. Eu tinha decidido, ao final da noite, que iria me casar com ele."

Eu ri de leve, apesar da situação, e Grace também.

— Crianças, não é? — ela disse, limpando uma lágrima do olho. — Só que ele se apaixonou por mim também, e em vez de apenas se dissolver com o passar do tempo, ficou mais real. Dom foi o primeiro garoto com quem fiquei de mãos dadas. O primeiro garoto que beijei. Meu primeiro e único tudo, até você.

— Eu não... não pensei nisso.

— Não consigo pôr em palavras o que é amar alguém desse jeito. Ou perder alguém desse jeito. Que é parte do motivo pelo qual não escrevo mais. Porque as palavras falham. Muitas pessoas dizem que não sabem o que tinham até perder, mas eu sabia. Eu sabia. Eu sabia todos os dias em que estávamos juntos que o que nós tínhamos era extraordinário. E eu sentia tanto medo, todos os dias, de que o perderia, perderia todos eles. Eu costumava me preocupar tanto com a segurança dele, me preocupar que eles um dia ficariam de saco cheio de lidar com minha família toda errada, mas eles nunca ficaram. E eu costumava questionar como duas pessoas poderiam ser tão sortudas. Como o universo poderia justificar nos trazer pra perto quanto tínhamos apenas nove anos? Como poderia ser justo que o que todo mundo buscava nos tivesse sido dado numa bandeja prateada quando éramos novos demais pra chegar a saber o que era aquilo?

"Acho, agora, que sei. Todo o amor que deveria durar uma vida inteira, gastei no espaço de oito anos. Nós deveríamos crescer juntos. Ir à faculdade juntos. Viajar o mundo juntos. Quando ele morreu, parecia que meu futuro tinha morrido com ele. Dom não era perfeito. Quer dizer, eu *sei* disso. Ele era meticuloso com algumas coisas e descuidado com outras. Ele roía as unhas quando estava nervoso ou assistindo a esportes, e costumava me enlouquecer. Katherine Heigl era sua atriz favorita, e ele me fez assistir a todos os filmes dela. Ele gostava de Carl Sagan muito além do aceitável. Mas, meu Deus, Henry, sua alma era *tão* extraordinária. As coisas que ele teria feito com a vida dele... você teria gostado muito dele. Vocês teriam sido amigos.

Naquele momento, senti o peso terrível da injustiça daquilo tudo. Grace Town não acreditava em almas para o resto da humanidade, mas, por Dom, ela estava disposta a abrir uma exceção.

— Eu estava no hospital quando fizeram o funeral dele — ela continuou. — Esperaram o máximo que puderam, mas eu estava muito mal e eles tinham que fazer, sabe? Então eles me pediram para escrever algo. Alguma coisa que alguém pudesse ler em voz alta, como um elogio ao morto, porque todo mundo sabia que eu era uma escritora e todo mundo sempre me dizia quão lindas minhas palavras eram. Mas eu não fiz isso. Eu fingi que estava com muita dor e não o fiz, não escrevi nada desde então. Não acho que vou conseguir escrever qualquer coisa de novo até eu *me fazer* escrever isso.

— Por que você não escreveu?

— Foi minha culpa. Eu nunca disse isso pra ninguém antes, mas foi. Foi minha culpa batermos o carro, e é minha culpa ele ter morrido.

— Não foi culpa de ninguém. Foi um acidente.

— É por isso que não contei a ninguém. Porque sei que vocês todos vão dizer a mesma coisa. Síndrome do sobrevivente e tudo o mais. Mas eu estava brincando com ele. Distraindo ele. Ele me mandou parar, mas eu não parei, e quando dei por mim, estávamos na pista errada. Sabe o clichê todo de sua vida passar diante de seus olhos no milissegundo antes de você morrer?

— Sei.

— É bobagem. Eu vi o carro vir e eu o senti desviar, e eu sabia naquela fração de batimento cardíaco que nós dois íamos morrer. E o único pensamento que meu cérebro teve tempo de gerar foi *Bom, isso é uma bosta*. Literalmente. Meu último pensamento poderia potencialmente ter sido um palavrão. Não pensei na minha vida ou na minha família ou nos meus amigos, nem sequer nele. Isso me faz perguntar no que ele estava pensando, sabe? Talvez na mesma coisa.

— Ele estava provavelmente pensando em você.

— Ele não morreu de imediato. Quando saiu nas notícias, todas as matérias disseram que ele morreu instantaneamente, com o impacto, mas não foi assim. Demorou um minuto. Estávamos lá no carro, de cabeça pra baixo, nós dois sangrando, e ele estava tentando falar. Não foi como nos filmes. Ele não morreu sussurrando "eu te amo" nem nada assim. Ele estava com dor e em pânico, e estava tentando respirar, mas não conseguia. E não havia nada que eu pudesse fazer. Nada que eu pudesse fazer além de observá-lo ir.

"Sabe o que eu fiz no dia do funeral dele? Assisti a *Cosmos*, a versão do Neil deGrasse Tyson, por inteiro. Treze horas disso. Ele vinha tentando me fazer assistir por meses, e eu o ficava chamando de nerd por ser tão fã do espaço sideral. Era a única maneira que eu sabia de lamentar sua morte. Ficar impressionada com o universo e me lembrar que, apesar de sua consciência ter partido, cada uma das moléculas dele ainda estava aqui. — Ela pegou meu rosto em suas mãos e pressionou sua testa encharcada na minha. — Eu queria que você pudesse ver o mundo do jeito que eu o vejo. Ver que a morte é o prêmio por ter vivido.

— Por favor, não fale assim. Você me assusta quando fala assim.

— Não quero dizer em nenhum sentido suicida — ela continuou, e sussurrava ainda mais baixo agora, como se me contasse um segredo terrível. — Sabe como às vezes você tem o dia mais exaustivo e mal pode esperar pra chegar em casa e despencar na cama e dormir por horas? Eu me sinto assim em relação à vida. Há pessoas por aí que leem livros de vampiros e desejam a imortalidade, mas às vezes eu me sinto *tão* grata pelo fato de que, no final de tudo isso, nós poderemos dormir pra sempre. Nada mais de dor. Nada mais de exaustão. A morte é o prêmio por ter vivido.

— Nós precisamos levar você para casa — eu disse, e desta vez ela não protestou. Em vez disso, ela alcançou algum lugar atrás dela onde uma pequena caixa de metal estava pousada nos degraus. Dentro dela, havia uma variedade de coisas do santuário de Dom: o colar de âncora que ela usava na primeira vez que a vi, o chaveiro dos Strokes, a camiseta dos Ramones que ela não conseguira lavar. Ela se levantou, pegou minha mão e me guiou de volta para o lago, o mancar dela mal dava para notar na água, onde ficamos de mãos dadas, nossas respirações brilhando em branco e florescendo no frio, enquanto ela o libertava pedaço por pedaço nas profundezas. A última coisa a ir foi a caixa em si: DOM 10º ANO tinha sido raspado na lateral. Nós a assistimos afundar no meio de uma agitação de corpos cinzentos que vinham descansar no chão coberto de detritos aos nossos pés.

Eu me perguntei, conforme a observava, se era isso a redenção. Se isso era algo como absolvição de pecado, e agora que ela tinha se perdoado, se é que ela *tinha* se perdoado, se ela poderia seguir em frente. Mas Grace me pegou olhando para ela e disse, como se pudesse ler minha mente:

— Histórias com finais felizes são só histórias que não acabaram ainda.

Então ela avançou pela água e subiu as escadas usando minha jaqueta e seu vestido branco úmido e fino, grudado a todas as curvas de seu corpo. Ela caminhou para fora da estação de trem e subiu a ladeira, escalou a cerca viva e a grade de pés descalços, e, quando chegamos ao meu carro, ela ficou sem roupa exceto pela calcinha e pelo sutiã, jogando o vestido na sarjeta.

— Eu ia me casar com ele naquilo — ela disse sem emoção, encarando a pilha ensopada de renda molhada. — Eu já tinha dito sim. — Então, tremendo, ela entrou no carro, colocou o cinto de segurança e grudou seus joelhos contra o peito, viva mas vazia, seu cabelo com um arranjo de flores como um túmulo ambulante.

* * *

Não falamos na viagem de volta para sua casa. Aumentei o aquecedor para que Grace pudesse se esquentar, mas, mesmo com a pele completamente arrepiada, ela se sentava perfeitamente imóvel, a estátua de um anjo caído.

Todas as luzes na casa estavam acesas quando chegamos. Martin e sua esposa, Mary, e a mãe de Grace e dois policiais estavam parados no jardim. Eles se moveram na direção do carro conforme eu reduzi a velocidade, mas Grace balançou a cabeça e ergueu a mão para pará-los, e eles desaceleraram, esperaram e assistiram.

Grace se virou para mim:

— Matei o filho deles e, como prêmio, estão pagando minhas contas médicas e me deixando morar na casa deles. Isso é parte do motivo pelo qual não posso estar com você. Não posso... cuspir na cara deles assim. Não posso ver o filho deles morrer ao meu lado e então me deixar apaixonar por outra pessoa alguns meses depois. Você entende? — Eu entendia, mais ou menos, mas entender não facilitava nada. Será que os pais de Dom não iriam querer que ela seguisse em frente? Será que eles realmente iriam querer que ela estivesse em tanta dor como algum tipo de reembolso doentio por algo que ela pensava ter feito?

Eu perguntara para ela naquela primeira noite na estação de trem abandonada que pecados ela achava que precisava ter absolvidos, e lá estava a verdade, finalmente.

— Você acha que merece estar triste. Você acha que está pagando algum tipo de débito cósmico ao se torturar. Você acha que essa é sua redenção.

— Eu me sinto menos culpada e menos merda comigo mesma quando estou triste do que quando estou feliz. É o mínimo que posso fazer por Dom e por seus pais. Você não entende isso? É a única justiça que posso oferecer.

— Então você se deu uma sentença de prisão. Por quanto tempo? Um ano? Dois anos? O resto de sua vida? Por quanta dor você tem que se forçar a passar antes de pagar seu débito?

— Pelo menos um pouco mais.

— Meu Deus. Não foi sua culpa. Você não o matou. Foi um *acidente*.

Grace tirou o cinto de segurança, colocou o cabelo atrás das orelhas, se inclinou e me beijou, seus seios quase nus pressionados contra meu peito. Segurei sua mandíbula na minha mão, e ela passou os dedos pelo meu cabelo, e, por alguns momentos, o mundo estava melhor, mesmo que estivesse tão arruinado. Mas então ela se afastou, do jeito que sempre fazia, e olhou para mim como se estivesse tentando me contar algo que ela não conseguia encontrar palavras para dizer.

— Por que você me beijou? — perguntei a ela em voz baixa, porque eu realmente, de verdade, não entendia. — Naquela primeira noite. Por que você me beijou se sabia que nunca conseguiria deixá-lo ir?

— Você não quer saber — sussurrou Grace. — Você não quer saber isso.

— Quero. Eu preciso.

— Porque eu estava bêbada e você estava lá, e eu sentia falta dele. — Grace balançou a cabeça. — Deus, como você ainda consegue olhar pra mim depois de tudo que fiz você passar? — ela sussurrou.

— Porque estou apaixonado por você. — Não parecia mais haver motivo para esconder isso. Não havia vergonha em dizer as palavras. Era verdade. Eu não sabia o momento exato em que passei de querê-la a amá-la, mas eu tinha passado.

— Você não sabe o que é amor, Henry — ela disse, no mesmo tom que você usaria para dizer a alguém que ele é um idiota. — Você nem sabe quem sou. Você tem uma quedinha adolescente. Só isso.

Eu não disse nada. Inspirei profundamente, virei minha cabeça e olhei fixamente para fora da janela enquanto Grace juntava seus sapatos molhados e saía do carro vestindo nada além das roupas íntimas e meu casaco.

— Boa noite — ela disse, mas apenas assenti com a cabeça, porque não conseguia falar.

Então Martin e Mary e a mãe dela estavam abraçando-a, e os policiais estavam levando-a para dentro, para longe do frio, de volta para a casa onde ela tinha que pagar seu débito aos pais do seu namorado morto, e eu fui abandonado sozinho no escuro.

Eu me perguntei se ela acreditava de fato que poderia fazer os Sawyer e ela mesma se sentirem melhor ao deixar sua mágoa infectá-la, ou se ela apenas amava a dor. Amava a aflição. Eu me perguntei se ela se permitia sentir isso em cada um dos seus muitos bilhões de átomos porque ela acreditava profunda, verdadeiramente, que merecia aquilo.

Mandei uma mensagem para minha mãe avisando que Grace estava bem, mas que eu não chegaria em casa logo. Então dirigi para o lugar que eu vinha evitando por meses agora, o lugar que arquivei no fundo da minha mente como um borrão, mas que, sem perceber, eu queria visitar aquela noite.

O cemitério não era tão assustador como eu pensava que seria. Não havia neblina, nada de uivos de lobos ecoando à distância, nada de corvos pairando. Caminhei rápido entre as fileiras de túmulos primeiro, pulando a cada som, mas por fim relaxei. Encontrei Dom onde tinha visto Grace se ajoelhar alguns meses antes. Ainda havia flores por todos os lados em seu túmulo, algumas mais velhas, as pétalas arrancadas pela brisa, mas algumas frescas, coroas delas. Ela nunca parara de vir aqui. Mesmo quando disse que tentaria, ela nunca parou.

O epitáfio era simples. Três linhas diziam:

Dominic Henry Sawyer
17 anos
"Se amor pudesse tê-lo salvado, você teria vivido para sempre."

Passei o dedo sobre as letras de seu nome do meio. Henry. Nós tínhamos tanto em comum, Dom e eu. Um nome. Uma essência. Um amor. Tentei nos imaginar como amigos, em outra vida, em vez de ter ciúme de seus ossos. Mas não. Provavelmente não. O amor que Grace tinha descrito era do tipo que transcendia o tempo e o espaço. Em qualquer universo, em qualquer vida, sempre seriam eles, e eu sempre seria o depois. O menor.

Eu vira uma vez um túmulo em que um casal de amantes havia sido enterrado, no mesmo lugar, separados por cinquenta e quatro anos. Por cinquenta e quatro anos, a mulher tinha seguido viva, sozinha e de coração partido, esperando pelo dia que ela pudesse se juntar ao seu amado sob a terra.

Será que Grace seria enterrada ali? Daqui a sessenta ou setenta anos, ela voltaria para este lugar e se deitaria junto do seu jovem namorado morto? Mesmo que ela amasse de novo, se casasse, tivesse filhos, seria ali onde seu corpo se dissolveria de volta para o universo? Eu poderia lidar com isso? Se por algum milagre doido Grace e eu déssemos certo, se fôssemos para a faculdade juntos e nos casássemos e viajássemos pelo mundo e tivéssemos filhos, eu poderia lidar com ela sendo enterrada com ele no final? Quão solitário eu ficaria, solitário em meu túmulo, o amor da minha vida entrelaçado com os ossos de outra pessoa?

Eu conseguiria lidar com o fato de ter ciúme de um cara morto pelo resto da minha vida? E até depois da minha morte?

Sentei de pernas cruzadas em seu túmulo no escuro e arranquei a grama, tentando me lembrar, agora que estava ali, do que diabos eu tinha vindo dizer.

— Seu bosta completo — eu disse depois de um tempo. Meio que saiu de mim como vômito, cheio com muito mais raiva e veneno do que eu esperava. — Deus, ela te ama tanto, e você foi e deixou-a sozinha. Você sabe quão despedaçada ela está, caralho? Quer dizer, se você está aí, se consegue ouvir isso, preciso que você prepare o seu traseiro fantasma e dê uma de Patrick Swayze com ela neste instante, porque ela está magoada pra caralho, e não tem nada... não tem nada...

Fechei os olhos com força e respirei fundo algumas poucas vezes. Estava muito frio para chorar.

— Eu não consigo ajudá-la, Dom. Quero ajudar, mas não consigo porque não sou você. Então se você está aí, quer dizer, falo sério, eu não ligo para nenhum código fantasma e a ordem natural das coisas e toda essa merda, se você está aí, precisa se mostrar agora mesmo. Essa é uma emergência do mundo físico. Tire sua bunda covarde e mal-assombrada dessa tumba e me diga por que diabos você a abandonou.

Esperei por mais de uma hora no escuro, até meus olhos terem se ajustado à escuridão profunda e minhas costelas estarem tremendo. Dom Fantasma nunca apareceu. Dom Zumbi nunca se levantou dos mortos.

— Bom, dane-se você também — eu disse conforme me levantava para ir embora. Caminhei para casa no frio em vez de dirigir, determinado a provar para mim mesmo, bem como Grace, que sentir dor queria dizer que eu estava de algum modo, de alguma maneira, fazendo algo certo.

CAPÍTULO 25

Quando acordei pela manhã, Grace foi a primeira coisa em que pensei, essa dor involuntária e amassadora de estômago que se espalhava do meu cérebro para o peito. Em Grace, e no jornal, e em me dar mal em inglês e em matemática porque não conseguia me obrigar a dar a mínima, e em como qualquer faculdade que talvez me aceitasse iria olhar minhas notas do primeiro semestre e carimbar minha candidatura com um grande AH, MAS NEM PENSAR, porque eu tinha estragado tudo, deixado tudo escapar até agora, e para quê? Para quê?

Mamãe e papai, previsivelmente, escolheram aquele sábado para começar a cumprir a rotina de pais preocupados que não tinham precisado fazer desde que Sadie fora estudar em Yale. Eles desceram as escadas não muito depois do nascer do sol e começaram a olhar em torno do porão, analisando o dano que eu tinha causado à minha vida. Abriram as cortinas. Eles me fizeram sair da cama e dos pijamas. Colocaram uma tigela de cereal na minha frente e se recusaram a parar de cantar "Baby Got Back" até eu concordar em comer, o que eu fiz, porque *Meu Deus.*

Sob seus olhos atentos, passei aspirador de pó nos tapetes, lavei minhas roupas, organizei a estante de livros e transportei todos os meus trabalhos escolares para o andar de cima, para a mesa da cozinha, para que pudessem continuar me supervisionando enquanto eu corria atrás dos problemas de matemática demoníacos das últimas semanas de Hotchkiss e do trabalho de inglês para o qual eu me sentia muito vazio para enrolar até o final. Às onze horas, minha mãe me fez sair para correr com ela. Na hora do almoço, meu pai me fez comer de novo. Sadie tinha o dia de folga e apareceu em torno das duas horas, e neste ponto meu pedido por uma soneca tinha sido autorizado, e eu estava deitado de braços abertos na cama.

— Ei, Henry, você viu... Você está ouvindo Taylor Swift? — disse Suds do pé da escada.

— Sim, Sadie. Essa é a segunda hora seguida que ouço Taylor Swift. Ela é a única que me entende.

— Ai, meu Deus.

— Quem feriu você, Taylor? — gritei, gesticulando para o teto. — Como pode uma pessoa passar por tanta dor de cotovelo?

— Caramba. Vai pro lado. É hora de uma conversa.

— Suds... Eu realmente não quero falar disso. Não sou bom compartilhando.

— Sou sua irmã, seu babaca. Você não fala com seus amigos, não fala com seus pais. Você vai deixar tudo isso engarrafado até que se manifeste como uma doença psiquiátrica?

— Esse é o plano, basicamente.

— Há quanto tempo você está nessa cama, de qualquer forma? Você vai ter trombose venosa profunda.

— Vá embora, Sadie. Deixe-me com meu coração partido e minha TVP.

Sadie ignorou os protestos e passou para cima da minha cama, por cima de minha caixa torácica, me virando no processo. Então ela cutucou meu peito de novo e de novo no mesmo lugar, dizendo:

— Fale, fale, fale — até eu eventualmente dizer:

— Argh, certo, sua mulher horrível. É... Grace, e eu... eu não sei o que está acontecendo.

— Notei isso pela maratona de Taylor Swift. — Sadie esperou que eu continuasse. — Poderia elaborar mais?

— Eu só estou... tão confuso com isso tudo. E acho que causei algum tipo de dano permanente ao meu sistema respiratório. Meu peito parece apertado, tipo, o tempo todo.

— Essas provavelmente são as costelas que quebrei quando pulei em você.

— Amor deveria ser assim?

— Não, não deveria, garoto. Não conheço esse papo todo da música tipo "love lifts us up where we belong", mas não deveria estragar sua cabeça, não.

— Eu sei. Quer dizer, olhe para mamãe e papai.

— Mamãe e papai são um conto de fadas. Eles não existem.

— Mas você amou Chris.

Sadie respirou fundo.

— É. Amei, sim. E, quer dizer, às vezes eu costumava acordar de manhã e ele estava deitado lá com a boca aberta, babando no travesseiro, e eu pensava: "O que diabos eu estava pensando quando procriei com ele?". Ele não era perfeito. Ele não era nem perfeito para *mim*. Era difícil, o tempo todo. Mas eu amava ele sim. E valeu a pena. Enquanto durou.

— Então você nunca pensou que ele era sua alma gêmea?

— Ah, querido. Nós ainda estamos acreditando em almas gêmeas?

— Você não acredita em almas gêmeas? Como você pode olhar para mamãe e papai e não acreditar que duas pessoas foram feitas uma pra outra?

— Meu Deus, eles realmente cagaram sua perspectiva de mundo, não é? Eles pensaram que uma ilusão protegeria você, mas tudo que fizeram foi dar uma fantasia de colher. Eles são praticamente líderes de um culto. Eles fizeram lavagem cerebral em você.

— O que quer dizer?

— Henry... Querido...

— Por que você está sendo tão esquisitona?

— Ai, Deus — Sadie fechou os olhos e mordeu o lábio inferior. — Antes de você nascer, mamãe deixou papai por, tipo, três meses. — Ela disse rápido, seus olhos ainda fechados.

Pisquei um bocado de vezes. Sadie abriu os olhos devagar, um de cada vez.

— Mamãe me fez prometer não contar a você até depois de você se formar na faculdade. Eles queriam que você tivesse uma "infância estável". Mas não posso deixar você sair por aí pela próxima meia década procurando por algo que não existe. Quer dizer, por que você acha que eu tive a festa do meu aniversário de doze anos no playground de um parque de trailers?

— Eu nunca estudei fotos do seu aniversário de doze anos com afinco.

— Eles envenenaram você com essa bobagem de "o amor é paciente, o amor é gentil" desde que você era criança. Mas o amor é científico, cara. Quer dizer, ele é apenas uma reação química no cérebro. Às vezes essa reação dura uma vida inteira, repetindo-se de novo e de novo. E às vezes, não. Às vezes ela entra em supernova e começa a desaparecer. Nós somos todos apenas corações químicos. Isso deixa o amor menos brilhante? Acho que não. É por isso que não entendo por que as pessoas sempre dizem "cinquenta por cento dos casamentos acabam em divórcio" como uma desculpa pra não se casar. Só porque um amor acaba não quer dizer que não seja real. Mamãe e papai estavam brigando o tempo todo. Sei que você nunca viu eles terem sequer um desentendimento, mas eles estavam um no pescoço do outro, de verdade. Então, uma noite, mamãe me acordou e me ajudou a preparar uma mochila, e foi isso. Eu não vi meu quarto de novo até nos mudarmos de volta, três meses depois.

— Você sabe por que ela foi embora?

— Porque ela se desapaixonou dele. A reação química retrocedeu. É por isso. Isso é tudo. Amor nunca é perfeito, Henry.

— Por que eles se juntaram de novo?

— Mamãe descobriu que estava grávida.

— Ela voltou por causa de *mim*?

— Eu não sei. Talvez. É provável. Eles se amam incondicionalmente e são melhores amigos, mas não estão mais *apaixonados*. Eles não estão há muito tempo. Então você não pode sair por aí pensando que qualquer pessoa por quem você se atrai é "A Pessoa Certa". As pessoas não *têm* almas gêmeas. Elas fazem suas almas gêmeas.

— Eu sei disso. Eu sei *mesmo* disso. É só... Eu não consigo imaginar algum dia querer fazer tanto esforço por outro ser humano de novo. Tanto tempo e energia. Tanto de mim. Como você recomeça com alguém novo?

— Como um escritor começa um novo livro quando o último acabou? Como um atleta lesionado começa a treinar de novo desde o começo?

— Deus do céu. Por que alguém faz isso mais do que uma vez?

— Se apaixona?

Fiz que sim com a cabeça.

Sadie deu uma risadinha:

— Biologicamente falando? Pela continuação da raça humana. Logicamente falando? Porque a jornada é linda no começo. E ninguém consegue ver as curvas na pista de trem até que seja muito tarde pra parar. E quando você embarca no trem...

— Você realmente vai continuar com essa metáfora de trem, hein?

— Shiu, é tarde demais pra sair dos trilhos. Quando você embarca no trem, você espera que vá ser o que não bate. Mesmo que possa ser, mesmo que provavelmente *vá* ser, vale a pena entrar de qualquer maneira, só pra descobrir.

— Por que não posso ficar na estação?

— Você pode. Mas então nunca chegaria a lugar algum.

— Oh, uau. Isso é profundo.

— Eu deveria ter sido uma filósofa.

— Quero ela de volta, Sadie.

— Sei que a quer de volta, garoto. E sei que as pessoas dizerem coisas tipo "tem muito mais peixes no mar" apenas vai fazer você se sentir pior. E eu poderia contar a você toda a ciência pela qual seu cérebro está passando neste momento. Como ele está processando uma dor tão intensa quanto atingir um nervo no dente, mas não consegue achar uma fonte da dor, então você meio que sente em todos os lugares. Eu poderia dizer a você que, quando se apaixona por alguém, as partes do seu cérebro que se acendem são as mesmas do que quando você tem fome ou sede. E eu poderia dizer a você que, quando a pessoa que você ama o abandona, você sente fome dela, você a deseja, você tem crises de abstinência dela, como um viciado teria de uma droga. E eu sei que tudo isso soa muito poético ou exagerado ou dramático, mas não é. Coração partido é uma ciência, como o amor. Então confie em mim quando eu digo isto: você está ferido neste momento, mas você vai melhorar.

— Nossa, Suds. Você está com tudo hoje.

Sadie inclinou a cabeça para trás e piscou:

— Você está me fazendo chorar, seu tratante. Olhe pra mim, esguichando todos esses excelentes conselhos. Você já foi feliz de verdade com ela? Porque do lado de fora, pareceu uma batalha desde o primeiro dia. O namorado morto, o desaparecimento. Tem um mês inteiro, ou semana, ou dia pra que você possa olhar e dizer: "É, agora chega pra mim. É assim que quero que minha vida seja. Me leve de volta pra esses bons e velhos dias". Você tem isso com ela?

Fechei os olhos e pensei. Tentei pensar em um período maior do que poucas horas em que eu estivera feliz de verdade com Grace. Eu me lembrava da ansiedade, do estresse, da dor, da tristeza, o ácido do meu estômago devorando tudo na altura do pulmão. Eu me lembrei de amá-la, com desespero. Houve a noite em que fomos a pé para casa do cinema, de mãos dadas, quando eu tivera certeza de que iria me casar com ela. Houve a Feira do Dia de Ação de Graças, apenas a segunda vez em que a vi usar roupas que não pertenciam a Dom. Breves, brilhantes flashes de felicidade, nada mais do que relâmpagos na escuridão.

Abri os olhos.

— Ah, merda — eu disse em voz baixa.

— Foi o que eu pensei.

— Mas não sei se posso aceitar que isso tudo foi uma perda de tempo. Que toda essa dor foi pra nada. Que o que tivemos nunca foi real.

Sadie bateu de leve na minha têmpora.

— Você não está ouvindo, idiota? O amor não precisa durar uma vida inteira pra ser real. Você não pode medir a qualidade de um amor pela quantidade de tempo que dura. Tudo morre, amor inclusive. Às vezes morre com uma pessoa, às vezes morre sozinho. A maior história de amor contada na história não precisa ser sobre duas pessoas que passaram a vida inteira juntas. Pode ser sobre um amor que durou duas semanas ou dois meses ou dois anos, mas queimou com mais brilho e mais calor e mais vigor do que qualquer outro amor antes ou depois. Não fique de luto por um amor que não deu certo; não existe isso. Todo amor é igual no cérebro.

— Não impede que doa.

Sadie limpou uma lágrima do canto do meu olho e passou os dedos pelo meu cabelo.

— Eu sei, garoto. Às vezes essas merdas apenas não funcionam, sabe? Além disso, como é que ela pode ser sua alma gêmea? Você não me disse que ela nunca tinha lido *Harry Potter*? Você acha mesmo que quer passar o resto da sua vida com alguém assim? Quer dizer, pelo amor de Deus, pense nos seus filhos. Em que tipo de ambiente eles estariam crescendo com uma mãe assim?

Eu ri então, e Sadie riu, e fechei meus olhos e a abracei.

Ela ficou abraçada a mim, fazendo carinho no meu cabelo, do jeito que tínhamos sempre feito por tanto tempo quanto consigo me lembrar.

Enquanto eu encarava o teto com Sadie ressonando músicas da Taylor Swift na minha pele, pensei em Grace e senti a dor de tratamento de canal de que Sadie tinha mencionado atravessar meu corpo inteiro. Nós tínhamos um amor pesado, Grace e eu, o tipo de amor que iria afogar você se entrasse muito fundo. Era um amor que amarrava pequenos pesos ao seu coração, um por vez, até que o órgão ficasse tão pesado que rasgava para fora do seu peito.

— Suds... Sei que faz muito tempo desde que você foi uma delinquente juvenil, mas você ainda se lembra de como invadir o departamento de inglês da escola?

Sadie sorriu seu sorriso perverso:

— Velhos hábitos custam a ir embora.

CAPÍTULO 26

Era o final da tarde quando cometi depredação e invasão pela quinta vez em minha vida. A escola no fim de semana parecia estar à bordo do *Mary Celeste* — havia uma sensação de que as pessoas estiveram ali recentemente, mas que alguma tragédia nunca antes vista (leia-se provas) tinha recaído sobre elas, afastando-as desse lugar. Estava sombrio e silencioso, e até no estacionamento nossos passos ecoavam misteriosos por todos os lados.

— Tem certeza de que é uma boa ideia? — perguntou Lola enquanto subíamos a cerca externa. Ryan estava agarrado ao pescoço de Sadie como um filhote de macaco, rindo como se aquela fosse a melhor aventura da vida. — Ninguém vai vir.

— Eles vão vir — eu disse. — Alguém vai vir.

Mais cedo naquela semana, Heslin havia enfim sido liberado do castigo por dar A Festa alguns meses antes, então era natural que um rumor tivesse começado a circular de que outra festa de iguais ou maiores proporções estava preparada para a noite de hoje. Os pais de Heslin, ou idiotas ou confiantes demais em seu filho delinquente, tinham saído e o deixaram tomando conta da casa. Com certeza, havia um evento do Facebook com cerca de trezentos alunos confirmando presença — exceto por mim, exceto por Lola, exceto por Murray. Exceto — surpreendentemente — por Madison Carlson.

A gente tinha uma merda pra resolver.

Uma hora antes, eu havia postado no evento de Heslin. *A todos aqueles que buscam redenção*, começava e terminava com um apelo aos corações, pelo amor de tudo que era sagrado, que nos ajudassem a salvar o *Westland Post* da destruição definitiva. Vinte e cinco pessoas tinham curtido até aquele momento.

— Eles virão — resmunguei de novo, enquanto atravessávamos o terreno da escola rumo ao escritório de Hink. Eles tinham que vir.

As fechaduras, acabou acontecendo, tinham sido atualizadas desde os anos de delinquente juvenil de Sadie, assim como tinham atualizado as câmeras de segurança — desconhecidas para nós. Então, enquanto Sadie se ajoelhava na porta tentando abrir a fechadura, e Lola e eu nos revezávamos para dar a Ryan passeios nas costas, nenhum de nós viu o segurança corpulento correndo em nossa direção.

— Parem aí, todos vocês! — ele disse.

Peguei um piscar momentâneo no olhar de Sadie em que ela considerou sair correndo, mas não fez isso: provavelmente tinha algo a ver com o fato de seu filho ainda estar abraçado às minhas costas, e abandoná-lo não seria uma atitude materna exatamente fabulosa.

Então eu parei. E Lola parou. E Sadie parou.

Não importa, eu pensei, de novo e de novo. *Não importa, não importa, não importa.* Não importava que o jornal não iria para a gráfica, que eu tivesse destruído sozinho uma tradição escolar de trinta e cinco anos, que eu tivesse decepcionado Hink a cada oportunidade. Não importava que nós três seríamos provavelmente presos e acusados de depredar e invadir, que Lola e eu não entraríamos na faculdade por causa de nossas fichas criminais, que Sadie perderia seu emprego. Não importava — o Sol iria engolir a Terra e tudo o que fazíamos aqui não importava, não deveria importar —, mas importava.

Importava.

Grace estava errada, percebi na meia batida cardíaca de tempo que demorou para o segurança ruivo pegar meu braço, mesmo que eu não tivesse tentado fugir. Em uma grande escala, a entropia determinava, mas humanos eram tão pequenos que as maiores regras do universo não se aplicavam a nós. Elas não poderiam se aplicar a nós. Nós éramos muito pequenos; nossa vida passava depressa demais. Nenhum de nós estaria ali para a grande redenção cósmica quando o Sol se expandisse e devorasse a Terra e devolvesse todos os nossos átomos para o cosmos. Nenhum de nós poderia esperar tanto tempo assim.

Caos regenerativo: as coisas desmoronam e então se juntam de volta, e nós seguimos em frente. Tínhamos que absolver nossos próprios pecados. Tínhamos que nos redimir.

Sadie se levantou de onde estava ajoelhada, se virou e, bastante inesperadamente, sorriu.

— Jim! — ela gritou quando viu o rosto do guarda. — Não pode ser! Sou Sadie Page, cara, lembra de mim?

— *Você* — disse Jim, apertando a mão de pinça em meu braço. Epa. — Eles me prometeram que você não apareceria mais.

— Ah, Jim — disse Sadie enquanto lhe dava um tapinha nas costas e afastava os dedos dele da minha pele, levando-o para um dos bancos que contornavam o edifício. — Nós precisamos atualizar as fofocas. — E foi assim que, dez minutos depois, após dar a ele uma nota de cinquenta dólares e se oferecer para fazer café na sala dos professores se ele não nos entregasse, Sadie convenceu Jim Jenkins, há muito tempo sofrendo como segurança de Westland High, a nos dar acesso ilimitado ao departamento de inglês e, com ele, o escritório do jornal.

Ricky Martin I. Lo II estava nadando preguiçoso em seu aquário quando o sol da tarde invadia as persianas e transformava o ar em uma constelação repleta de partículas douradas. O cômodo ainda cheirava a ela, a nós, mas o cheiro tinha passado ao longo da semana anterior, evidência dele se soltando devagar da mobília e das pilhas brancas de papel e de livros e das telas de computador. Logo, seria como se nunca tivéssemos estado ali.

Lola se sentou ao Mac e começou a fazer o design da capa enquanto eu passava os olhos pelos artigos com má pontuação que os juniores tinham enviado ao longo do semestre, procurando qualquer coisa que pudesse ser resgatada, qualquer coisa que coubesse no tema. Trabalhamos em silêncio enquanto esperávamos.

Quinze minutos depois de invadirmos a escola, os voluntários começaram a chegar.

Se você pensou que o ano inteiro apareceu, então você não sabe muito sobre a apatia de adolescentes. Nós podemos ser estimulados, às vezes, quando o pai de algum colega de aula morre, ou quando algum de nós é chamado para entrar no *America's Next Top Model*. Mas jornais em decadência não inspiram exatamente níveis de lealdade estilo *Coração valente*.

Ainda assim, sete pessoas apareceram no final das contas, o que era sete a mais do que eu esperava (ou merecia). Todas elas prefaciaram sua presença com "Eu de fato não consigo escrever, mas…". Ao que expliquei que eu, de verdade, honesta, profundamente, estava cagando e andando. Eu já sabia que Muz e Maddy (como Madison Carlson tinha me instruído a chamá-la, bizarro) apareceriam, mas Suki Perkins-Mugnai, Buck, Chance Osenberg e Billy Costa (famosos pelo "trio tricomoníase") e Heslin em pessoa foram um bônus. Todos eles, mais Galaxy e três outros juniores que eu jurara assassinar eu mesmo se não viessem ajudar, fecharam um bando heterogêneo de catorze.

Catorze pessoas para fazer três meses de trabalho em dois dias. Quão difícil poderia ser?

Sadie nos ajudou ao oferecer uma variedade de lanches (o pagamento prometido na postagem do Facebook), e então Lola e eu tomamos nossos lugares no sofá do sexo enquanto todo mundo sentava de pernas cruzadas no chão do escritório, comendo Kit Kats e bebendo Mountain Dew.

— O tema, como vocês podem ter imaginado pela postagem do Facebook, vai ser "redenção" — eu disse.

— Tipo em… *O Cristo redentor?* — disse Suki Perkins-Mugnai.

— Esse é um tema de merda, parceiro — disse Murray. — Ainda voto para disforia de espécies.

— Será que é um tema de merda mesmo? Todo estudante do ensino médio quer redenção por alguma coisa. Suki, eu quero redenção por aquela partida terrível de touch football. La, você provavelmente deveria querer redenção por assassinar Ricky Martin I. Lo. Chance e Billy, bem... quer dizer, vocês sabem.

— Ahn, pensei que tínhamos concordado em abandonar todas as acusações de homicídio involuntário? — Lola disse. — Como se eu já não me sentisse mal o suficiente por isso.

— Olhem, nem todo mundo pode escrever, mas todo mundo tem uma história pra contar, e todo mundo quer ser absolvido de algum crime. Não ligo se você escrever um poema acróstico, ou desenhar uma tira, ou compor uma partitura. Só me dê algo. Algum tipo de redenção.

Então coloquei minha playlist do Spotify (nada de Strokes, nada de Pixies) e começamos a trabalhar.

Heslin foi embora cerca de três horas depois para supervisionar (leia-se ficar bebum em) sua festa, mas não sem antes escrever um solilóquio sobre como ele enfim tinha se redimido aos olhos de seus pais pela última festa. Suki Perkins-Mugnai foi embora não muito depois. Ela escreveu dois textos: um artigo sobre os Gutcrushers e um poema sobre como não ligara para o avô dela antes de ele morrer porque ela pensou que teria mais tempo, muito mais tempo, e ele havia usado seus últimos suspiros para perguntar por ela. Chance Osenberg e Billy Costa não queriam imortalizar o Trio Tricomoníase em papel, mas Chance tinha implorado um celular novo para seu pai logo depois do divórcio de seus pais, mesmo sabendo que ele não podia pagar por um, então ele escreveu um conto a respeito disso.

— Eu tinha treze anos — disse Chance ao me enviar a história por e-mail. — Eu era um imbecil.

Billy escreveu sobre ter ficado tão bêbado quando conheceu os pais de sua namorada que vomitou na cama deles. Murray desenhou uma tira sobre *dropbears*, uma metáfora velada sobre quanto ele sentia saudade de sua família na Austrália. Madison escreveu sobre perder seu cachorrinho quando era pequena, como ela ainda não conseguia se lembrar se tinha deixado o portão aberto ou não. Lola escreveu um haicai sobre a "pelancona", em penitência por convencer sua mãe de que era assim que se chamava a pele do cotovelo, e dedicou um artigo de página dupla à memória de Ricky Martin I. Lo, para sempre nadando no castelo do homicídio tóxico no céu. Os juniores escreveram sobre pessoas com quem fizeram *bullying* no ensino fundamental, sobre como se sentiam mal por desapontar seus pais, sobre as vezes que fizeram os irmãos chorarem.

Devido ao fato de ele ser majoritariamente analfabeto, Buck não escreveu nada, mas ele conseguia desenhar à mão livre até melhor do que Lola, então ela o colocou para ajudá-la com as artes internas do jornal. Até às duas da manhã, ele esboçou relógios e cachorros e peixes mortos, além de uma interpretação particularmente macabra e anatômica da pelanca perto do cotovelo direito de Billy, antes de ele, também, ter que ir para casa.

Às três da manhã, após duas entregas de pizza (cortesias de Sadie) e diversas viagens até o 7-Eleven mais próximo em busca do que totalizou quatro garrafas de Dr Pepper, um engradado de Red Bull, sete enroladinhos de salsicha e uma mochila cheia de doces, nós enfim decidimos encerrar os trabalhos.

Murray e Madison Carlson tinham pegado no sono juntos, no piso de linóleo falso do corredor. A jaqueta de Murray enrolada sob a cabeça de Madison, a mão de Madison pressionada contra o peito de Murray, muito pouco espaço entre eles. Um desenvolvimento interessante.

Sadie havia caído no sono no sofá, com Ryan preso ao seu peito, ambos descansando com bocas escancaradas conforme seus olhos corriam de um lado para o outro sob suas pálpebras finas.

— Suds — sussurrei para ela ao cutucar seu ombro. — Hora de ir pra casa.

— Pus fogo na cozinha de economia doméstica de propósito — disse Sadie sonolenta, conforme se levantava, Ryan ainda pressionado contra o seu peito, os dedos magros dela apoiando sua cabeça. — É disso que quero redenção. Dos meus anos adolescentes, pelo menos.

— Não por todo o sexo, drogas e rock'n'roll? — La disse enquanto se espreguiçava em sua cadeira giratória. Ela parecia como eu me sentia: como se noventa por cento do meu sangue tivesse sido substituído por xarope de milho de alta frutose, cafeína e poeira de cimento.

— Ah, dane-se. Não quero redenção por aquilo. Não *preciso* de redenção por aquilo. A única coisa que fiz que pareceu errada foi o fogo. Não acho que Hotchkiss foi o mesmo depois daquilo.

— O *sr. Hotchkiss* era seu professor de economia doméstica? — perguntei.

— Sim. O cara ama cozinhar. Tipo, encara como um hobby de fato. Mas então um dia fiz uns cupcakes de coalhada de limão, você sabe quais, Henry, e ele me deu um A por eles, mas eu estava em um humor todo "foda-se o patriarcado" e furiosa que Ciências da Família e do Consumo sequer existia como matéria, estamos no maldito século XXI, sabe... então eu meio que... coloquei fogo na cozinha. — Sadie bocejou. — Foi a pior coisa que fiz quando adolescente. A maldita pior. Acho que vi o coração de Hotchkiss se partir enquanto ele tentava lutar contra as chamas.

— Nós temos páginas sobrando — Lola disse, pegando uma caneta e papel e empurrando-os no sentido de Sadie. — Quero fazer uma reportagem de confissões escritas à mão.

Sadie olhou os utensílios de escrita.

— Quais são as normas no estatuto pra incêndio culposo? — ela disse, mas não esperou que colocássemos a pergunta no Google para começar a escrever. Ryan acordou enquanto ela se inclinava para a frente.

— Oi, mama — ele disse, tocando o rosto dela.

— Oi, bebê — ela respondeu enquanto estendia o pedaço de papel de volta à Lola. — Pronto pra dar o fora daqui?

Ryan fez que sim com a cabeça. Enquanto Lola e eu desligamos as luzes, eles foram esperar de mãos dadas no corredor mal iluminado, ambos conversando baixinho sobre todas as coisas que fariam no dia seguinte. Zoológico de manhã. Almoço no parque. Dormir na casa de papai enquanto mamãe ia trabalhar.

E eu pensei, enquanto os observava, sobre a acusação de Grace na noite em que ela estava bêbada na feira. Que eu não amava a versão real dela, apenas uma ideia que não existia mais, uma sombra de quem ela era de fato.

Eu amava a lenda de Sadie quando era pequeno. Amava o folclore que girava em torno dela como moscas aonde quer que ela fosse. Eu ainda amava. Mas eu amava essa versão — a que salvava a vida das pessoas, a que olhava para seu filho pequeno como se ele fosse feito de diamantes brilhantes, panquecas na cama aos domingos de manhã e uma tempestade depois de uma seca de sete anos — ainda mais.

Talvez fosse possível amar duas versões distintas de alguém ao mesmo tempo. E talvez, só talvez, algumas pessoas ainda quisessem redenção por pecados que não precisassem mais de absolvição.

Domingo foi exaustivo. Encontrei Lola do lado de fora de casa às sete da manhã, as luzes dos postes iluminando com mais brilho do que o nascer do sol de aquarela. Ela colocou um café nas minhas mãos enluvadas e disse:

— Não fale comigo por duas horas — então não falei.

Encontramos Jim Jenkins do lado de fora do escritório de Hink. Nós nos sentamos. Ligamos os computadores. Tentamos não morrer. Morremos muito. Meus olhos tinham aparentemente perdido a habilidade de produzir seus próprios fluídos, então passei a manhã toda alternando entre abusar de meu sistema digestivo com quantidades massivas de Red Bull e esfregar meus olhos até ficarem vermelhos em carne viva.

Quando La estava enfim pronta para interação humana, a primeira coisa que fez foi me mostrar a capa: a foto de uma garota em preto e branco, um universo em escala de cinza atrás dela, uma supernova explodindo onde a cabeça dela deveria estar. Parecia a capa de um livro antigo de mistério barato. Mesmo com o A REDENÇÃO DE WESTLAND atirado na frente da imagem em letras laranja, eu ainda conseguia ver que aquela garota tinha sido delineada a partir de Grace, uma imitação fantasmagórica de sua forma verdadeira.

— Eu ainda tinha fotos do ensaio que fizeram pra mim. Posso usar uma modelo diferente, encontrar alguém no Flickr, se você quiser.

— Está perfeito — eu disse a ela. — Imprima, tamanho de tabloi-de. Vamos erguer isso e deixar todo mundo ver.

Então fizemos isso. E eles viram. Os juniores chegaram às dez da manhã, Buck não muito depois. E então, curiosamente, duas garotas que estiveram na festa de Heslin na noite anterior. Ele dissera a elas o que estávamos fazendo ali e as encorajara a dar um pulinho. A maioria das páginas estava preenchida agora, exceto pela reportagem de confissões escritas à mão, o que as garotas, em seu estado de profunda ressaca, acharam uma ótima ideia.

Elas escreveram seus próprios pecados. Elas os entregaram para nós. Nós lhes garantimos que seriam perdoadas.

E então outra pessoa veio. E então outra. E então mais duas. Depois da oitava pessoa, Lola fez uma placa que dizia *Confesse seus pecados para o perdão* e a pendurou sobre uma caixa no corredor. Murray ouviu falar da situação e apareceu na hora do almoço com uma roupa de padre, completa com água benta, então se sentou em nosso confessionário improvisado, cumprimentando cada alma rebelde que vinha em nossa direção. Observamos nossos colegas de classe e amigos e estranhos de outras turmas virem ao longo de todo o dia, conforme as notícias do que fazíamos se espalhavam pelo Facebook.

Depois das cinco da tarde, perguntei a Lola:

— Como estamos de páginas?

Ela disse:

— Nós agora só temos uma página faltando.

Eu disse:

— Merda, o que vamos fazer com ela?

Ela revirou os olhos e disse:

— É para sua redenção, seu tosco.

Eu disse:

— Ah.

Então olhei para a garota supernova pintada em preto e branco e pensei em como, em retrospectiva, você pode ver que algo é veneno desde o começo. Grace tinha me desmontado e montado de volta tantas vezes que eu começara a acreditar que era isso que eu queria. Um relacionamento Kintsukuroi, mais bonito por já ter sido quebrado. Mas uma coisa apenas pode ser despedaçada um número específico de vezes até que se torne irreparável, assim como um pedaço de papel só pode ser dobrado tantas vezes antes de não poder mais ser dobrado.

Enquanto me sentava ali, aquela dor do tratamento de canal faiscando por todo meu corpo, frases como *Eu queria nunca tê-la conhecido* e *Eu queria que ela nunca tivesse me beijado* começavam a cascatear pelos meus pensamentos. Eu poderia ter, se fosse uma opção viável naquele momento, dado uma toda de *Brilho eterno de uma mente sem lembranças* nela. Alvejado Grace da minha memória. Arrancando-a de onde ela tinha se costurado no forro da minha alma.

Mas pensei de novo em Kintsukuroi. Que algo tem que ser primeiro despedaçado para depois ser montado de volta de uma maneira que o fazia mais bonito que antes. Pensei em como eu gostava de coisas quebradas, coisas que tinham defeitos, fissuras ou rachaduras, e por que esse era o motivo pelo qual me apaixonei por Grace, para começo de conversa. Ela era algo quebrado em forma humana e agora, por causa dela, eu também era.

Grace poderia sempre estar quebrada, mas eu esperava que todos os meus pedaços despedaçados poderiam ser colados de volta e consertados com fios dourados. Que os rasgos no meu coração iriam sarar em cicatrizes que brilhariam.

E foi então que meu telefone vibrou no meu bolso.

GRACE TOWN

Tô do lado de fora do escritório do Hink.

HENRY PAGE

Por quê?

Lola me contou do tema. Tenho algo que quero pôr no jornal.

— Você é uma demônia — eu disse para Lola enquanto me levantava, meu coração arrancado e inchado na minha garganta.

Ao que ela respondeu:

— Na cama!

Assim que saí para o pesadelo rosa-claro e verde-limão que era o hall, desejei coisas horríveis para Grace Town apesar de mim mesmo. Eu esperava que ela fosse se arrepender dessa decisão pelo resto da vida. Que iria perfurá-la como um espeto quente até o dia que ela morresse. Eu a imaginei velha e magra, sua pele grudada aos ossos como papel úmido. Eu a vi dar seu último suspiro, um olhar de arrependimento pela vida que poderia ter tido comigo, e me senti vingado.

E naquele momento eu quis coisas para mim mesmo que nunca quisera. Eu queria ser rico. Queria ser famoso. Queria me casar com uma supermodelo e comer seu corpo cheio de lingerie todas as noites. Queria que todas as realizações da minha vida se destacassem como evidência de um grande "vá se foder" para Grace Town. Eu queria destruí-la com minha extraordinariedade.

Mas, até eu chegar ao final do corredor, um pouco do ácido tinha se dissolvido. *Por que,* pensei, *estamos tão dispostos a ferir aqueles com quem mais nos preocupamos?* Dois dias atrás, eu a amava, e agora queria arrancar pedaços da alma dela. Por que isso? Porque ela me ferira? Porque ela não me amava de volta?

Você não pode se ressentir das pessoas pelos sentimentos delas. Grace tinha feito o que era certo na opinião dela. Eu não poderia pedir mais do que isso.

Ela estava sentada no assento onde esperáramos na tarde em que fomos chamados ao escritório de Hink. Um começo e um final, tudo em um lugar.

— Henrik — ela disse baixo, gesticulando para o espaço ao lado dela, o lugar onde eu tinha dobrado meu corpo de uma maneira esquisita por causa de sua presença. — Eu queria dar algo a você.

— Eu não posso, Grace. Não posso mais fazer isso.

— Eu sei. Eu sei. Confie em mim: isto é o fim.

Em uma conversa normal, esse seria o ponto em que ela teria se desculpado por arrancar meu coração do meu peito. Mas Grace não era uma garota normal e ela não entendia que as palavras *me desculpe* eram o suficiente às vezes. Em vez disso, ela me entregou um envelope pequeno com *Para apreciação do editor* escrito na frente e disse:

— Você me perguntou, no dia em que começamos no jornal, por que eu tinha mudado de ideia. Nunca respondi a você, mas eu deveria, porque eu já sabia.

— Certo.

— Cada dia desde o dia em que ele morreu, tudo em que pensei era nele. Pelas primeiras poucas semanas, eu esperava o sofrimento. Eu me permiti sentir cada milímetro dele. Eu já tinha perdido pessoas que amava. Quase todo mundo. Eu sabia como o sofrimento funcionava. A única coisa que adormece a dor é o tempo, preenchendo sua cabeça com memórias novas, criando uma separação entre você e a tragédia. Esperei as coisas ficarem mais fáceis. Esperei que os replays mentais de nossos dias mais felizes parassem. Eu esperei a minha respiração parar de se prender no meu peito sempre que um trovão de tristeza me transpassava.

"Mas nunca ficou mais fácil. Depois de um tempo, percebi que era porque eu não *queria* que ficasse. Eu o carregava comigo com peso, e isso me exauria, mas eu fazia porque merecia. Eu merecia o peso dele também, e a dor, e quando o luto de seus pais ficou pesado demais, carreguei um pouco do peso deles também.

"E então conheci você. Na primeira tarde em que falamos, não pensei nele por vinte minutos. Sei que não parece muito, mas era um recorde pra mim, e eu me senti tão leve e alegre depois. Eu dormi quatro horas naquela noite sem acordar nem uma vez. E eu sabia que era por sua causa. Eu não sei como, ou por quê, mas, quando eu estava com você, você fazia a dor ir embora."

— Mas isso ainda não é suficiente.

— Oh, Henry — ela disse, aproximando-se mais de mim e pegando minha bochecha nas mãos. Fechei meus olhos sob a suavidade de seu toque, e então seus lábios se moviam contra os meus, impossíveis de tão macios.

— Por que você beija assim? — eu perguntei quando acabamos.

— Assim como? — ela disse, afastando-se de leve.

— Como se estivesse apaixonada por mim.

Grace olhou dos meus olhos para meus lábios e então de volta:

— É o único jeito que sei beijar.

Porque Dom fora seu primeiro e único tudo, antes de mim. Quando ela tinha aprendido a beijar pela primeira vez, havia sido com o grande amor da vida dela.

E demorei até aquele momento para perceber, enfim, que eu era um ponto na história de amor de outra pessoa. Que havia um amor imenso acontecendo ali, mas não era o meu próprio, como eu esperara; eu era um personagem coadjuvante nas periferias, uma ferramenta narrativa para manter os personagens principais distantes. Que, se esse fosse *Diário de uma paixão* e Dom ainda estivesse vivo, ele seria Allie, Grace seria Noah, e eu seria a garota ruiva cujo nome não me lembro, a que é chifrada e tem que fingir que isso não é um problema.

Eu não era sua segunda escolha, com o que eu me convencera de que poderia lidar: eu era uma participação especial, quase um extra, uma estrela convidada, e me matava perceber que eu tinha demorado todo esse tempo para perceber.

E meu primeiro pensamento imediato, porque sou um imbecil, era o quanto eu faria ela se esforçar se decidisse que me queria de volta. Que daqui a um mês ou um ano, ou uma década, Grace Town iria entrar de volta na minha vida depois de pagar seus débitos com seu namorado morto, depois de sentir toda a dor que sua morte merecia, e eu a faria correr atrás de mim do jeito que corri atrás dela. Ela viria à minha casa no meio de uma tempestade, com uma caixa de som sobre a cabeça, e eu enfim a veria pingando, ensopada na chuva, do jeito que eu queria desde o começo. E ela se jogaria nos meus braços, meu Deus, seria tão incrível.

Mas, enquanto eu a observava me observar, soube que isso jamais aconteceria. Enquanto eu a observava observar meus olhos, percebi o quão pouquíssimo eu sabia sobre ela. Todas as coisas que eu me desesperei para perguntar a ela, saber dela — sua infância, sua mãe, seu futuro —, eu nunca cheguei a perguntar de fato.

Grace esperou que eu falasse, mas não falei, porque tudo que havia para dizer já tinha sido dito cem vezes antes, e eu estava cansado, tão cansado, de dizer as mesmas coisas de novo e de novo e elas não fazerem diferença. Então ela colocou as mãos no topo da cabeça e expirou alto. E então ela fez algo que eu não esperava. Grace Town sorriu. Era um sorriso que se estendia por todo seu rosto, enrugava o canto dos olhos. A luz do sol pegava na íris dos dois olhos e os deixava quase transparentes como cristal, e meu coração estremeceu com quão dolorosamente linda ela era e o quanto eu a odiava por não ser minha.

— Você é uma coleção extraordinária de átomos, Henry Page — ela disse, e seu sorriso se estendeu mais ainda, e ela riu aquele riso silencioso que é mais uma expiração pelo nariz do que qualquer outra coisa. Então ela colocou os braços na lateral do corpo, franziu os lábios e assentiu uma vez, o sorriso desaparecido por completo.

Enquanto eu a observava se levantar e partir — de novo e de novo e de novo —, enfim entendi que amava um multiverso de Graces. A versão de carne e osso, a versão que ainda usava as roupas não lavadas de Dom e dormia em seus lençóis não lavados, e a que corria com sua perna ferida para se certificar de que não se curasse rápido demais. Uma porção de culpa paga em dor. A única justiça que ela poderia oferecer a ele; a única redenção que ela podia oferecer a si mesma.

A versão que ela fora, a criatura etérea que agora só existia em fotos e fantasias meio esquecidas.

E a garota dos sonhos Kintsukuroi, montada de volta com ouro fundido. A versão que era limpa e completa e vestida com estampas florais, iluminada pelo sol poente. A versão que cantarolava Pixies e Strokes enquanto dançávamos juntos sob luzes festivas. A que eu ajudara a montar de volta.

Um multiverso atado à pele de apenas uma garota.

Abri sua contribuição ao *Post*. Era um pedaço de papel que tinha sido rasgado em pedacinhos e grudado de volta com uma miscelânea de fita adesiva transparente atrás. Todas as cicatrizes pequenas que rompiam o texto tinham sido pintadas por cima com tinta dourada. O poema de Pablo Neruda, Kintsukuroi em forma de papel. Lola deveria ter devolvido a Grace, Deus a abençoe. La. Um demônio e um anjo em uma só pessoa. O título "A dança" tinha sido circulado em dourado, o que eu esperava que fosse me incomodar pra caramba, mas não incomodou. Então eu o li de novo, pela última vez.

amo-te como se amam certas coisas obscuras,
secretamente, entre a sombra e a alma.

Não posso mentir e dizer a você que ficar na frente de alguém e lhe oferecer sua alma e receber uma rejeição não vai ser uma das piores coisas que podem acontecer com você. Você vai se perguntar por dias ou semanas, ou meses ou anos mais tarde, o que é que você tem de tão errado, ou quebrado ou feio, que essa pessoa não poderia amar você do jeito que você a amava. Você vai procurar por todos os motivos dentro de si pelos quais não quiseram estar com você e vai encontrar um milhão.

Talvez fosse a aparência que você tinha de manhã quando acordava e não havia tomado banho. Talvez fosse a maneira como você ficava disponível demais, porque, apesar do que todo mundo diz, se fazer de difícil ainda é atraente.

Em alguns dias você vai achar que todos os átomos do seu ser estão com alguma forma de defeito. O que você precisa se lembrar, como eu me lembrei ao assistir Grace Town ir embora, é que você é uma pessoa extraordinária.

Grace Town foi uma explosão química no meu coração. Ela era uma estrela que entrou em supernova. Por alguns poucos momentos houve luz e calor e dor, mais brilhantes que uma galáxia, e, na sua esteira, ela não deixara nada além de escuridão. Mas a morte de uma estrela fornece os tijolos de base da vida. Somos todos feitos de coisas de estrelas. Somos todos feitos de Grace Town.

— Minha redenção — eu disse a Lola conforme deslizava o envelope de Grace.

Ela o abriu. Ela o leu. Ela sorriu.

CAPÍTULO 27

O resto do semestre prosseguiu da seguinte maneira: uma semana depois, quando acordei pela manhã, Grace Town não foi a primeira coisa em que pensei ao abrir os olhos, mas a segunda. Não me lembro de qual foi a primeira coisa exatamente, apenas de que ela não tinha sido a primeira. Ela não me atravessou como um raio, rasgando minhas veias. A infecção tinha começado a sumir. A ferida estava sarando.

Eu soube, então, que sobreviveria.

E sobrevivi.

Se você pensou que o *A redenção de Westland* acabou virando um sucesso retumbante, então não andou prestando atenção. O material que foi para a gráfica (duas horas adiantado, aliás) estava em algum lugar entre *catástrofe* e *desastre* num termômetro de quão bosta estava. Era o monstro Frankenstein das publicações estudantis, que, para ser honesto, não são exatamente conhecidas por seu estilo e objetividade, para começo de conversa.

Havia sido claramente montado por mais ou menos uma dúzia de pessoas que tinham ideias divergentes de como o produto final deveria ficar. Os desenhos à mão de Buck conflitavam com o design polido de Lola, e eu não tivera tempo de ler todos os textos dos autores, então a maioria dos trabalhos deles poderia ser tomada como interpretações pós-modernas da gramática normativa, na melhor das hipóteses. Mas era grande, e era ousado, e seu esquema de cores de laranja, preto e branco prendia os olhos, e os desenhos eram lindos, e as confissões eram engraçadas e idiotas e de partir o coração, e Lola tinha organizado tudo de tal maneira que, sim, quanto mais eu olhava para aquilo, sim, estava na verdade bom pra caramba. Sim, havia redenção real ali.

Hink nem sequer soube que tínhamos ficado no prazo até que aprovei as provas da gráfica quatro dias depois. Uma vez que ele descobriu, procedeu a ficar pê da vida porque havíamos violado todas as regras possíveis. Acontecia que quase todos os pecados que adolescentes querem ver absolvidos envolviam sexo, drogas e rock'n'roll, e Lola e eu tivemos que pedir à associação de pais e professores que votassem para que pelo menos o jornal pudesse ser lançado.

O voto decisivo acabou sendo o do sr. Hotchkiss. Por sorte, uma embalagem contendo cupcakes de coalhada de limão tinha surgido na sua escrivaninha duas horas antes da audiência e o colocaram em um humor anormalmente bom. Ele votou a nosso favor e guardou uma cópia emoldurada das desculpas de Sadie escritas à mão na sua mesa pelo resto do último ano.

A redenção de Westland foi distribuído no dia seguinte, momento em que começou a arrasar com o legado de Kyle, o que quer dizer que pelo menos sessenta por cento do corpo estudantil pegou uma cópia. Um aumento de quinze por cento na circulação, suficiente para convencer Hink e Valentine que, apesar de meu desbaratamento, eu me redimira o suficiente para permanecer no comando do jornal por pelo menos mais uma edição.

Quando Lola e Georgia terminaram sem aviso ou explicação, Murray e eu a fizemos superar a dor, assim como ela faria conosco. Nós a fizemos cantar músicas de Natal e beber gemada. Nós a fizemos colocar um chapéu e cachecol e luvas e dirigir conosco (e Maddy) para ir ao shopping tirar nossa foto com o Papai Noel. Nós a fizemos assistir *O estranho mundo de Jack* na véspera de Natal, seu corpo pequeno amontoado entre os nossos sob as cobertas da minha cama. Nós a deixamos melhor. Não com rapidez. Nem pensar. Mas ajudamos.

Depois do Natal, meus pais anunciaram que haviam decidido tirar férias separados. Um iria para o Canadá, o outro para o México, mas desta vez não havia nenhuma gravidez não planejada no final para juntá-los de novo. Quando ele voltou para casa, papai arrumou suas coisas... e se mudou para o distante mundo de sua oficina de carpintaria no quintal. Eles ainda tomavam café da manhã juntos todos os dias.

E, gradualmente, conforme seu dízimo era pago, as linhas de ouro em Grace Town começaram a surgir. Depois das férias de Natal, seu mancar se tornou menos perceptível, até ela parar totalmente de andar com a bengala. Ela começou a dirigir para a aula. Às vezes ela vestia uma peça de roupa de Dom: um gorro, um colar, uma jaqueta. Mas na maior parte do tempo ela usava suas próprias coisas. Devagar, conforme trabalhava rumo a seu débito imaginário, ela se permitia ser redimida. Justiça tinha sido feita.

Nós nos desprendemos da vida um do outro. Nós nos deletamos do Facebook e do Instagram e do Snapchat. Passamos a custódia de Ricky Martin I. Lo II para Ryan, que o renomeou "Peixe Peixe" e o amou mais do que nós jamais poderíamos. Todas as ligações que nos conectavam se romperam com estalidos e sararam, até que nós nos tornássemos entidades separadas mais uma vez. Até eu apenas me lembrar dela quando uma dor de saudade pulsava dentro de mim: quando os fogos de artifício estouravam na véspera de Ano-Novo, quando assistia a filmes sozinho no escuro, mas em geral quando eu acordava de manhã e ela não estava lá.

E todo esse tempo eu a amei, assim como ela o amou.

Secretamente, entre a sombra e a alma.

OBSERVAÇÕES

O âmago deste livro nasceu no artigo da *Nerve* em 11 de julho de 2014, escrito por Drake Baer, chamado "This is your brain on a break up". Em particular, a entrevista com Lucy Brown, neurocientista da Yeshiva University, inspirou profundamente Sadie e sua carreira.

O viveiro de peixes na estação de trem abandonada não existiria sem o artigo de 30 de novembro de 2013 na *Renegade Travels,* chamado "Exotic fish take over abandoned Bangkok mall basement". A estação em si é baseada com alterações em uma estação linda de Sydney, fantasmagórica, em desuso, a qual absolutamente nunca invadi.

"Amei demais as estrelas para temer a noite", que Henry menciona no capítulo 7, é um verso [em tradução livre] do poema "The old astronomer", de Sarah Williams.

O quadro de comédia estrelado por Ricky Gervais e Liam Neeson mencionado no capítulo 9 é do "Episódio um" do programa da BBC *Life's Too Short.*

O PowerPoint de Henry é baseado em exemplos variados e hilários do Tumblr (*Why you should let me touch your butt, Why you should let me touch your boobs,* entre outros). No entanto, ele se apoia mais fortemente em um chamado *Why we should do sex things,* que vi pela primeira vez no Imgur; posso ficar com muito pouco crédito por seu brilhantismo. À garota anônima que escreveu o original: eu espero com sinceridade que você tenha transado.

A frase que o pai de Henry diz sobre Grace no capítulo 17 — "Estranheza é um ingrediente necessário à beleza" — é uma citação de Charles Baudelaire.

Não sei quem originalmente escreveu "Histórias com finais felizes são só histórias que não acabaram ainda", mas eu ouvi pela primeira vez uma versão dessa frase em *Sr. & sra. Smith*.

"Se amor pudesse tê-lo salvado, você teria vivido para sempre", a inscrição no epitáfio de Dom, não tem, até onde consegui descobrir, um autor de fácil identificação.

"Se você fosse uma cenoura, seria uma boa cenoura" e "Roxo, porque alienígenas não usam chapéus" foram arrancados diretamente da fossa gloriosa que é a internet, assim como, tenho certeza, uma outra dúzia espontânea de referências de cultura pop que fui malsucedida em atribuir crédito aqui (minhas referências estão fora de controle).

Por favor, não usem meu desbaratamento contra mim.

AGRADECIMENTOS

À minha agente, Catherine Drayton, por ser minha primeira e mais feroz aliada. Se eu pudesse listar todos os sinônimos para *agradecida* e *afortunada* aqui, ainda não seriam suficientes para transmitir meus agradecimentos com precisão.

Ao resto da equipe da InkWell Management, em particular Masie Cochran, que leu este livro antes, e William Callahan, pelo aconselhamento editorial que foi a definição precisa de inestimável. E também à equipe de direitos internacionais de Liz Parker, Lyndsey Blessing e Alexis Hurley, por serem tão incrivelmente bons no que fazem.

À minha editora, Stacey Barney, por, tipo, *literalmente tudo*. Seu discernimento, fervor, a profundidade do amor por Henry e Grace. Você torna difícil demais não acreditar em almas gêmeas quando meu livro encontrou sua alma gêmea em você.

Também a Kate Meltzer, por seu apoio incansável, e ao resto da equipe na Putnam e Penguin Random House, por me acolher na família com tanto entusiasmo.

A Laura Harris, da Penguin Australia, por dar mais vida a Murray e compartilhar minha paixão por Taylor Swift.

A Emma Matthewson, da Hot Key, no Reino Unido — como eu disse em nossos e-mails, minha eu de dez anos de idade entrou em parada cardíaca no momento que uma oferta *sua* chegou na minha caixa de entrada!

A Mary Pender e Kassie Evashevski da UTA, por lidar com os direitos para filme com tanto brilhantismo.

Aos leitores dos meus primeiros trabalhos que me disseram que eu era boa quando eu definitiva e categoricamente não era: Cara Faagutu, Renee Martin, Alysha Morgan, Sarah Francis, Kirra Worth, Jacqueline Payne, Danielle Green e Sally Roebuck. Vocês mal sabem o quanto eu apreciava e precisava de sua confiança (terrivelmente mal orientada na época).

Ao time inteiro da Arc, mas especialmente a Lyndal Wilson, por me fazer uma escritora de longe muito melhor (e por aguentar minhas bobagens/meu descuido em relação à escritura).

Ao Twitter e ao Team Maleficent, por serem meus líderes de torcida incansáveis: Samantha Shannon, Claire Donnelly, Katherine Webber, Lisa Lueddecke Catterall e Leiana Leatutufu.

Um segundo grito de agradecimento aqui para a incomparável e indispensável Katie Webber. Você lidera com o exemplo ao me mostrar que o impossível é possível se você apenas trabalhar com dedicação suficiente. Tenho um orgulho inabalável de você, além de reverência constante por sua dedicação e pelo que faz.

Ao meu Cowper Crew, por me apoiar durante a escrita desse livro: Baz Compton, Geoff Metzner, mas em especial Tamsin Peters. Obrigada pelas xícaras de chá, canto de estudos, sopa de frango quando estava doente (com frequência) e por me alimentar quando eu estava sem dinheiro algum (com mais frequência ainda). Olhem quão longe chegou o pequeno parasita de vocês!

À minha avó adorável, Diane Kanowski, que nunca vai ler este livro porque é escandaloso demais, mas a quem sou grata de qualquer forma! Nossas centenas de visitas à biblioteca quando eu era pequena foram instrumentais para nutrir meu amor por livros.

Aos meus pais, Phillip e Sophie Batt, por tudo, para sempre. Ter me aguentado enquanto adolescente está começando a valer a pena, não é? *Não é?* À mamãe em particular: existe uma fala no *Estrela da manhã*, de Pierce Brown, que diz: "Mamãe é a espinha em mim. O ferro". Penso o mesmo de você.

Acima de tudo, obrigada às minhas irmãs mais novas, Shanaye e Chelsea, por uma centena de caronas à meia-noite, Skittles e Pepsi Max, músicas tocadas no repeat, por não contar à mamãe daquela vez que me demiti do meu emprego para escrever, por amar meus personagens mais do que eu, e por serem como um todo seres humanos excepcionais.

Vocês são minhas pessoas favoritas no mundo e este livro é, sem dúvida e de todo coração, para vocês.

Este livro, composto na fonte Fairfield,
foi impresso em papel Polen Soft 70 g/m² na gráfica BMF.
Osasco, Brasil, outubro de 2019.